KB260575

신일본어학총서 76

日本における命名の記述的研究

許晃會

제이앤씨
Publishing Company

日本における命名の記述的研究

第3章

時代の風景　−歌謡曲名の変遷−

第4章

歴史の重視　−四年制私立大学名−

第5章

「和」の精神 －短期大学名－

第6章

戦争と人間 －映画名の変遷－

第7章

漢字の世界 －新聞名(題号)－

第8章

カタカナの世界 －広告企画・制作会社名－

第9章

「恋」と「愛」　－ＴＶドラマ名－

第10章

伝統の保持　－日本酒(清酒)名－

신일본어학총서 76

日本における命名の記述的研究

日本における命名の記述的研究

序　章

"社会とのかかわりのなかで命名の問題に現在直面しているのは、企業内で新商品に名を付けることを担当している人々、新しい施設や案件に名を付ける役人たち、あるいは、新しい概念に名を付ける研究者たちなどである。特に企業内での命名は「ネーミング」と称されるが、ネーミング行動は企業間の競争行動として行われている面もある。その意味で命名はまさに生々しい社会的現実ということができよう。企業内のネーミングに限らず、命名のパターンとその背景を究明することは社会言語学の将来の重要な研究テーマとなるはずである。"（真田、1987）

命名するという行動、すなわち、あるものに新たに一つの名を与えるという行動は、この世界に新たな概念を一つ確立する行動である。その行動は、人間の操作の及ぶ範囲内にあるわけで、そこでは、どういった名を付けたらいいかということが問題になってくるのである。

　命名行動は、一面では、きわめて自由な行動であるが、反面、きわめて窮屈な行動でもある。たとえば、現代における子どもの名付けの場合、なるべく他の子どもとは区別できるような名を付けようとする傾向が強いといえるであろう。すなわち、弁別性の重視である。子どもの名付けに関しては、一方で、有名な人と同じようになってほしいという、いわゆる「あやかり」と称される弁別性とは対立する、同一化への願望も介在している。

　いずれにしても、名を付けて呼ぶという相互認識のプロセスを経て、モノやコトは、はじめて社会的な存在感(存在権)を得ることになり、名のなかった、無名状態から、名のある有名の価値ある存在へと変貌するのである。その存在感を高めるために、名付け(命名・ネーミング)においては、弁別性・同一性を考慮してのさまざまな工夫が行われるのである。

　筆者は、本書において、日本における命名の諸相(命名のパターン、字種の流れ・使用頻度の高い字の実態など)を記述するなかで、その背景にある日本文化の深層の一斑を明らかにしたいと考えた。

主要な先行研究

　本書で対象とするような命名に関するものとして、語学総合雑誌における、いくつかの特集記事がある。

　1959年の『言語生活』(筑摩書房)5月号(92号)は、「ものの名前」を特集している。1961年の『言語生活』(筑摩書房)8月号(119号)

は、「愛称時代」を特集している。1963年の『言語生活』(筑摩書房)3月号(138号)は、「名づけの心理」を特集している。1966年の『言語生活』(筑摩書房)10月号(181号)は、「商品名」を特集している。そして、1982年の『言語生活』(筑摩書房)1月号(361号)は、「人の名まえ」を特集している。

また、1977年の月刊『言語』(大修館書店)1月号(58号)は、「命名」を特集している。1990年の月刊『言語』(大修館書店)3月号(219号)は、「世界の名づけ」を特集している。1997年の月刊『言語』(大修館書店)4月号(306号)は、「命名の世界」を特集している。

さらに、1991年の『日本語学』(明治書院)6月号(105号)は、「命名」を特集し、専門概念の命名・人名・家称名・通りの名－商業地の街路名－などの記述分析を収載している。なお、2005年の『日本語学』(明治書院)10月号(299号)では、従来の「命名」という用語を「ネーミング」という用語に変え、「ネーミングの諸相」という特集を組み、ネーミングの定義からはじめ、力士のシコ名、方言によるネーミング、赤ちゃんの名付け、タカラジェンヌの芸名などの記述分析を収載している。

本書の内容と直接に関連する先行研究としては、1987年に刊行された真田信治編『命名の諸相－社会命名論データ集(1)－』がある。そこでは、小学校・すし屋・アパート・喫茶店・焼酎・力士名・歌劇団の芸名など、さまざまなジャンルにおけるデータが掲載され、それぞれについての詳しい分析がなされている。

<u>調査方法</u>

　以下、本書における調査方法について、ジャンル(各章)ごとに述べる。

　動物園の動物の名付け愛称についての調査では、関西地域に存在する各動物園を歩き回り、直接担当の方に面接して聞き書きしたり、愛称のリストをもらったりした。なお、札幌市円山動物園と福岡市動植物園、および東京都上野動物園では、飼育係や技術係の人に依頼し、リストや事業概要を郵送してもらった。名付けの対象とした動物数は、総計で297である(第1章)。

　社名は、日本経済新聞社発行の上場会社編『会社年鑑』を主なデータベースにしながら、商号変更を行った会社120社へ手紙を出し、62ヶ所からの回答を得た。1969年から1994年までに商号が変わった457社を対象とした(第2章)。

　歌謡曲名は、(株)音楽譜出版社の『全音歌謡曲大全集』1〜7巻をデータベースとして、代表的なヒット曲、1057曲を選定した。なお、選定にあたっては、全音楽譜出版社のレコード販売量などの選定基準に従い、レコードで作られたものを対象とした(第3章)。

　大学名については、567の四年制大学と574の短期大学のうち、地名を付けていない各大学にアンケート調査での協力を依頼し、四年制私立大学90校、短期大学52校からの回答を得た。アンケートでは、誰が、いつ、どのように大学の名をつけたのか、その手順・方法・プロセスなどを中心に聞いた(第4・5章)。

映画名は、明治・大正時代は、『日本映画史①〜④』(岩波書店)などに収録されたもののうち52の作品を、1926年から始まる昭和時代については、キネマ旬報社の選定によるベスト10入りの作品のみを対象とした。1996年までのものが対象で、その総計は760点である(第6章)。

新聞社90社を対象に、その新聞名について、1999年の春にアンケート調査を実施した。設立年度、従業員数、発行部数などのほか、新聞の題号が決まるまでのプロセスと命名者、その意味について質問した。回答率は約50%であった。回答のなかったところについてはホームページなどでデータを補充した(第7章)。

30人以上の従業員を抱える124の(株)広告企画・制作会社を対象にして、1999年の春に郵便によるアンケート調査を実施した。内容は、社名の命名者、社名を決めるにいたったプロセス、社名の由来と意味などについてであったが、回答率が26%に止まったために、『日本アド・プロダクション年鑑'99』をデータとして補充した(第8章)。

ＴＶドラマ名は、毎年数百編ずつ作り出されるＴＶドラマの中から『ＴＶガイド』を参考に、年ごとに10作品を無作為に選び出し、1953年から2000年までの計480編を対象にした(第9章)。

日本酒名のデータソースは、『日本の名酒辞典 増補版』(講談社、1998)であり、そこから1479の銘柄を対象とした(第10章)。

なお、以上の各ジャンルにおけるデータ収集は、1989年から2000年までの約12年間を費やして行ったものである。

第1章
「富士」と「桜」―動物名(愛称)―

Ⅰ. はじめに

　動物の分類(Classification)は大きく爬虫綱(Reptilia)、鳥綱(Aves)、哺乳綱(Mammalia)に分けられるが、この綱ごとに目(Order)、科(Family)、種(Species)と細分化することができる。また動物はそれぞれの和名、英名、学名を持っている。たとえば爬虫綱に属するカメ目は「Testudinata」と、ママガメ科は「Emydiate」と書かれるし、クサガメの英名は「Reeve's Turtel」、学名は「Chinemys reevessi」である。ところがこれとは別に一部の動物はわかりやすく親しい名前で呼ばれていて、それを愛称、固体名、あるいはペット名とも言う。

　1992年、スペインのバルセロナで開かれた夏季のオリンピックのマスコットは「コビ」であったがそれは犬の名前であり、1988年のソウルオリンピックの「ホドリ」はよく知られている通り小虎のニックネームであった。動物園で公募する動物の名前もその一例だが、一体どのような動物にどのような名前が付いているのかを調べてみることにする。

　なお、主たる対象は神戸の王子動物園、大阪の大阪市天王寺動物園、兵庫の宝塚動物園、京都の京都市動物園の動物である。京都市動物園を除いては1992年の春の資料によるものである。

II．各動物園での動物の名付け(一般公募)

　各動物園で名前(固体名・愛称・ペットネーム)を付けている動物は哺乳類が主であって王子動物園だけが鳥類にも名付けていた。たとえばタンチョウのオスを「天吉」、メスを「福子」「律子」と呼び、モモイロペリカンのオスは「レイジ」、メスは「レイナ」「ハウラ」と呼ばれていた。

　各動物園の動物を哺乳類、鳥類、爬虫類、両生類の四つに分けて、名付けている類や種や点数を表で表すと、次の通りである。

表1　各動物園で名付けられた動物

王子動物園	哺乳類	26種	77点
	鳥類	12種	23点
天王寺動物園	哺乳類	26種	79点
宝塚動物園	哺乳類	25種	89点
京都動物園	哺乳類	8種	29点

　哺乳類の中でも共通的に名付けられているのはキリン・ゾウ・ゴリラ・オランウータン・チンパンジー・サル・パンダな

どの体の大きいものである。キリンの場合、王子動物園ではオスを「ケン」「ミミオ」、メスを「ミネコ」「コズエ」。天王寺動物園ではオスを「ナガヤ」、メスを「サキコ」、宝塚動物園ではオスを「タカオ」、メスを「ナサリー」、京都市動物園ではオスを「東山」「若王子」、メスを「貴船」と呼んでいる。

　1992年5月現在、各動物園の収容動物の点数をまとめてみると、関西地区で点数の面では京都市動物園が1349点で一番多く、種では天王寺動物園の305種がトップである。

表2 各動物園の収容動物の種と点数

		哺乳類	鳥類	爬虫類	両生類	合計
王子動物園	種	68	109	15	1	193
	点数	409	767	103	2	1281
天王寺動物園	種	94	179	32		305
	点数	407	745	74		1226
宝塚動物園	種	45	46	7	魚綱29	127
	点数	254	292	11	魚綱161	718
京都市動物園	種	67	142	40	5	254
	点数	438	595	301	15	1349

　宝塚動物園では哺乳類、鳥類、爬虫類のほかに魚綱があって29種161点を収容している。たとえばコイ目のコイ科には13種あり、ニシキゴイ、エドニシキ、コメットなどに分けているが、オス・メスの区別はしていない。

　全体の収容動物の中で名前がついている割合は計算してみると宝塚動物園では10％をこえているが、京都市動物園では2％台にとどまっているのが表3からも明らかであろう。

表3　名前が付いている割合(全体の収容動物)

王子動物園	1281のうち100=7.8％
天王寺動物園	1226のうち79=6.4％
宝塚動物園	718のうち89=12.4％
京都市動物園	1349のうち29=2.1％

　表3でもわかるように四つの動物園の中では、毎年のように名前(固体名、愛称、ペットネーム)の一般公募が行われる宝塚動物園が多くの動物に名付けているが、 京都市動物園は2.1％に過ぎない。哺乳類の中で名前(以下名前と書く)が付いている割合を出してみても、宝塚動物園は35％になるが、一方の京都市動物園は全体の収容動物の場合と同様、6.6％ときわめて低い。

表4　名前が付いている割合(哺乳類)

王子動物園	409のうち77=18.8％
天王寺動物園	407のうち79=19.4％
宝塚動物園	254のうち89=35.0％
京都市動物園	438のうち29=6.6％

　動物の名前は各動物園の内部の人が付けているが、なかには一般公募によるものもいくつか見られる。これらは珍しいものか、値段の高いもの、あるいはかわいいものに限られる。参考までに、ゴリラは一頭2000万円位で、ホワイトタイガーは一頭1500万円だそうである。

表5 公募による動物の名前 （♂=オス、♀=メス）

王子動物園	マサイキリン	♂キク男　♀キリ子
	カバ	♂出目男　♀茶目子
天王寺動物園	タスマニアデビル	♂クロベー　♀スー
	クロサイ	♂サイ太　♀サッちゃん
宝塚動物園	ホワイトタイガー	♂シロタン　♀シロリン
	ホワイトタイガーⅡ世	♂ラージャ　♀マーヤ
京都市動物園	ローランドラリラ	♂京太郎

　このほかにコアラ、レッサーパンダ、ホッキョクグマの名も公募していて、コアラとホワイトタイガーは生まれた子にも一般公募による名を付け、関心を引いている。

　天王寺動物園はオーストラリアのタスマニアからやってきた珍獣タスマニアデビル(オス2頭、メス1頭)のペットネームを、入園した子供たち(4歳～16歳)から公募し、次のように決定した。ペットネームの応募総数2,989(有効投票2,856)の中から、上位一位と二位のものを採用した。

表6　タスマニアデビルのペットネーム

	一　位　　　　・　　　　二　位		三　位
オス	クロベー　124票　　ダイスケ　121票		タス　112票
メス	ミミ　　　118票　　スー　　　109票		テビ　93票

　天王寺動物園では最近四年の間にコアラ、レッサーパンダ、キリン、ホッキョクグマの名前を募集した。その決定過程を具体的に一つずつ述べてみる。

　同園は、1989年11月〜12月にかけて、上海動物園から送られた2頭(オス1頭、メス1頭)のレッサーパンダの名前を募集し、愛称審査会において、オスは「シャンシャン(上々)」メスは「ハイハイ(海々)」に決定した。愛称の応募総数は2,491通にものぼり、レッサーパンダから連想される名前のハガキが198通、上海から連想される名前のものが26通、天王寺から連想されるものが21通あり、全体的に文字を連ねた名前が多かった。呼びやすさと上海市との動物交流に因んだ名であるから上の名前に決定したと思われる。

　応募した人の中には、遠くは神奈川県や福岡県、アメリカから来園して応募した人もいて、乳児や81歳になる人からも応募があった。なお、「シャンシャン」「ハイハイ」と書いた人の中から抽選でぬいぐるみのプレゼントもあり、レッサーパンダの愛称当選者に対する記念品贈呈式も行われた。

　次の年には1990年11月に誕生したキリンの赤ちゃんの名前を募集し、「リンタロウ」と決定した。5,958通の中で一番多かったのは「ハルヤ」であったが、母親の「ハルミ」と最初の音がよく似ていて、飼育担当者が名前を呼ぶ時に混同しやすく飼育しにくい点があるのでやめたそうだ。2番目は「タロウ」という名前が多かったのだが、他に「タロウ」という名前が付いている動物がいるので、キリンとタロウを合わせた「リンタロウ」に決定されたのかもしれない。10位までの応募状況を見ると、1位「ハルヤ」140通、2位「タロウ」88通、3位「キリオ」85通、4位「ゲンキ」84通、5位「キリタ」72通、6位「ナガハル」65通、7位「リン」63通、8位「キンタ」55通、9位「テンちゃん」53通、9位「リンタロウ」53通である。特に前年までは記念品贈呈式が行なわれていたが、この年からは「命名式」の席上で記念品の贈呈が行われた。

　1992年の春、ホッキョクグマの赤ちゃんの名前を募集し、20,354通もの応募から「みゆき」と決定した。一番多かったのは「ミユキ」であり、次に「ユキ」「ユキミ」の順になっている。母親の「ユキコ」の名前を考慮して親しみのある「ミユキ」に決まったと考えられる。

表7　ホッキョクグマの赤ちゃんの名前の応募

順位	名前	投票	郵送	計
1	ミユキ	1519	96	1615
2	ユキ	1222	58	1280
3	ユキミ	1143	58	1201
4	シロ	1051	30	1081
5	ユキエ	922	63	985

6	コユキ	481	105	586
7	ユキナ	250	30	280
8	ユキノ	244	21	265
9	シラユキ	233	26	259
10	ユキコ	186	13	199
その他		11915	688	12603
合計		19166	1188	20354

　さて、動物に名前を付けるときは、通常カタカナで表現しているのだが、ホッキョクグマの赤ちゃんだけは例外的にひらがなが使われた。本来ならば「ミユキ」にするはずであるが、表現の柔らかいひらがなを用いることによって、女の子らしく可愛らしい姿を期待していたかもしれない。表7は10位までの募集状況である。

　表7で見るようにホッキョクグマの赤ちゃんの名前に書かれた文字は、北極から連想される白い雪と女の子から連想される美・枝・子・小の字が圧倒的に多かった。

　1989年7月の一ヶ月間、オーストラリアのメルボルン動物園から来園した3頭(オス1頭、メス2頭)のコアラの名前を募集し、8月のコアラネーム審査会においてそれぞれオスは「メル」メスは「テラ」「ララ」に決定した。応募総数は8,428通で、募集した3頭に対してコアラから連想される名前のハガキが1,087通、オーストラリアから連想される名前のものが288通、天王寺から連想される名前のものが240通あり、上位五位の名前は「ララ」508票、

「ココ」363票、「メル」255票、「コー」246票、「ラン」218票となっている。選考された名前は、それぞれコアラ、天王寺、オーストラリアから連想されるものからオス・メスを考慮し、得票数の上位の中から基本的に2文字の名前が選ばれたのである。

　一年後の1990年にも前回と同じく5月から一ヶ月間、オーストラリアから送られた3頭のコアラの名前を募集し、それぞれオスは「ハク」メスは「ハナ」と「ミドリ」に決定した。応募総数は5,443通であった。内、コアラから連想される名前のものが508通、花の万博から連想されるものが44通あった。その中で、1990年に大阪で開催された花と緑の博覧会に因みオスは「ハク」メスは「ハナ」、「ミドリ」の名前に決まった。なお、選ばれた名前の応募数は「ハク」が16通、「ハナ」が32通、「ミドリ」が8通あり、応募集計を表8で示す。

表8 コアラの名前の応募(1990年)

	園内	郵送	合計
コアラからの連想 (ココ・アラ・コア)	487	21	508
人の名前からの連想 (ミミ・チチ・ルル)	3327	223	3550
花博からの連想 (博子・花子・緑)	37	7	44
2文字の名前	405	50	455

（ラン・リン・ルン）			
ラッキー	111	31	142
ラリー	34	3	37
その他	652	55	707
合計	5053	390	5443

　一方、宝塚ファミリーランドではホワイトタイガーの名前を二ヶ月の間、一般公募して応募総数9,200通の中からオスは「シロタン」、メスは「シロリン」に決めた。その決定過程を表9に示す。

表9　ホワイトタイガーの名前の応募

オス(♂)		メス(♀)	
宝塚 ファミリーランド	タカラ(宝) ランディ	宝塚 ファミリーランド	ファミー スミレ
白	ビャクオー(白王) ホワイター スノーキング ホワイトキング シロタン	白	ホワイティ ホワイトエンジェル スノーレディ ユキ(雪)・白妃 シロリン・白麗
幸運	ラッキー	幸運	希望(のぞみ) ハッピークィーン
雄々しい	キング	女らしい	エンジェル 美虎・麗虎 アイ(愛)・希虎 テンダー シンシア

オスとメスの組合せ	
ホワイトキング ホワイター シロタン	ホワイトエンジェル ホワイティ シロリン

　上位三つは、オスが「ラッキー」「タカラ」「バース」、メスが「ハッピー」「ユキ」「スミレ」だったが、審査の結果、宝塚ファミリーランドのイメージに合った、かわいくて語呂もよい名が選ばれた。

　引き続き1988年3月、「シロタン」と「シロリン」の間に生まれた赤ちゃんの名前を募集し、オスは「ラージャ」メスは「マーヤ」に決まった。日本国内の動物園でホワイトタイガーの赤ちゃんが生まれたのは初めてとあって、締め切りまでに全国から約22,000通の応募があった。寄せられたものの中には「シロタ」や「シロピー」など、ホワイトタイガーの特徴を捉えたものが多かったが、宝塚歌劇団で当時大ヒットした作品「ベルサイユのばら」をリバイバル上演していたことから「ベルちゃん」「バラちゃん」といった変わり種もあった。決まった愛称は、ホワイトタイガーの生まれ故郷のインドに因んだ名前で、オスの「ラージャ」はインドの王様、メスの「マーヤ」は釈迦(しゃか)の母親の名から取られている。

Ⅲ．各動物園での動物の名付け方の類型

　以上、命名の角度から分類してみた時、各動物園での動物の名前の中で圧倒的に多かったのはやはり人名である。これには

ひらがな・カタカナ・漢字を用いているが、「つる子」「サイ太」
のように混用しているものもある。

表10　人名から取った名前

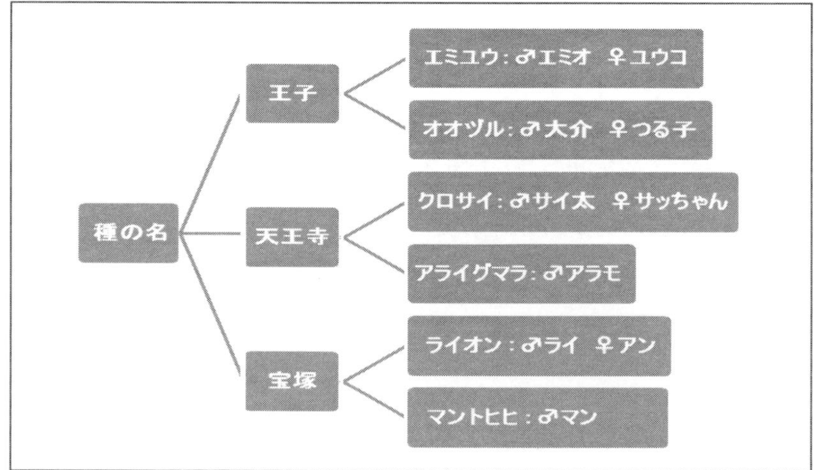

次は、種の名から一部を取ったものである。

表11　種の一部から取った名前

　表11からオスは♂、メスは♀、王子動物園は王子、天王寺動物
園は天王寺、宝塚動物園は宝塚、京都市動物園は京都市と表記

する。

　この他、ピューマが♂ピュー太、オランウータンが♀オラン、ベンガルトラが♂ベンと名付けられており、ユニークで覚えやすい。

　以下に示すように、動物の体の色をそのまま使って呼んでいるものもある。

表12　動物の体の色から取った名前

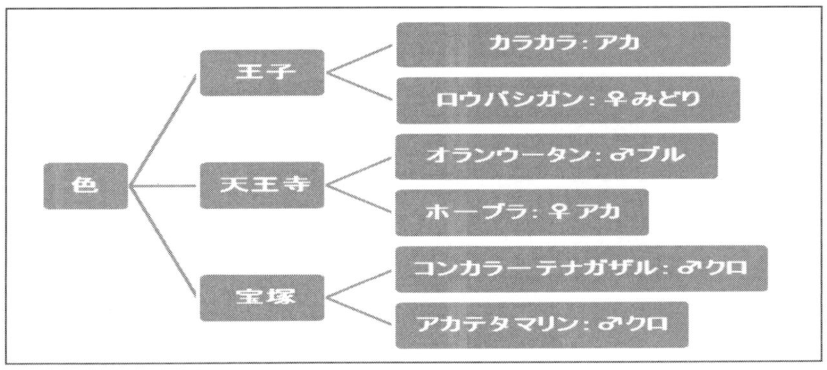

カラカラのアカは雄・雌の区別がつかないもので、ベニコンゴウインコも同じである。

　そして、動物に植物の名を付けているものの中で代表的なのはサクラであり、このサクラは植物の名というよりは人々の名によく使用されているため、むしろ人名と言ったほうがよいかもしれない。

表13 植物の名から取った名前

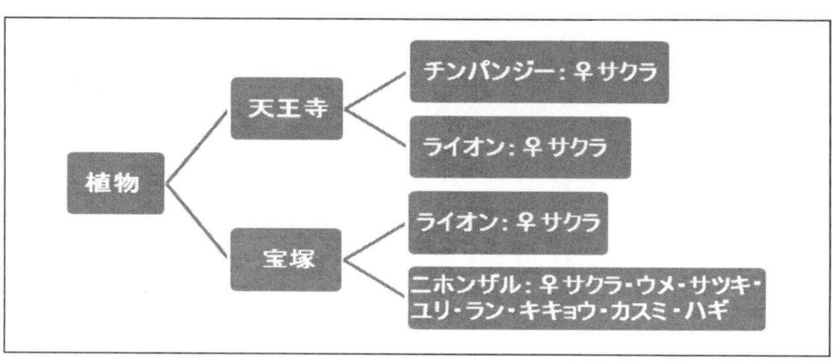

　雌ばかりが「サクラ」と名付けられているのが目を引く。人名の場合も結局同じではないだろうか。「サクラ」は、ニホンザルからライオンまで多様な種に幅広く使われている。

　天王寺のコアラの一般公募によく現れたように、地域と関連づけた動物の名前も時々見られる。

表14 地名から取った名前

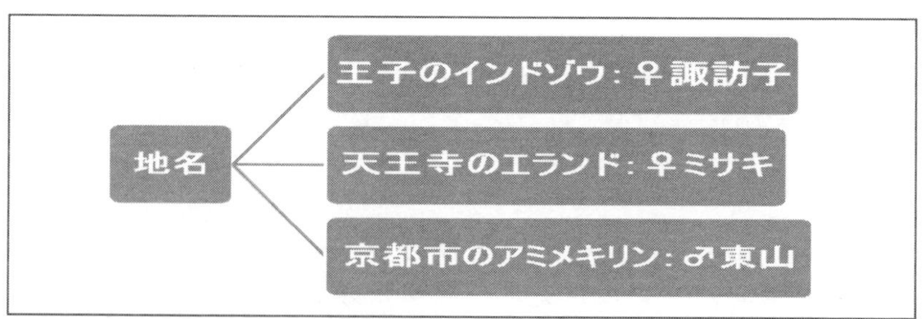

　京都市のヨーロッパバイソンは♀京秋、♀京子、♂京三など、地名のイメージを効果的に活用している。天王寺のコアラ♂「メ

ル」はメルボルン動物園の「メル」から取り、♀「テラ」は天王寺の「テ」とコアラの「ラ」の組み合わせである。

　人の場合もそうであるが、生まれた時の季節をそのままもってくる場合も珍しくない。

表15　季節から取った名前

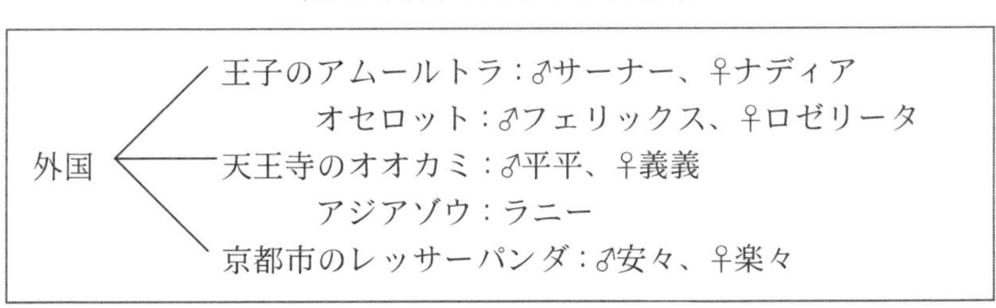

　このほか、福岡市動植物園のトカラウマは♀「ナツ」♀「アキ」の名前を持っている。

　外国で生まれ育ったものは、付けられている名前を尊重するケースがある。

表16　外国で付けられた名前

　アムールトラとオセロットはアメリカから、アジアゾウはイ

ンドから、オオカミとレッサーパンダは中国から導入したもの
で、出生当時の記録カードの名そのままである。天王寺は上海
動物園から送られた2頭のレッサーパンダの名前を一般公募し、
オスに「シャンシャン」(上々)、メスに「ハイハイ」(海々)と名付
け、地域性と外国語の原音を生かし、漢字でも書けるようにし
た。

IV.　動物の名付け方の特徴

　各動物園には次のような特徴が見られる。
　王子動物園はオスに「男」や「吉」、メスには「子」が数多く現れ
る。
　例)　マサイキリン：♂キク男、ミミ男　カバ：♂出目男　タン
　　チョウ：♂冨士男　グレビーシマウマ：♂はや吉　ホンドザ
　　ル：♂ホン吉
　　　ホッキョクグマ：♀キタ子　オオヅル：♀つる子　カバ：♀
　　茶目子
　その他12種23点の鳥類にも名付けている。中にはオスかメス
か区別のつかないものもある。
　例)　ベニコンゴウインコ：コロチャン　キエリボウシインコ：
　　キーコー　コミミズク：ミミ
　天王寺動物園は、79点のうち、外来語で名付けられているも
のが36点もある。
　例)　オオカンガルー：♂サムソン♀ケイト　キーウィ：♂ニュー

　　ミニ、ロンロングランドシマウマ：♂ラッキー♀レディー、
　キャンディー

　ライオン舎の放飼場の7頭のライオンを例に挙げてみると、「フ
ジオⅡ」「テツⅡ」のように、親の名をそっくり受け継いでいるも
のもある。

表17　ライオンの名前(天王寺動物園)

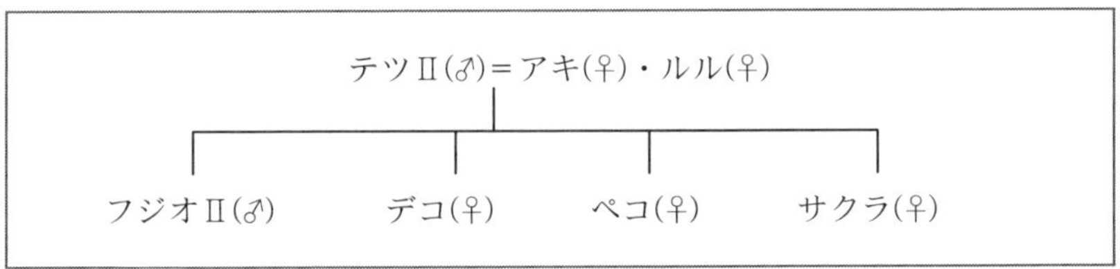

　宝塚動物園は、ニホンザルの♂に「フジ」「キタ」「ケンザン」「キ
リマン」「ドカクシ」「シオミ」「ウンサン」等山の名前を用いた。メ
スには一律的に「ウメ」「サクラ」「ハギ」「サツキ」「カスミ」「ラン」
「ベコニア」等、花の名があるのは他の動物園では見られない名
付け方であろう。これはニホンザルの数が多いので、分かりやす
く山と花の名に決め、順番に付けていったと思われる。また
コンカラーテナガザルの♂に「クロ」、テタマリンの♂に「クロ」、
ニホンツキノワグマの♂に「クロ」と、♂に「クロ」を好んで使って
いるといえよう。
　京都市動物園は、一般公募したローランドゴリラを初め、異
常と言っていいほど京都の地域性を強調していることが目立
つ。29点のうち7点もの例がある。例えば、ヨーロッパバイソ

ン：♂京三、♀京秋、京子、ローランドゴリラ：♂京太郎などが
そうである。またワオキツネザルの♂に「マンゴ」♀に「メロン」と
果物の名を借りたのはおもしろい。その果物はワオキツネザル
の好きなものではないだろうか。

　以上の動物の名付けを調べてみた結果、大きく五つの共通点
が見出された。

　第一に、王子のインドゾウの♂に「太郎」、天王寺のエランドの
♂に「タロー」、宝塚のコモンリスザルの♂に「太郎」、京都市のチ
ンパンジーの♂に「タロー」等いずれも必ず「太郎」（タロー）が入っ
ている点である。札幌市の円山動物園はオランウータンの♂に
「太郎」、エランドの♂に「丑太郎」、エゾヒグマに「金太郎」と名付
けているが、福岡市動物園ではベンガルトラの♂が「タロー」と呼
ばれている。このように「太郎」はどの哺乳類にもよく似合う、
まさに男の代名詞となっているのである。

　第二に、王子のマサイキリンの♀に「サクラ」、宝塚のインドゾ
ウの♀に「サクラ」、福岡市動植物園のチンパンジーの♀に「サク
ラ」等いずれも「サクラ」が入っている点である。天王寺はチンパ
ンジーの♀に「サクラ」、ライオンの♀に「サクラ」、フタコブラク
ダの♀にも「サクラ」と三種の動物に「サクラ」を用いているが、「サ
クラ」は♀に限られている。

　第三に、王子のカバの♂に「チイチイ」♀には「シャンシャン」「ラ
ンラン」、天王寺のハナグマの♀に「キキ」、京都市のレッサーパ
ンダの♂に「安々」♀には「美々」と名付けているが、発音しやす
く、中国風である。

　第四に、「フジ」という字の名前についてである。王子のタンチョウの♂を「富士雄」、天王寺のライオンの♂を「フジオⅡ」、宝塚のニホンザルの♂を「フジ」、インドゾウの♂を「フジ」と呼んでいるように、いずれも♂に「富士」(フジ)という字が入っている点である。

　第五に、「富士」と「雪」とは切っても切れない関係にあり、王子のチンパンジーの♀が「ユキ」、天王寺のホッキョクグマの♂が「ユキオ」、♀が「ユキコ」、宝塚のホワイトタイガーの♂が「シロタン」、♀が「シロリン」という名を持っている。上のように「富士」が出てくる動物園には「雪」も常に存在しているのである。

　このような五つの点から、動物の名付け方はいかにも日本的である。動物の名前と言ったらまずオスは「太郎」あるいは「タロー」であり、「富士雄」に続くだろう。メスは言うまでもなく「サクラ」「ユキ」「ユキコ」になるはずである。

　寿岳章子氏は大修館発行(1990年4月の新装版)の『日本の名前』の第五章「名前の型」の中で、日本人の人名には型の意識が濃厚にあると述べ、いくつかの系図作りの結果を、世代別に分けている。名の終わりに「郎」のつくものは祖父33％、父6％、高校生の本人2％であり、名の終わりに「夫」「雄」「男」のつくものは祖父0％、父24％、本人14％を示している。女の名は、名の終わりに「子」のつくものは祖母16％、母67.5％、高校生の本人72％を示し、はっきりと「○子」は健在であると言える。平凡であろうと、代り映えしなかろうと、一番根を張った名に違いない。

　例えば、王子のタンチョウの♀は「福子」「律子」、天王寺のアジアゾウの♀は「春子」「ユリ子」、宝塚のカッショクタマリンの♀は「ショウコ」、京都市のチンパンジーの♀は「初子」である。データのように人の名前と動物の名前はある程度の相関関係を保っている。つまり動物の名前は人によって名付けられ、人々の応募により決まるわけである。言い換えれば、動物の名前はその社会の鏡であって、その社会の構成員の名前から大きくかけ離れることは考えられない。

　さる6月に実施した日本総理室の世論調査の結果、日本人の中で約四分の三は、「国語使用」の実態が従来より悪くなり、外来語を濫用していると答えた。全国の成人男女3千人を対象とした今回の調査では、15年前の調査より外来語の使用の増加が目立った。関西地方の動物園飼育動物の名前も例外ではなく、ますますエスカレートしていくだろう。

表18　動物の名前の字種

	カタカナ	ひらがな	漢字	混用
王子動物園	80	0	18	2
天王寺動物園	71	1	4	3
宝塚動物園	86	2	1	0
京都市動物園	14	0	15	0

　表18で見るように京都市は漢字にこだわり、漢字の名を付けているのは57.1％にもなるが、宝塚では一つにすぎない。混用の場合、王子はシロフクロウの♂「雄ちゃん」と♀「真理ちゃん」、

天王寺はインドゾウの♀「ラニー博子」、クロサイの♂「サイ太」と♀「サッちゃん」の例だけである。ひらがなを一つ用いた天王寺は、ホッキョクグマを「ミユキ」と決定したが、他にも「ユキ」「ユキミ」などがあって混同しないようにわざと「みゆき」と表現したにすぎない。宝塚のひらがなはミーアキャットの♂「かっちゃん」、♀「みーちゃん」の一組しかない。通常、動物の名前(愛称・個体名・ペットネーム)はカタカナで表現しているとは言え、あまりにもカタカナへの依存度が高いと言えよう。中には王子のコアラの♂に「M. G. Jr」と原語のままになっているものもあれば、天王寺のライオンの♂に「ワールド」、ブラジルバクの♂に「ボーイ」、♀に「マーガレット」、宝塚のベンガルトラの♀に「ソフィア」、京都市のワオキツネザルの♂に「サデンリー」、福岡市動植物園のシロサイの♀に「ロッキー」、札幌市円山動物園のマレーバクの♂に「ラッキー」などを付けている。ここでは無分別な外来語の取り入れが見られる。

V. おわりに

　おわりに、動物園での動物の名前をもとにして日本の代表的な動物の家族を構成してみると、表19のようになる。

　外国で富士山は日本の象徴として紹介されているのだが、関西地区動物園の動物の名前にも「富士」は間違いなく存在する。その富士山の頂上は雪で覆われていなければならない。日本人の心のふるさとである富士山に「雪」が積もっていても、沖縄か

らの「桜」前線は毎年きまって北上してくるのである。花見に行
く日本の人々、花見を楽しみに待っている日本人。彼らが楽し

表19　日本の代表的な動物の家族構成

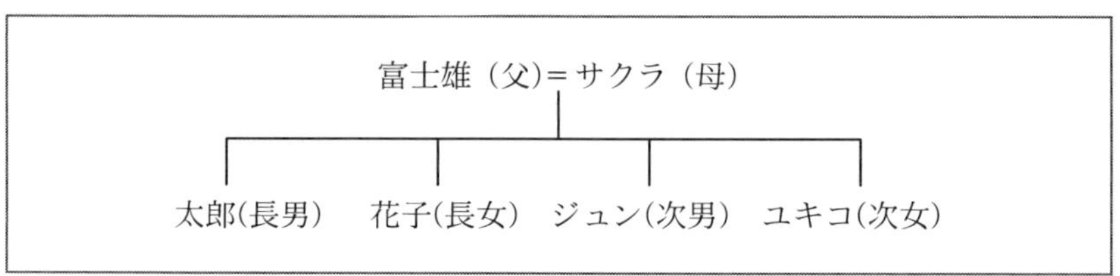

む動物園の動物の家族の家長の名は「富士雄」、彼の奥様は「さく
ら」である。因みに、生まれた男の子には「太郎」が、長女なら「
花子」という名がよく似合う。

第2章
内的な国際化 －会社名(商号)の変更－

Ⅰ．はじめに

　最近、日本の会社では社名の変更が多く見られる。日本経済新聞社発刊の『会社年鑑』を見ても、上場会社の場合、1990年版以後1994年版までの5年間で、おおよそ202社が商号を変えた。これらはどういう契機と理由でどういう過程を経て商号を変えていくのか、旧商号と新商号ではどんな差異があるのか、その命名のパターンと特徴を探ってみたい。

　その対象は「合併」「社名変更」「新規上場」の記載が始まった1969年以後1994年版までの『上場会社版』である。日本経済新聞社刊行の『会社年鑑』1994年版は1993年現在、日本の8ヶ所の証券取引所に上場されている2244社を載せている。また資料の正確性のため、最近、商号変更した会社120社へ手紙を出し、それに関連したデータを要望して62ヶ所から協力していただいた。

　商号が変わった上場会社(以下会社で表記、上場は省略)1969年版以後1994版までの457社を対象にその背景となる会社設立年度から商号変更までの期間、売出額、従業員数と業種、地域も分類した。

II.　商号変更の実態

1.　商号変更の推移

　旧商号から新商号への会社変更登録を正式に始めた1969年版以後、次の図1で見るように1971年版[1]の22件と1986年版の23件に次いで1989年版の26件、1990年版には69件の高い数値を記録している。1989年に新しく公布施行された相互銀行法により、各県ごとに1ヶ所程度の相互銀行が相互という字を外す過程で生じたもので、それら31社を除いても38件にもなる。次の年の1991年版には45件まで上がり、1993年の33件を経て1994年版には12件と急激に減っている。

---

1) 1971年版には1969年11月から1970年10月までの商号変更が載せられている。1994年版には1992年11月から1993年10月までの商号変更が載せられているが、本稿では株式会社という表記を商号(社名)から省略した。

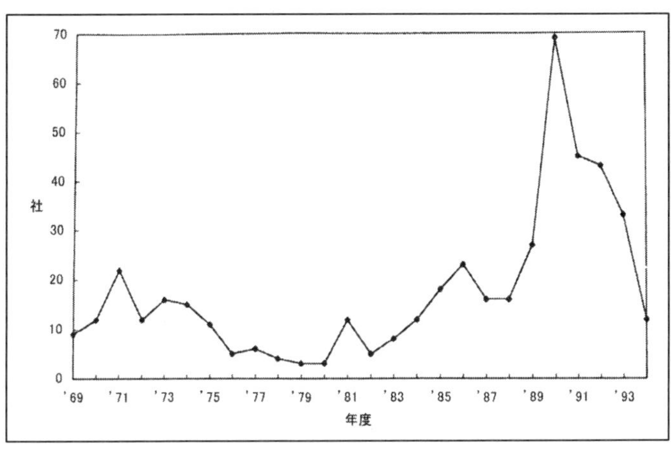

図1 年度別の商号変更

　これは日本経済の景気と密接な関係を持っていて、1971年版に載っている1970年は1965年以降の不況を乗り切った後の好景気を迎えた時期であり、いわゆる第1次の石油波動が近寄る前年にあたる。この時期に「東洋レーヨン」は「東レ」に「倉敷レーヨン」は「クラレ」に商号変更(以下変更)したが、事業多角化による事業内容の変化で、商号が合わなくなったためと見られる。その後1986年から徐々に上昇し始めた日本経済は1990年代初めまで好景気を保ち、社名変更も一つのブームとなった。しかしその後、景気拡大のリード役であった自動車・電気などの加工産業が停滞し始め、1991年の3月の全国上場企業経常利益は前年度に比べ0.5%減少し、4年ぶりに減益となった。1992年には売出額営業利益率が3%にも及ばず、過去20年の中で最低となり、これを反映するかのように1993年には変更が急速に減り、1994年版では12件に過ぎなかった。

　このように変更が活発に行われるときは日本の好景気であり、社名の改名と日本の景気は比例するといえる。

2. 業種別

『会社年鑑』の業種別索引を引用して29種に分けてみた。鉱業と通信業では変更が1件もなく、保険業の「三井海上火災保険」1件(以下件省略)、空運業の「パスコ」1、電気・ガス業が「広島ガス」の1であった。

　「三井海上火災保険」は1990年代に入って改名した例であるが、1950年代は三井・三菱・住友・安田など旧財閥系列社名が復活するときであった。この時期までは変更にあまり関心を寄せていないが、大正時代が15年の幕を閉じて昭和時代を経て、平成年号を使い始めてから状況は変わった。営業社員の中から、社名のため、やりにくいという不満が起こり始めたのである。営業活動において人々は三井を信用するため三井の保険会社と契約を希望した。大正火災が三井系列社であることを証明しなくてもよいように改名すべきだという世論に従って「大正海上火災保険」は、やむなく「三井」に変えられた。

表1　業種別の順位

( )：変更社数、[ ]：全体登録会社数

順位	1	2	3	4	5	6	7	8	9
業種	金融業 (48) [167]	機械 (45) [189]	電気機器(44) [199]	商業 (44) [260]	建設業 (36) [154]	化学工業(25) [184]	繊維業 (19) [78]	輸送業 (19) [78]	窯業 (15) [52]
比率	水産農林業57% [7]	ゴム製品33% [12]	金融業 29% [167]	精密機器25% [36]	機械 25% [189]	繊維業 25% [78]	建設業 23% [154]	石油製品23% [13]	運輸関係23% 「30」

　数字上では表1で見られるように金融業45社、機械45社、電気機器44社、商業44社、建設業36社などの順になるが、業種別の比率では水産・農林業が登録企業7社の中の3で57%、ゴム製品は21社の中の7で33%、金融業は167社の中の48で29%、精密機器は36社の中の9で25%になっている。

3. 売出額、従業員数

　1985年版から1994年版までの10年間における売出額が50億円以下なのは5社であり、「マクロス」[2]が18億5千万円で最小で、「兼松」[3]は5兆9千億円に至るなど、変更社のうち1兆円以上の会社は16社もあった。2千億円前後に73社が集まっており、300億円前後に83社の分布を見せている。

---

2)「マクロス」：1947年に資本金650万円で設立、事業内容はプラスチックの抽出機と土木試験機等の製造業、従業員は男87人に女10人。

3)「兼松」：1918年に資本金200万円で設立、事業内容は繊維・食品・化学品・機械・電子等、従業員は男2107人に女709人。

　従業員数もこの10年間、「ツノダ」[4]の42名から「東芝」[5]の74,883名まで多様で、1000名から3000名の間が103社で最も多い分布を示している。103社の中で、銀行が30社を占めており、銀行の中では「さくら銀行」[6]が一番多くの従業員を擁している。

　その他会社によっては従業員を事務員、技能員、技術員、現業、非現業、事務職、嘱託、作業員、一般、間接員、直接員、営業、管理職、一般従業員、職員、船員など多様に記述している。

4. 本社別

　本社(本店・本部)別に分けた場合、やはり東京が176社でほぼ40%を占めて圧倒的に多い。その次は大阪の79社、愛知県21社、神戸市のある兵庫県が17社、東京に近い神奈川県が11社、静岡10社の順になっている。70年代までは商業都市の大きな役割を大阪が担ってきたが、80年代と90年代に入ってからは東京の方へ自然に中心役割が移行しつつある。1970年代までは本社数では30:26で変わりはなかったが、80年代に入り、大阪から東京へ本社を移すケースが増加し、80年代以降の本社数では東京が大阪の3倍にもなった。これに対して、中部地方では名古屋のほうが21、早い時期に開港した港都市の神戸方面が17くらい

---

4)「ツノダ」:1947年に資本金30万円で設立、事業内容は自転車とその製品製造、従業員は男36人に女6人。年商33億円、本稿での年商はすべて1994年版に載せられた1993年3月の決算額で算定した。
5)「東芝」:1904年に資本金100万円で設立、事業内容は情報通信システム・電気・家庭電器等年商3兆1500億円、従業員は男女2:1の比率。
6)「さくら銀行」:1948年に資本金2000万円で設立。事業内容は銀行諸般業務、経常利益約3兆円、従業員は男女2:1の比率。

にとどまっている。しかし徳島県・高知県・青森県など10余県では変更社のうち、本社を置いたところは一つもなかった。滋賀県・奈良県・岩手県などの10県は本社が1ヶ所にすぎない。

表2 本社別の順位

順　位	1	2	3	4	5	6	7	8
地　域	東京都	大阪府	愛知県	兵庫県	神奈川県	静岡県	広島県	福岡県
数	176社	79社	21社	17社	11社	10社	9社	6社

　本社は登記上の本店と違うところが多く、1993年4月に変更した「トウペ」は登記上の本店は大阪府堺市であるが、本社は大阪市北区になっている。また1969年4月変更の「青木建設」の場合、登記上の本店は大阪市北区であるが、本社は東京都渋谷区におかれるという実状であった。

5. 設立年度別

　1985年に変更した「ダント」[7]が1855年の創立で一番古く、その次は同年変更の「オーベックス」[8]で、1983年変更の「ニチメン」[9]は1895年に創業した。

---

7)「ダントー」：1885年に資本金1万円で設立。事業内容はタイルと接着剤等、従業員は男410人に女250人。年商33億円。

8)「オーベックス」：1892年に資本金1万6000円で設立、事業内容は洋品類・帽子・繊維化学製品・樹脂製品等、従業員は男176人に54人。年商91億円。

9)「ニチメン」：1895年に資本金100万円で設立。事業内容は金属・機械・化学品・繊維・建設・木材等、従業員は男2101人に女668人。年商5兆6000億円。

　設立年代別では1940年代に続いて1930年代の設立社の改名が多かった。変更社別の設立年度の単純比較から離れて設立から変更までの期間を見ると、設立後40年〜49年の間が119社(30%)で一番多く、30年〜39年の間が73社(18%)、50年〜59年の間が67社(17%)、60年〜69年の間は46社(11%)となっている。短いものでは9年2ヶ月の「フットワークインターナショナル」[10]から長いもので100年8ヶ月の「ダント」まで幅広く広がっている。

表3　設立後変更までの期間

期間別	20年未満	20年〜29年	30年〜39年	40年〜49年	50年〜59年	60年〜69年	70年以上
数　字	14社	46社	73社	119社	67社	46社	35社

　表に出た数字の中から、社名変更後の合併などで1993年3月現在の『会社年鑑上場会社編』に載っていない会社(株式会社に限定)57社は除外した。

---

10)「フットワークインターナショナル」：1981年に資本金3500万円で設立。事業内容は車輪・衣料品・通信販売等、従業員は男126人に女58人。年商は約200億円。

Ⅲ. 商号分類

1. 地名・人名

　商号(社名)を見たとき、まず目に付くのが「東京ドーム」「広島ガス」「神戸電鉄」「関西銀行」などの地名である。1969年版から1994年版まで旧商号で127例、新商号で101例あり、ほぼ4社のうち1社の割合で地名を使っている。

　日本や東洋などは地名に含まず、「大阪曹達」→「ダイソー」に変わった場合と「東京側範」→「トーソク」の場合は一応大阪の「大」から「ダイ」を取り、東京の「東」から「トー」を取ったという点で地名とみなした。社名では地域に根を下ろした会社が地方経済の活性化を図るばかりでなく、国や東洋経済の発展を遂げる意味で、地名あるいは国家名をどんな形態であろうと一部導入していることがわかる。

　地名の次に、多くが人名で占められている。例えば藤田、酒井、湯浅などであるが、ほとんどが創業者の姓を社名として表している。永谷宗七郎が「永谷園」を、島野尚三が「シマノ」を、十合東助が「ソゴウ」を、山葉寅楠が「ヤマハ」を創業して継承発展させている。

　人名の場合も地名と同じく名前が一部だけ入っていても人名とみなした。酒井伊西郎が建てた「サカイオーベックス」、君沢安が建てた「ハックキミサワ」などがそうである。

　全体の変更件の457例から見る場合、旧商号の中の64社、新商号からは51社で減少したが、いまだに創業者の名を大事にしていてその企業の企業精神を受け継いでいるといえよう。「日本マランツ」は人名に含まれると思われるが、それは米国人のマランツが考案して商品化させたオーディオのブランド名でもある。「コナミ」は創業に携わった人々の5人の頭文字を取って名づけた例である。

表4 地名＋人名(最近10年間)

年 版	'85	'86	'87	'88	'89	'90	'91	'92	'93	'94
旧商号	6	8	10	6	12	37	18	17	15	4
新商号	6	5	7	5	8	32	15	13	11	3
変更数	18	23	16	16	27	69	45	43	33	12

　地名と人名を合わせて見てみると、457社のうち、旧商号からは191社、新商号では152社にもなり、それぞれ42%、33%を占めている。新商号では地名と人名を合わせた比率が半分を超える年はないが、旧商号の場合は1971年(22の中の14)、1974年(15の中の8)、1984年(12の中の6)、1987年(16の中の10)、1990年(69の中の37)年版では変更数のうち半分以上になっている。

　日本で会社を設立して新規上場するなら、まず地名を考え、それから創業者の名を考えるとよいかもしれない。

2. 新・旧商号の字種

　字種は大きく漢字・カタカナ・ひらがな・混用・ローマ字で分類し、混用は大抵漢字とカタカナの場合が多いが、たまに漢字とひらがなになっているものも見られる。図2で見られるように漢字なしの旧商号は考えられないし、図3で見られるようにカタカナなしの新商号も考えられにくい様相を見せている。

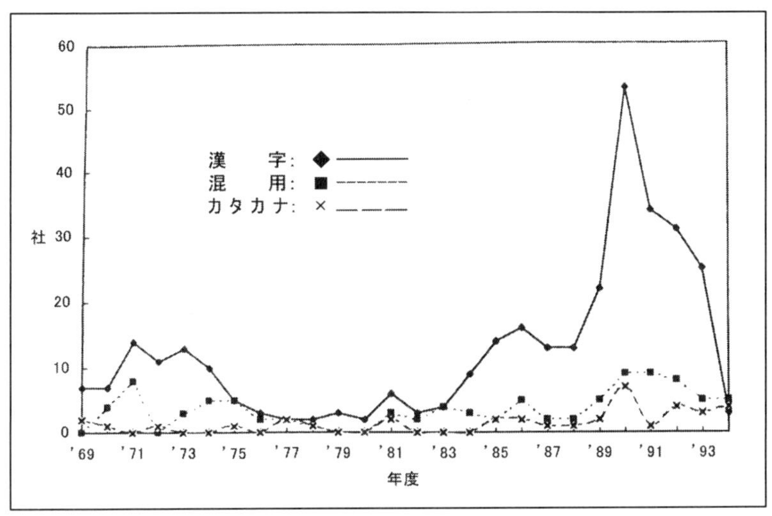

図2　旧商号の字種

　数字上から見ても、旧商号の場合、最近の1994年版を除いては、すべての年で全体の中の漢字の比重は圧倒的である。一方カタカナは37社にすぎず、10％にも及ばない。ひらがなは「いづみや」「いづみ」の2社のみである。混用は95社で20％を上回っており、「かねもり商事」と「ときわ相互銀行」の他は漢字とカタカナが混ぜられている。この他ローマ字の表記は「FSK」が唯一の例として挙げられる。

　これに反して、新商号はカタカナの世といってもいいほどカタカナがよく使われている。1970年代までは漢字との混用が大半を成したが、1980年代に入ってから漢字は横ばいの様子である。ただし、1990年版では漢字が32例まで上がるが、その中で銀行名の26例を引くと、実際は6例にすぎないところを留意する必要がある。

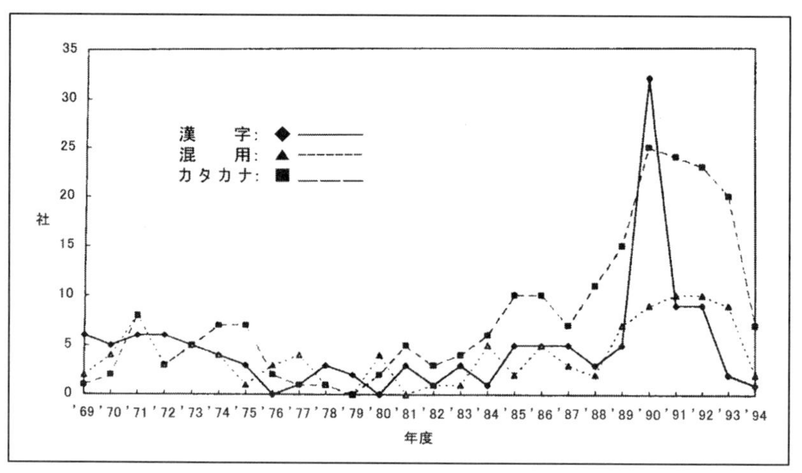

図3 新商号の字種

　変更した社名はカタカナが半分を占め、次が漢字(銀行名含む)125社、混用例が105例であり、ローマ字は「SMK」「KOA」「TDF」などの8社、ひらがなは「いなげや」「きんでん」「かろりーな」など7社の順である。ひらがなと漢字の混用は「さいか屋」「せとうち銀行」など4社、ひらがなとカタカナの混用は1社である。サービス業に登録した「よみうりランド」であるが、賃貸と不動産部門、ゴルフ部門、遊園地部門、販売部門に事業内容が分かれた。従業員317名の規模の、東京に本社を構えた設立45年目の会社である。遊園地としてスタートして主な業種が子供相手のレジャー企業であるだけに、読みやすく、書きやすいように名づけられたのではないかと思われる。カタカナを好む理由としては、現代の感覚に合うという点、「大和」という場合、読みに誤解を招きやすいが、「ヤマト」とすれば、読み書きに難しさを感じないという点、新鮮さや斬新性・将来性・センスなどが挙げられる。

　このように商号で見る限り、漢字からカタカナの方に中心の軸が移動したといえよう。

3. 字種変化

　字種の変化は漢字→カタカナ148例、漢字→漢字56例、混用→カタカナ47例、混用→混用37例、カタカナ→カタカナ20例、カタカナ→混用9例の順に表れた。

　この他「十合」が「そごう」に変更されたように漢字→ひらがなが4例、「西友ストア」から「西友」に変更されたように混用→漢字が7例、「いづみ」から「イズミヤ」のようにひらがな→カタカナの2例、カタカナ→ひらがなは「カロリーナ」から「かろりーな」の場合の1例、カタカナ→漢字は「クラウン」から「宮越商事」の1例、混用→ひらがなは「かねもり商事」から「かねもり」の1例である。

　それに1990年版ではカタカナ・混用・漢字→ローマ字への変更が各々1件ずつ現れるが、「ケーデーケー」が「KDK」に、「エヌ・テー・エヌ東洋ベアリング」が「NTN」に、「東亜特殊電気」が「TOA」に変わった。1991年版にはローマ字→カタカナも出ており、「FSK」は「リンテック」に変わった。

4. 字数変化

　旧商号から新商号に変更したものの特徴としては社名の短縮化が見られる。これは略語(または造語)が大いに使われたものと見られる。例えば「九州電気工事」が「九電工」に、「東洋アルミニウム工業」が「日本アルミ」に、「保谷硝子」が「ホーヤ」にと社名が短くなり字数も縮まった。図4でも見られるように、伸びたのは84例に過ぎない。

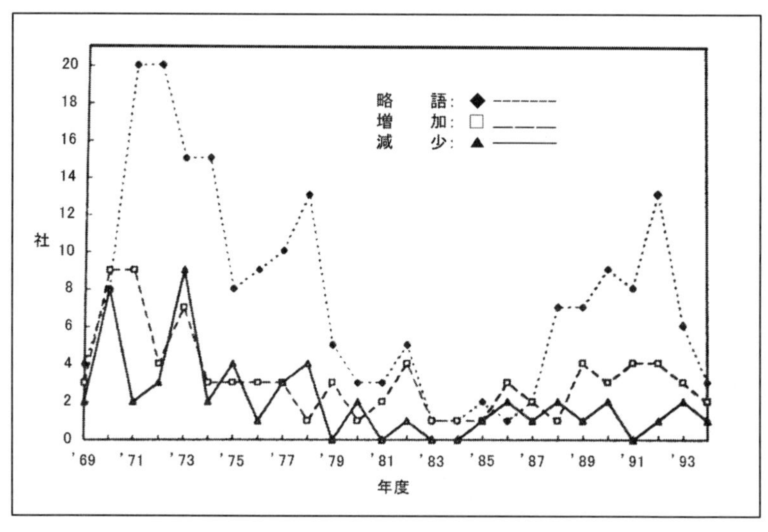

図4　字数の変化

　次の場合はカタカナ化されながら字数が増えたもので、「中野組」が「ナカノコーポレーション」に、「三菱金属」が「三菱マテリアル」に、「会田鉄工所」が「アイダエンジニアリング」になった例などである。
　一番長い社名は「フットワークインターナショナル」で、反対に一番短い商号は2文字の「山九」、「兼松」、「東リ」、「日工」など17社であるが、「東リ」の他はみな漢字を使っている。

5. よく使われる字

表5　よく使われる字

順　位	1	2	3	4	5	6	7	8	8	10	10
旧商号	日本 (43)	東洋 (19)	富士 (9)	帝国 (6)	昭和 (4)	興業 (4)	第一 (4)	東亞 (3)	日新 (3)	協和 (3)	朝日 (3)
新商号	日本 (30)	東洋 (11)	富士 (7)	中央 (4)	太陽 (4)	東亞 (4)	インターナショナル (3)	シティ (3)	テイ (3)	ファミリーシステムスター、さくら (各2)	

　表5に表れたように日本、東洋、富士は予想通り1・2・3位を占め、新しい平成年号の使い始めにより昭和が押し出され、代わりに中央と太陽が新商号に上がってきていることがわかる。カタカナ化、短縮化とともに国際化にふさわしいインターナショナルが7位に、シティが8位にランクされており、この他ファミリーシステムも新しく登場した。一方、東亜と星は元の順位を保っているが、「東亜ペイント」から「トウペ」に変更(1994年版)の理由を次のように述べている。

　旧社名であります「東亜」という名称が過去の我国が近隣諸国の皆様(当然貴国には多大な迷惑をおかけしました)にかけた迷惑、犯罪行動を思い出されることになり、新たな気持ちで出発する我々としまして決して過去のあやまちを繰り返さないことを心に銘記するためにもこの名前を社名から外したいと考えた状況がありました。

　新商号の日本は日、ニチあるいはNで表記されたものが全体の半分に至り、これらは旧商号から日本を受け継いだものとみなされるので日本に分類した。東洋の場合も新商号ではトーヨー、東、トーあるいはオリエントとも表記されたが、東洋と書いたところは「エヌ・テー・エヌ東洋ベアリング」の1社に過ぎない。

　このほか、興行や第一や日新、協和などは減少の傾向を見せており、一文字ずつ引き離した場合は新・旧商号合わせて三・興・豊・新・栄・光・日・大・国などの漢字が2〜4個ずつ出てきた。よく使われる字で見るように日本会社の商号は「日本」という言葉から離れきれず、東洋に属しているとの証明にもなったわけである。さらに、富士山や桜の存在がなくては、名づけが成り立たないという見方ができるだろう。

IV. アンケート調査結果

　はじめにで述べたように、最近、社名を変更した会社を中心に120社へアンケートの協力を頼んだところ、半分くらいの回答があった。公募の有無も含めて、旧商号から新商号にいつ、誰が、なぜ、どのように、どのような過程を経て変えたのかについて尋ねた。

旧商号の場合は、発起人や社長あるいは創業者の命名が多く、「日本光学工業」「富士輸送機工業」「安川電機製作所」などがその例である。

1. 商号の公募の有無

旧商号の場合、大阪にある「大阪ロイヤルホテル」が一般公募の唯一のケースである。1964年に日刊新聞による公募の結果、全国から87,540通が届き、9人の審査員に委ねられ、「大阪ロイヤルホテル」に決定された。しかしその後、大阪という地域のイメージを与えやすいということで「大阪」を外し、「新大阪ホテル」と合併して「ロイヤルホテル」に変更した。

新商号においては24社が社内公募をしてから社内・外のアンケート調査を行なった。会社によってイメージアップ委員会やCI[11]推進チームや別のプロジェクトチームで受け持って進行させたり、外部に依頼したりする場合もあったが、役員会や株主総会にかけて確定したところが多かった。

「エンシュウ」の場合は極秘で推進したのだが、その理由は「遠州クロス」、「ユニワイド」との電撃的な合併を目前に控えていたので、世間に知られるのを避けるためであった。水産物の生産と供給を主とする「マルハ」の場合も変更作業は極秘に行われたが、公開して推進する場合に、予め商号登録をしておいて代価を要求する悪徳業者たちがいることを懸念して、密かに消費調査をしてから改称された。

---

11) CI:Corporated Identityの略。普通、企業のイメージ統一を指す。

　社名の由来の中で関心を持たれるのは「イズミヤ」[12]であり、その商号は聖書の中のヤコブの泉[13]から引用し、聖書で歌われている恋に基づいて、社歌や社章まで作った。

2. 商号の変更の契機

　「日本光学工業」はCIの概念を導入して活動する中、社名に対する調査・検討を終えた後、イメージ作りの一環として、また創立70周年の記念でブランド名の「ニコン」に変えた。このように創立15周年の「トステムビバ」、30周年の「アイチ」、50周年の「そごう」、100周年の「フジクラ」まで、創立の記念に変わったところが17社である。CIの一環として変更したところも10余社であり、以下「関東精器」の変更過程を詳しく取り上げてみる。

　この会社は1956年に設立され、埼玉県に本社を置き、5ヶ所の工場で自動車用の計器類、樹脂部品、電子部品などを3200人余りの従業員が生産し、1200億円の売り上げを収めている。

1990年　6月：イメージアップの活動の一環で変更検討
　　　　7月：社内・外のイメージ調査
　　　　　（企業イメージ、社風、従業員態度、意識、雰囲気）
　　　　8月：社名変更に対し76％が賛成
　　　　　関東精器のイメージ（平凡・地域的・古い）

---

12)「イズミヤ」：1952年に設立して1995年2月現在、資本金272億円。事業内容は総合小企業のチェーンストアー、従業員は4336人。営業収益は約4000億円。
13) ヨハネによる福音書4章14節：「しかし、私が与える水を飲む者は決して渇かない。私が与える水はその人のうちで泉となり、永遠の命に至る水がわき出る。」

　　　　9月：全従業員を対象に社名の公募
　　　10月：ほとんどカタカナ名、前後に「KS」や「KANTO」
　　　　　　を付けたもの、Kから始まる社名
　　　11月：社名選定(上位10件)
1991年 2月：現社名との連続性、事業領域と商品イメージとの
　　　　　　合致性の法的調査
　　　　4月：役員会で新社名「カンセイ」内定
　　　　　　社名に関する説明会の開催(役員)
　　　　5月：社名の変更の社内放送(社長の挨拶)
　　　　　　社名変更の説明会開催(一般社員)
　　　　　　社名変更のポスターを全社に掲示
　　　　　　株主総会で社名変更の承認・決定
　　　　6月：新シンボルマークの発表・説明会開催
　　　10月：創立記念日から新社名「カンセイ」

　社名案の応募の1位は「ケーエス」、2位「カントー」、3位「カン
トーセイキ」、4位「カンセイ」、5位「ケイエスケー」、6位「カンタ
ス」、7位「カンテック」であった。

　「アスティ」は創立40周年を期にCI活動を導入した例であり、「ト
ステムビバ」は創立40周年と売り上げ1000億円の突破を同時に
記念するためブランド名を社名に変えた。このように変更のも
う一つの要因はブランド名と社名の一致にある。前述の「ニコン」
と「トステムビバ」のほか、「フジコビアン」はコビアンから、「日
本マランツ」はマランツから「シマノ」はシマノというブランドか
ら取ったもので、ブランドを尊重した商号の変更であるといえ
よう。要するに「名」と「体」が合致する企業像を世間に知らせよ
うとする意味である。

　ブランド名のほかにもシンボルマークと合致させた例は「さく

ら銀行」と「あさひ銀行」から見られる。太陽神戸銀行と三井銀行は合併して、「太陽神戸銀行」となるが、このような合併銀行のイメージを払拭し、さらに親しみを感じさせる「さくら銀行」に変更した。桜をシンボルマークとして取り入れ、銀行のイメージとして定着させたうえ、日本を代表する花で人々に愛されており、国際的な跳躍を目標とすることから合併の2年後に変えたのである。

「あさひ銀行」は社内のアンケートの結果、平成、日の出、ひまわり、ニテール等を抜いて選定された。

3. 変更商号の特徴

前章で言及した短縮化(主に頭文字を取って造語にする等)・カタカナのほかにも国際化・ローマ字化・抽象化などが挙げられるが、これらが調和されて一塊になるケースもよく見かける。具体的に各社の例を挙げてみると次のとおりである。

①「アスティ」:「Amenity」+「Sensibility」からASをとり、仏語では一流・一番目という意味になる。

②「サンコール」:「SUN」は太陽、「CALL」は呼び集めるの意味で、業界の中核企業へと成長する願いが込められている。

③「ハックキミサワ」:ハックは「Health&Clean」の頭文字からHACとし、健康で清潔なイメージを表現。

④「サンスター」:朝サン(SUN)を眺めながら歯を磨き、口腔衛生を徹底させるとの意味。

⑤「オーベル」:オーバル(Oval)は卵の形である円錐形の品物を意

味し、主製品の計量器がそれに似た形をしている。

⑥「ファブリカトヤマ」：fabricaはラテン語のfabric、fabricate に由来し、ファブリカもトヤマも語末の母音を揃え、一種の 韻を意識しているのだろう。

⑦「LIHIT LAB」：ドイツ語のLICHTに由来するもので、光・ 暁・希望の意味、LABは最先端の研究・実験・挑戦の意味で ある。

⑧「サカイオーベックス」：設立者の酒井を継承、オーベックスは OVER&EXTENSION(範囲・領域の拡大、拡張を図ること)を 略した語で、発展を遂げていく企業像の表れ。

⑨「イトーキクレビオ」：クレビオは社会に対する会社の存在意義 を表現、創造を表す英語のCreationからCreと生活を意味する ギリシャ語のBIOSからBIOを取り、この2つの組み合わせから 生じたもの。

⑩「扶桑レクセル」：A Leader of excellent and enjoyable life の頭文字を取った造語、素敵で快適な生活のリーダーになり たいという全社員の願いが込められている。

⑪「大成ロテック」：大成は中国の全国時代の孟子の言葉の「集 まって大をなす」に由来。ロテックはRoadとTechnologyの合 成語。

⑫「G-Net」：Gはアルファベットの7番目の字で、知性という意 味。NETは人・物件・情報のネットワークを指す。

⑬「シーキューブ」：Cの立方体、すなわちCの三乗を表す言葉。 事業領域のComputer、Communication、Constructionを結

ぶ相乗効果を表現している。

　以上のように、新商号は旧商号の単純略字から離れて造語の世界へ進んでいる。ナイター、コンセント、モーニングコールなどの和製英語が浸透しているように、これらの造語の幅も広がり、英語・独語・仏語はもちろんのこと、中国の故事成語からラテン語・ギリシャ語までも導入、応用して新しい商号づくりに取り組んでいる。外来語の頭文字を取ってきたり、ア行で終わる韻を踏んだり、ブランドの形態を商品化させたりするのである。

　アンケート調査に表れた社名変更の理由としては、合併のほかに業務内容の変化とともに経営の多角化、イメージアップなどが挙げられる。「富士科学紙工業」は紙製品を生産しなくなったのにもかかわらず社名に紙が入るのは不自然であることから「フジコビアン」に、「東京セロファン」はセロファンの需要の減少により売り上げが全体の10%に落ち込んだため、業界で通用される「東セロ」に、「コナミ工業」は研究開発よりも工業や産業的な認識を与え、実際の事業とはかけ離れていることから「コナミ」に変わった。「安川電機製作所」は製作所という名称が若者に敬遠されるうえ、3Kの印象を与えやすく、事業構造の変革にしたがって「安川電機」に、「藤倉電線」は事業の多様化と電線にこだわらないために「フジクラ」に、「キャノンカメラ」はカメラ専業から離れ、カメラと事務機の総合精密機械メーカーに飛躍するため「キャノン」に変えた。

　また、「キッコーマン醤油」から「キッコーマン」、「トーヨーサッシ」から「トステム」、「にいがた臨港海運運送」から「RINKO」など20社は、イメージアップ・変化・活性化・確立・一致・定着・払拭・表現等を掲げて社名を変更した。

V. おわりに

　以上のように商号(社名)は日本の景気と密接な関係にあり、好景気の時、業種の多角化と変化を追求していく中で、イメージアップやグローバル化などを表面に打ち出して変更するケースが多く見られる。また相互銀行法のように会社関連法が新しく公布施行されたことにより一挙に変更する事例も生じた。

　今までの表記の流れを見ると、漢字の人気低迷に対してカタカナが脚光を浴びるだろうが、本社を中心とした地域性と設立者の創業精神を称える意味で社主名と合わせた商号でなければならない。新商号は外来語を導入し、頭文字を主とした造語の形をとる傾向があるが、外来語の本来の意味を消費者がほとんど理解できなくても、その由来やイメージをある程度把握できればよいという考えで作られるのではないだろうか。

　ここまでの分野別の外来語[14]含有率はファッション97％、美容86％、食生活84％、スポーツ76％、オーディオ74％、住宅67％の順であるが、今後は商号もこれらに続くことになるだろ

---

14)『ネーミングは招き猫』を参照。

う。また、商号は読みやすく、聞きやすく、書きやすく、話しやすく、覚えやすいものにすべきという概念から、どうしても日本と東洋などを念頭において、富士山や桜を取り入れなくてはならないと考えるのかもしれない。

　現時点では会社登記の際、ローマ字は許可されていないが、この制限がなくなるとアルファベットの表記が続々と登場することも考えられる。現在も登記はカタカナ表記にしておいて「LIHIT　LAB」、「C-Cube」、「INAX」などがすでに使われていることにも注目したい。そういう点で社名を英語で表記する場合の工夫も活発に行われるだろうが、前章で触れた「関東精器」では、3506件の社内応募作中、いくつかの過程を経て「KANTUS」が有力候補であったが、商号の最終調査の結果、オーストラリアの航空会社「KANTAS」のサービスマークとの類似性による混乱を防ぐため「カンセイ」と決められたのである。

　外国会社114社を除いた日本の8ヶ所の証券取引所の上場企業のうち社名変更をした457社を対象にした日本の商号からはどこにだれが建てたのかが浮き彫りになっている。それは20％に達するものが地名であり、10％が人名である。商号の中で「日本」や「東洋」も41例あり、9％を成していて、さらに「中央」を用いたものが4例あり、広い世界の「中央」へはばたこうとする意気込みが感じられる。よく使われる字から見た日本の会社は「太陽」のように光が消えることなくこの世を照らし、商号の変更を期にカタカナに模様を変え「シティ」から物の発信を続けている。「インターナショナル」感覚度の高い新商号の企業は「ファミリー」的であり、「スター」を育てる「システム」になっている。そこは周りが「さくら」の木で囲まれている所でもあり、「富士」山のイメージが浮かぶ所でもある。

第3章
時代の風景 －歌謡曲名の変遷－

　どの国であれどの時代であれ歌謡はそれらの土壌と風土の中から生まれ流行するのだから、一つの国の心の風景でもあり、心の故郷であろう。日本では明治時代(1868～1912)から大正・昭和時代を経て平成(1989～現在)に至るまでどんな曲がどのように作られ流行したのか。レコードの形で製作された曲を対象とし販売量も考慮して日本の歌謡1057曲を選定し、各時代別にその社会的背景を考察する。次に命名された曲のタイトルを題目別に分けて各時代別の変遷を図に表し、その特徴を調べ曲名に表われた字種及び形態も分析した。

I．はじめに

　日本人の情緒を一番よく表してしるのは何だろうか。それは心の故郷であり文化の元になる歌謡であろう。明治時代から大正時代、そして昭和時代を経て平成の7年に至るまで、どんな曲がどのように作られて流行してきたのか。レコードの形で製作された曲の中で、株式会社音楽譜出版社刊行『全音歌謡曲大全集』

1～7巻と同出版社の1996年度の改訂版『歌謡曲のすべて歌謡集』、ドレミ楽譜出版社の『昭和のうたBEST222』、NHKが1991年に出した『日本のうたふるさとのうた100曲』等を参考にして、代表的なヒット曲1057曲を選定した。「歌謡曲」という呼称は1936年以後一般化したもので、それ以前は「流行歌」と呼ばれた。一言で「歌謡曲」と言ってもそのジャンルは実にさまざまで演歌調、民謡調、フォーク調、ニューミュージック調、時には童謡と歌曲までも含まれている。1057曲の選定にあたっては全音楽譜出版社のレコード販売量などの選定基準に従い、レコードで作られたものを対象にしたため民謡や軍歌の一部は時代の区別が付かないことから除外した。これらの曲は第2次世界大戦を前後に戦前、戦中、戦後に分け、現時点(1995年)までに流行した曲を対象にして、各々の時代的背景となる社会相を考察し、その命名された歌のタイトルで題目別によく使われた字とその特徴を調べてみた。また名付けられた曲の字種及び形態別の分類を図と表を利用して分析した。

II. 時代別の社会背景

1. 明治時代

1872(明治5)年、小学校の教科で登場した「唱歌」[1]は、1881年

---

1) 唱歌という言葉は明治政府が近代的な学校制度を作った時、音楽教材に付けた名称で英語のsingingの訳語として日本の古来の雅楽用語「唱歌」から取ったものである。

に出版された日本で最初の音楽教科書「小学唱歌集」に載っている。その中には日本雅楽と俗楽の日本音階を使用したものもあったが、米国の学校で教材として使われていた民謡が多数入っており、特にスコットランド民謡は日本のメロディに似ているためよく扱われた。1889(明治22)年、

表1

	I / II	III	IV	V	VI	VII	VIII	IX	X
日本年号	明治・大正	昭和初期元年〜12年	昭和中期13年〜19年	昭和中期20年〜26年	昭和後期27年〜34年	昭和後期35年〜44年	昭和後期45年〜54年	昭和末期55年〜64年	平成元年〜7年
西紀年代	1868〜1926	1926〜1937	1938〜1944	1945〜1951	1952〜1959	1960〜1969	1970〜1979	1980〜1989	1989〜1995
曲数	29	66	58	70	89	239	231	163	111

　日本国憲法の発布の際、天皇を中心とした絶対的国家主義が高揚し教育にもその影響が現れた。忠孝と愛国心を徹底的に教え込む方針により「君が代」「一月一日」などを合唱させた。1894(明治27)年、日清戦争が始まってまもなく軍歌のブームが起こった。軍歌とはいえども当時は唱歌の一種として作られ学校で教えたのである。「敵は幾萬」「お正月」[2]は教室で教師と学生により歌われ、日清戦争に便乗して急速に全国に広がって

---

2) 1901年(明治34)『幼稚園唱歌』に発表されたこの歌は子供たちの気持ちを口語体で素直に表した。以下本文に出てくる歌のタイトルには「」の符号を付ける。

行った。

2. 大正時代

　大正時代は「大正democracy」と言われる自由主義・民主主義の思想が開花した時期である。それまでの唱歌とは違って大正期の童謡は、新しい童謡運動に共鳴する教師と彼らによる講演会・演奏会などを通して、子供ばかりではなく大人の間でも流行し、童謡の黄金時代が展開された。1923(大正12)年、作曲家の本居長世は関東大地震の時に救援物資を受けた答礼使節の一員として米国に渡り、各地で演奏会を開き「赤い靴」「青い目の人形」3)等自作の童謡を披露した。この時代の歌としてはその他にも「月の砂漠」「浜千鳥」4)「故郷」「琵琶湖周航の歌」などがある。

3. 昭和初期 －戦前－

　昭和期に入ると「日本コロンビア」、「日本ビクター」等外国資本を導入したレコード会社が生まれレコードを大量に生産し始める。音楽放送とレコードが共に人気を得て野口両情の「波浮の港」をはじめ民謡調の「出船」、モダン風の「東京行進曲」などのヒット曲も出てきた。レコーディングのブームは1941年頃まで続き、「うれしいひなまつり」「影を慕いて」5)などが挙げられる。

---

　3) 当時の米国では日本からの移民を排斥しようとする「排日移民法」が作られ、日米関係が悪化したためそれを改善するために米国教会連合評議会が企画した歌である。
　4) 1909(大正9)年に発表したこの曲の三拍子メロディーは日本の伝統的な五音音階と西洋作曲手法を見事に融合させた傑作である。

1937(昭和12)年に始まった日中戦争を前後に政府は音楽に対して強力な統制をし始めた。レコード会社には「露営の歌」「麦と兵隊」など軍国調の軍国歌謡を作るよう指示し、新聞・雑誌社には戦意をあおる曲の募集・選定作業をさせた。当時の政府にとって音楽は国民の敵対心を高め、戦争の士気を奮い起こすための道具、すなわち軍需品であった。日中戦争の勃発後は「愛馬進軍歌」「朝だ元気で」などの曲を選んで放送することになった。

4. 昭和中期(1938〜1944) －戦中－

1939年、ヒトラーの率いるナチスドイツは第2次世界大戦を起こした。1941年には、日本軍による真珠湾攻撃で太平洋戦争に突入したのである。戦勝ムードに沸き立つ日本では一層戦時色を帯びた軍国歌謡が盛んに歌われた。戦時体制下での庶民生活は困窮を極めたが、そのような状況の中でも歌謡曲の詩情と哀感は庶民たちの支持を受け静かに流行した。その代表的な曲は「誰が故郷を思わざる」「勘太郎月夜唄」などである。やがてサイパン島の陥落、戦艦「武蔵」の沈没、神風特攻隊出撃など戦勢は一挙に終末を迎えることになる。

5. 昭和中期(1945〜1951) －戦後占領下－

1944年に沖縄守備隊が全滅し、そして広島・長崎に原爆が投

---

5) 1906(昭和6)年、古賀政男が作ったこの歌の音には、少年時代を過ごした韓国の労働者たちが歌う被圧迫民族のメロディーの影響が大きかったと言われている。

下され、1945年8月、日本は無条件降服した。これにより一早く復活したのが戦時中に弾圧を受け、禁止されていたジャズやハワイアン等のアメリカンミュージックであった。戦後の歌謡曲の第一号は「リンゴの歌」である。この歌は松竹映画「そよ風」の主題曲であり、映画も歌も戦時中に作られたものである。それが戦後に多くの庶民に愛唱される曲になったのである。一方、マッカーサー将軍が率いる占領軍の政策により放送が民主化され、1946年に大衆参加のプログラムとして「素人のど自慢大会」が開かれ、これがアマチュアからプロへの登龍門になる。今でも毎週日曜日の正午のニュースに次いで放送されている。1948(昭和23)年の大ヒット曲の「異国の花」は上記の大会で歌われ、全国に広まっていったのである。同じ年に「東京ブギ」がヒット、「ブギウギ」6)が大流行した。次の年には美空ひばり7)が「悲しき口笛」を発表し、この天才少女の歌はたちまち「湯の町エレジー」を抜いて戦後最大のヒットを記録した。

---

6) 米国の黒人の間で生じたテンポの早いジャズ音楽の一つ。
7) 1989年2月:肺炎で死亡、享年52才。
　　1989年7月:女性最初の国民栄誉賞受賞。
　　1990年6月:加藤和世による「美空ひばり」コンサートを横浜で開催。
　　1993年5月:高知県に歌碑建立。
　　　　　　6月:横浜市に銅像完成除幕。
　　1994年3月:京都に「美空ひばり館」開館。
　　1995年9月:ニューヨークカーネギホールでコンサート。
　　　　　　12月:新宿でビデオ特別公演。
　　6月から12月まで全国主要都市で美空ひばり展開催。

6. 昭和後期(1952～1979) －戦後－

　1951年に始まった民間のラジオ放送により歌謡曲はますます広がって行った。1953年にはNHKテレビの本放送が始まり「君の名は」が話題を呼んだ。1955年頃からは歌手交代期に入り、新しいスター歌手がテレビの普及に伴って続々登場した。1955年の島倉千代子の「この世の花」、1958年のフランク永井の「有楽町で逢いましょう」等が代表的だ。またこの頃は民間テレビ放送局も増えカラー放送へ踏み切った。東京オリンピックが成功した1964年からは景気好調と共にヒット曲も数多くなり、アメリカンポップソングが流行の波に乗った。まもなくそれはポップソングというジャンルに区分され、歌謡曲とは区別されることになる。

7. 昭和末期(1980～1989)

　大衆の趣向が多様化するにつれて歌手も歌も大量に生産されるようになった。歌謡曲自体もニューミュージックやロックの影響を受けて大きく変化していく。しかしそれらとは確然に区分される伝統的な歌謡も、「演歌」という呼び名で圧倒的な大衆の支持を得ていたのである。円熟期を迎えた1980年代の歌謡曲は「贈る言葉」「恋人よ」「待つわ」「乾杯」「命くれない」等があるが、その昭和時代の象徴とも言える美空ひばりの死と共に「川の流れのように」長い時代の幕を閉じることになる。

Ⅲ. 題目別の分類

表2

順位	文字	数(比率)	曲名
1	人称	207(19.6%)	「あなたに会えてよかった」 (1991年) 「女のみち」 (1972年)
2	地名	162(15.3%)	「東京の人」 (1956年) 「大阪ぐらし」 (1964年)
3	自然現象	152(14.4%)	「或る雨の午後」 (1939年) 「池袋の夜」 (1969年)
4	唄・歌	82(7.8%)	「さくら貝の歌」 (1949年) 「野崎小唄」 (1935年)
5	植物	77(7.3%)	「花から花へと」 (1980年) 「この世の花」 (1955年)
5	愛・恋	77(7.3%)	「愛のフィナーレ」 (1970年) 「恋ざんげ」 (1993年)

　1057曲(以下数字の後の曲は省略)に達する日本の歌謡をその曲名に表われた題目別に分けて見ると人称207、地名162、霧・夜・月などの自然現象152、唄・歌82、花・木の植物77、恋・愛77である。これはあくまでも曲名に表われた字を分類したものであって、それの歌詞までは検討しなかった。「東京の人」は地名と人称の両方を含むが、このような場合は両方でカウントした。人称においては女38、男14、あなた・二人・きみ12、人・一人10、娘9、母・夫婦・花嫁・わたし・おれ6の順であって、女が男よりしきりに登場している。地名は東京都内にある上野・原宿・新宿・銀座・赤坂等を含めば東京がおよそ40、大

阪が30にもなり、政治・経済の中心であって文化の産室である所、人々が集まる賑やかな所に歌謡曲名も片寄る傾向があることが窺える。

　朝が「寒い朝」(1962年)、「おんなの朝」(1970年)等いくつかの例に過ぎないのに比べ、夜は曲数において55で、歌謡曲では夜のほうが朝や昼より圧倒的な優勢を見せている。また霧は11の中、「夜霧の第2国道」(1958年)のように夜霧が7もあり、歌謡曲名には夜霧が好まれているようだ。唄・歌の中には唄23、歌20、小唄11、子守唄10、子守歌5、悲歌5、うた3、ソング2、演歌2等が含まれ、その数は82にのぼる。歌と唄の両方の境界は定かではないが、三味線に合わせる時は唄をよく使い、小唄は俗曲の一つで、明治期に流行した三味線の小歌曲である。ブルースは過半数が「熱海ブルース」(1949年)のように地名の後に付けられており、1960年代に「恍惚のブルース」をはじめ14もあり1960年代に広く歌われた歌の中で12.6％であって、ブルース・ブームが起こった。植物はあざみ・椿・バラ・桜・百合等の花の類39、杉・松の木・並木等の木の類5、ただの花が27で、生活の余裕が出来た1970年代に目立って花が登場している。この他、酒・酒場30、ブルース29、人名23、動物23(鳥類8含む)、別れ20例ずつの順であった。

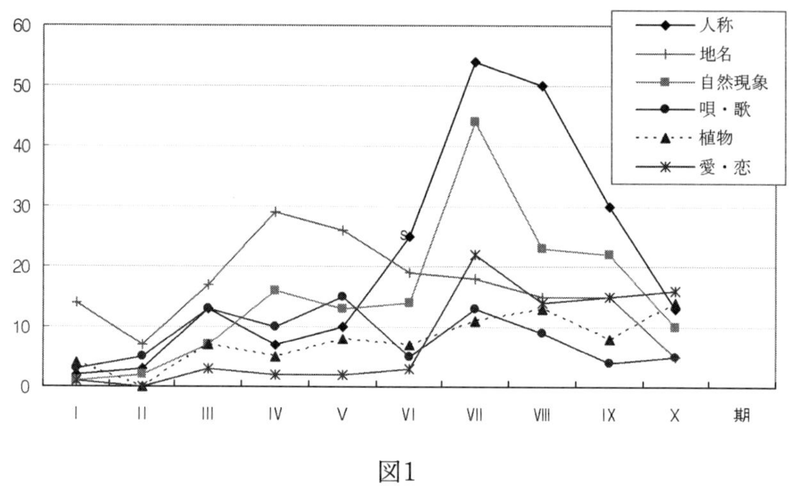

図1

　図1で見るように数が一番多い人称はⅥ期の1950年代に28％のピークに達し、その後、徐々に減っていき、平成のⅩ期は6％にまで落ちている。同じく地名と自然現象は太平洋戦争中にはそれぞれ29.3％、28％まで上がったが、次第に減少し、平成期は地名が5％、自然現象は9％しか使われていない。

　歌が大衆社会の縮小版であるなら、日本の歌謡曲に映された日本社会は、まず地域の人々の間に根をおろしたもので、自然と植物と一緒に人間本来の愛を求めて愛しながら生きていく世とも言えよう。

　地名や自然現象が現代に近づくにつれて下降曲線を描いているのに反して、〜草や花・木等の植物は明治期の27％以来10％前後で、昭和後期には5％台であったが、平成に入って13％台に上り、上昇している。愛・恋・ラブはⅠ期からⅨ期までずっと一桁台を保っていたが、平成のⅩ期は14％まで上り、近年になればなるほど高い関心が寄せられているのがわかる。唄・歌は明治・大正・昭和中期までは20％程度の高い比率であったが、その後は4～5％しか曲名に出てこない。

1. 人称

人称にはこの他、花嫁・おまえ・兄弟・恋人・ぼく・子・お嫁・妹・三人・人妻・お父っちゃん・だんな・赤ちゃん・おふくろ・少年・少女・女房・妻・親子等が含まれるが、Oh My little Girl(1983)のようにGirlも入っている。以上の人称ではお父っちゃんが一例であるのに対して、母は6、娘も6現れたが息子は0、花嫁(お嫁)7に比べ花婿0からみても女性の登場が際立つ。歌謡曲名は男性より女性の方が圧倒的優位に立っている。

表3

順位	1	2	3	3	3	6	6	7
字	女	男	あなた	二人	きみ	一人	人	娘
数	38	14	12	12	12	10	10	9
曲名(年度)	女の酒(1987)	男舟(1963)	あなた(1973)	二人ぐらし(1981)	君の名は(1953)	ひとり(1977)	初恋の人(1969)	娘よ(1984)

2. 地名

表4の地名から具体的に考察すると東京都内にある上野・原宿・新宿・銀座・赤坂等を含めば東京がおよそ40にもなり、政治・経済の中心であって文化の産室である所、人々が集まる賑やかな所に歌謡曲名も片寄る傾向があることが窺える。

　なお、ハバロフスクや支那、イスタンブル、満州、ハワイ等
の外国地名も見られるが、上海が5つでそのうち4曲が1939年
に、「上海かえりのリル」が1951年にヒットした。これは歴史的
に1938年の満州事変との関わりからではないだろうか。韓国の
都市では釜山港が入っているがこれは1980年にヒットした趙庸
必の「釜山港に帰れ」に繋がる。国名は、日本のほかにカナダと

表4

順位	1	2	3	4	5	6	6
地名	東京	大阪	長崎	銀座	新宿	上海	京都
数	27	30	9	7	6	5	5
曲名 (年度)	東京行進曲 (1929)	大阪ぐらし (1980)	長崎物語 (1939)	銀座の女 (1971)	新宿そだち (1969)	上海だより (1938)	京都の夜 (1967)

支那が入っている。長崎8)は地名のなかで三番目に多かったが早
く開港したことや被爆地ということから人々の関心を引いたの
ではないかと見られる。地名は1938年・39年の二年にかけて
162の中の12、7.4%のピークに達したが、その後徐々に減少し
1980年代に入ってからは3例に過ぎなく、激減の傾向を見せて
いる。

---

8) 1571年にポルトガル船の入港以来、貿易港として文化の伝来地になる。
　豊臣秀吉の統一以後は直轄地となり江戸時代には唯一の開港場として繁
　栄したが、1945年の原爆投下の時は市北の半部が破壊された。

3. 自然現象

　また「ワン・レイニー・ナイト・イン・トーキョー」(1964)や「抱きしめてTonight」(1988)のようにナイト9を入れると夜関連は64になり、星・月など夜と関わりのあるものが大多数を占め、歌の中の自然現象は一方的に「夜」に傾いている。36の雨の中には「落葉しぐれ」(1953)等4つのしぐれや「ワン・レイニー・ナイト・イン・トーキョー」のレイニーが含まれる。雨はよく地名と結び付いていて「雨の銀座」(1967)・「雨の大阪」(1990)等10もある。また雨と酒場が繋がっているのは「雨酒場」(1988)等3つ、雨と夜の繋がりは「雨酒場」(1991)等3つ現れて、雨と夜と酒はかなり結び付きやすい。

表5

順位	1	2	3	4	5	5
字	夜	雨	霧	星	月	雪
数	55	36	11	10	9	9
曲名 (年度)	京都の夜 (1967)	雨のバラード (1971)	夜霧の慕情 (1966)	星の流れに (1947)	月の砂漠 (1926)	なごり雪 (1975)

　自然現象はⅥ期の太平洋戦争中には取り分け人々と「夜」とのつながりが深く、27％を上回っていたが、だんだん減りⅩ期では9％に止まっている。これは戦時中は早く消灯したため夜が長く感じられ、その夜が早く通り過ぎればいいと夜明けを待っていたことから、空襲などの恐さを歌で紛らしながら暗い時代を凌いだのかもしれない。このように曲名上見られる自然現象と

地名は戦争中の昭和中期に多く使われ、唄・歌はⅡ期以後戦後の1945〜1951年の間によく歌われた。愛・恋は最近5〜6年の間で高い比率を記録している。

4. 唄・歌

　唄34(小唄11含む)、歌23、子守唄9、子守歌1のトータル82の数であるが、現代に近付くほど歌の方を選好しておりⅥ期以後つづけて3〜5％台を維持したものの、Ⅹ期になると4％台に止まった。特に大正時代のⅡ期は「カチューシャの歌」(1914年)、「船頭小唄」(1921年)、「浜辺の歌」(1918年)等14の中の5で35.7％に達した。これは各時代別に分けてみた題目五つの中でも一番高い比率である。歌や唄9)の両方の境界は定かではないが、三味線に合わせている時は唄をよく使い、小唄は俗曲の一つで明治期に流行した三味線の小歌曲であり、子守歌は子をねかす時の歌に訳されている。このほか音楽用語を表すブルース29、節10)11、ワルツ11)5、夜曲・曲12)5、タンゴ13)3、エレジー、ルンバ

---

　9) うた(歌・唄):①拍子と節を付けてことばを出すもの、また、そのことば。
　　②三味線に合わせて語り、または歌う、近世の歌曲の称。流行歌の類をいう。
　　こうた(小歌・小唄):邦楽の種目。室町以前は小歌の字が使われる。平安時代、朝廷で公的に制定された儀式歌謡の大歌に対し、民間の通俗な歌。
10) 歌曲の曲調。音調。旋律。
　　「有難や節」(1960)
　　「浪花節だよ人生は」(1984)
11) CI4分の3拍子の舞曲。
　　「水色のワルツ」(1950)
　　「花のワルツ」(1994)

3、ラプソディ3、ソング2、サンバ2、音頭2等をあわせると66にもなる。ブルースは過半数が「熱海ブルース」(1949年)のように地名の後に付けられており、1960年代に「恍惚のブルース」をはじめ14もありⅦ期に広く歌われた歌の中12.6％であってブルース・ブームを起こしたものである。

5. 植物

日本の花と言えば桜の花であり、花を見るという意味の花見であれば桜を指すほど馴染み深い花であるが、曲名に直接的にさくらを持って来たのは「同期の桜」(1972年)と「秋桜」(1977年)であるが、秋桜はコスモスの花であって一つの例しか出てこなかったのは意外である。ただし「青春の笛」(1906年)などに見られる花は桜に違いないと思われ、ただ花と記された曲の中にもかなりの桜が含まれていると見られる。現存する日本の最古の歴史書『古事記』や『日本書紀』にもさくらは登場するし、毎年3・4月になると開花日を知らせる桜前線を天気予報と一緒にニュースで報じていることからも、桜は欠かせないものである。椿は「アンコ椿は恋の花」などで、バラは「五月のバラ」(1977年)などに、百合は「黒百合の歌」(1953年)でみられるほか、ただの花が

---

12) セレナーデ。音楽作品。
    「下田夜曲」(1925)
    「愛国行進曲」(1938)
13) 4分の2拍子のリズムのダンス音楽。
    「別れのタンゴ」(1949)
    「霧子のタンゴ」(1962)

27で生活の余裕が出来た1970年代に目立って花が登場している。花の中にけしの花「虞美人草」(1937年)とすすき「昭和の枯れすすき」(1974年)なども入れ、外国の「エリカの花」「シクラメン」なども含めた。また1964年にヒットした「花と龍」のように花を女性にたとえて表現したものもあった。花が好きで、花がよく使われていることで生け花や華道が流派ごとに盛んになり、都市には花の自動販売機まで設けられるようになった。

6. 愛・恋

　愛と恋[14]の辞書的な意味は、男と女の間の愛情を示すものであまり変わりはないが、71例のうち愛が32、恋が39で恋のほうが若干優位に立っている。1908年「ひとを恋うる歌」以来1914年の第一次世界大戦、1923年の関東大地震と第二次世界大戦が勃発した年を除いて、歌謡の曲名として長い間変わらず支持されている愛・恋は1965年の「愛して愛して愛しちゃったのよ」と1967年の「骨まで愛して」で激烈な愛を追求したのであるが、1995年にも「LOVE LOVE LOVE」では、二度も三度も繰り返して愛を声高く探し求めているのである。この頃は「TRUE LOVE」(1993年)、「IT's ONLY LOVE」(1994年)など英語で絶えず愛を追求し、各時代別に見ても平成111の中、11と比率的

---

14) 愛:男女がお互いにいとしいと思いあうこと。恋愛。また一般に相手をいつくしみ慕うこと。
　　恋:人・土地・植物・季節などを思い慕うこと。異性(時には同姓)に特別の愛情を感じて思い慕うこと。恋すること。恋愛。−小学館刊『国語大辞典』

には一番高い9.9%にまでのぼっている。

Ⅳ. 字種及び形態別の分類

1. 字種

　日本の歌謡曲ではどの曲名にも漢字が入っていると言っても
よいほど漢字が多く使われている。1057曲の中、110曲を除い
ては漢字が一文字でも例外なく入っていて、10のうち、9の割合
で漢字が使われているわけである。

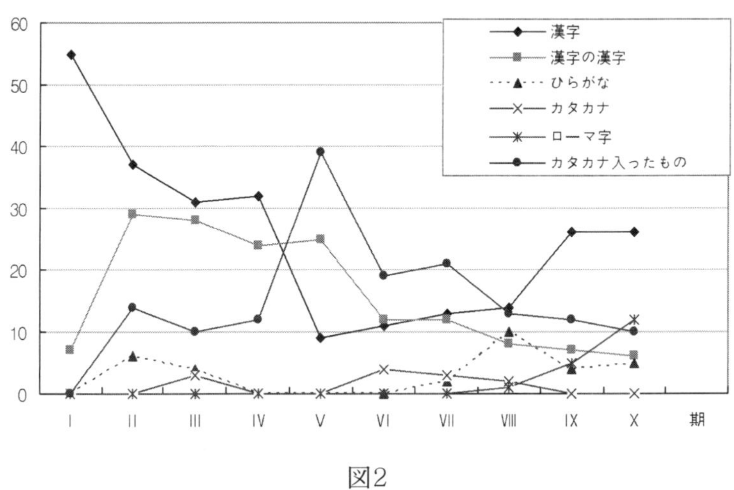

図2

　これを詳しく分類すれば漢字だけのものが201曲の19.0%、漢
字と漢字の間に「の」が挟まれているものが122曲の11.6%、これ
らを合わせれば30%を超えている。反面図2で解るように、ひら
がなだけ書いてあるのは50曲の4.7%、カタカナだけなのは29曲

の2.7%、ローマ字のものは20曲でここでは「もしかしてPARTⅡ」(1984年)のように他字種と混用の三曲を含める。分布図に表われたように漢字は全時期にかけて使用されており、1970年代になって「UFO」(1977年)や「LOVE」(1978年)に初めて入れられたローマ字(アルファベット文字)は1990年代は112の中、12で10.8%まで上昇し急増する現象を見せている。ひらがな、又はカタカナだけが使われたものは両方を足しても79曲に過ぎない。カタカナが一字でも入っている曲名は戦後のⅤ期の70の中、28を頂点に毎期で一定の使われ方をし、全部で158例であって全体の15%を占めている。Ⅴ期の1945年から1951年の間、カタカナが40%も使われたのはGHQ(連合国総司令部)の影響が大きかったのであろう。一方、ひらがな+カタカナあるいはカタカナ+ひらがなの形態も1948年に「さよならサンバ」が初めて出てからⅩ期の「おどるポンポコリン」(1990年)まで9例である。このことから日本の歌謡曲名には今後も漢字はあいかわらず使われるはずであり、外来語と外国人名、外国地名の表記に用いられるカタカナが取り入れられるかそれでなければ代わりに外国語を直接使うローマ字が多く使われることが予測できる。字の長さにおいては漢字一文字の「歩」(1976年)が最も短く、カタカナだけの「ワンレイニナイトイントーキョー」(1964年)が20文字で最も長い。

2. 形態

　表4は曲名を形態別に分類したもので〜て形、終止形、〜た

形、仮定形、否定形の順である。ここで見る日本歌謡は降る・来る・あげる・にくい等の現在形とほぼ同じ数の過去形が使われていることが分かる。帰って来た・抱いた・生まれた等がその例である。次はふりむけば・幸せならばなどの仮定形が来て、その後に言えない・くれないなどの否定形が続いている。これらから見て、現実に対する否定や不満が希望と理想を込めて仮定形に、又は過ぎし日に戻りたい心情に懐かしさを加えて過去形に表出されたのかも知れない。そうするうちに疑問ないし疑心を抱き、その疑いから相手にどうか～しないでという禁止・懇願をして見るのだが、だめになると命令まで下すことになる。その後の手としてはこうこうしていただけませんかというように丁寧に敬語を使うはめになるのが、形態別の10位までの日本歌謡である。この他、可能形「あなたに会えてよかった」（1991年）、可能形の否定表現「お嫁にゆけないわたし」（1979年）などがあり可能の仮定形「もしもピアノが弾けたなら」（1981年）も使われている。また受動形「すてられて」（1995年）、使役形「泣かせるぜ」（1965年）も表われてその形態は実に多様である。

表6

順位	形態	数	曲名(年度)
1	～て形	21	「あの丘越えて」(1951) 「虹をわたって」(1972)
2	終止形	17	「愛は勝つ」(1990) 「川は流れる」(1961)

3	〜た形	15	「バラがさいた」(1966) 「好きだった」(1956)
4	仮定形	12	「おれでよければ」(1980) 「もしもピアノが弾けたなら」(1981)
5	否定形	11	「どうにもとまらない」(1972) 「今夜は離さない」(1983)
6	疑問形	7	「ついて来るかい」(1971) 「酒はなみだか溜息か」(1931)
7	〜ないで形	6	「セーラー服を脱がさないで」(1985) 「ベッドで煙草をすわないで」(1966)
7	命令形	6	「およげ!たいやきくん」(1975) 「勝手にしやがれ」(1977)
7	勧誘形	6	「上を向いて歩こう」(1961) 「有楽町で逢いましょう」(1958)
10	〜たい形	4	「あの日に帰りたい」(1975) 「遠くへ行きたい」(1962)
10	〜ます形	4	「私泣いています」(1974) 「昔の名前で出ています」(1975)
10	〜ように形	4	「悲しみは雪のように」(1992) 「時には母のない子のように」(1968)

V. おわりに

　ここまで見てきたように歌謡はその時代の土壌と風土の中で育てられ流行するのであって、一つの国の心の風景でありながら故郷とも言えよう。1944年と1945年の世界大戦中はヒット曲が0になりながらも引き継がれた歌は、戦争の暗い雰囲気から脱

した今、国際化時代に歩調をあわせて、内容はさておき日本の
歌謡曲の曲名もローマ字を使い始め、それによってレコードも
よく売れる時代になった。曲名の中で漢字が占める比重は実に
大きく漢字が入っているのは全体1057曲の中で946曲にもなり
89.5%に達している。そのため漢字がぬけている曲名はなんと
なくしっくりこないように感じる。近ごろローマ字表記の歌が
増えているといえども全体の1.8%に過ぎないことから、日本歌
謡にタイトルを付けるとしたらまず漢字を持ってくることが重
要であろう。これは会社名[15]や動物の個体名[16](愛称)ともかな
りの違いが生じており、日本の各動物園の動物に対する名前は
カタカナが全体の84.5%、漢字は12.8%になっている。社名を変
更した日本会社457社中、カタカナが半分ぐらいで、漢字125
社、混用105社の順であった。よく使われた字からみた題目は地
名、愛・恋、花、唄・歌、夜がベスト5となり、相変わらずの位
置を再確認した。日常生活に入り込んだお酒の売り上げの伸び
で証明されるように、酒はVI期から早いスピードで増加の一路
にあるが、たばこの場合は「煙草屋の娘」(1937年)の一例のみで
日本のたばこの生産量の減少と無関係ではないと考えられる。
その他「リンゴの歌」(1946年)のように映画の主題曲があとで流
行したり、「宵待草」(1938年)のようにさきに曲がはやりそれか
ら映画化したケースもある。一方、小説名が歌謡になることも

---

15) 拙稿、「日本の会社名(商号)」日本学会発表、1995.12
16) 拙稿、「日本の動物名(愛称)」『大田工業大学論文集』第9巻2輯、
　　1992.12

あって1964年4月、「愛と死をみつめて」がベストセラーになる
やいなやレコード吹き込みに入りヒット曲になったのである。
このようなものを土台にして題目別・形態別に歌謡曲でよく使
われる字を中心に、ある日本人を追って構成してみると次の通
りである。「川」に近い所の会社に勤める彼は今日も残業の後、
職場の同僚と一緒に「港」の繁華街「港町」へ向かう。もう日は沈
み宵の「星」が出始めた「夜」である。「夜霧」の間に停泊中の「船」
が微かに見える。「酒」一杯傾ける「酒場」では今夜もいつものよ
うに美空ひばりの「歌・唄」が川の流れのように流れている中、
彼らは政治の話より「愛・恋」の話に夢中になる。自分が歩んで
きた「旅」・「道」で出会った「女」との「わかれ」の話であったり、「故
郷」の話であったりするかも知れない。たまには英語もはじき出
すうち夜は更けて「夜中」には音楽もスローテンポの「ブルース」
に変わる。お互いに「さよなら」を交わして彼の「娘」が待ってい
る家へ帰ってドアを開けると生け「花」が目に付く。彼の妻が「あ
なた」と言いながら迎えるだろう。翌朝起きて新聞を手にすると
ひとまず大きい漢字の見出しが目に入り、外国の人の名前と地
名が何ヶ所か大きい活字になっている。広告欄のアルファベッ
トも目に留まる。

第4章
歴史の重視 －四年制私立大学名－

Ⅰ．はじめに

　日本の大学の数はどれぐらいあり、国立・公立・私立大学の名前はどんなものであるのか。国・公立大学が地域名を生かして校名を決めたならば、私立大学の場合はどうか。四年制の私立大学では誰がどんな過程を経て校名をきめるのか。人名がよく使われているのではないだろうか。よく使われている字は何であろうか。改称(改名)の場合はないのだろうか。なぜ変えたのか。最近開校の大学の特徴は何か。その命名のパターンはどういうものかを調べてみた。参考図書は『日本の大学』、『日本大学ランキング』、『全国大学受験年鑑』、『国・公立ガイドブック』と各大学の広報用の本などであり、資料の正確性を高めるために各大学にアンケート調査の協力を要請し、90余校から回答を得られた。そのアンケートの内容は誰が、いつ、どのように大学の名をつけたのか。その手順・方法・過程等を調査した。短期大学と言われる二年制の専門大学は除外して、文部省管轄以外[1]の防衛大学等10校の大学も含めて四年制の大学だけを対象にした。

II. 国・公・私立大学別

1. 大学数

　1986年以来、日本では第2次ベビーブームによって過熱した入試競争は、1991・92年をピークに受験人口が減少し、1994年からは1986年の倍率に戻り安定性を見せている。2005年頃は大学の入学定員と入学希望者がほぼ同じぐらいになるという推測にもかかわらず、年ごとに大学の新設と増員・増科は続けられている。1996年現在、日本の大学は国立大学98校、公立大48校、私立大421校で合計567校である。都道府県別では表1で見るように東京都の108校、大阪府の36校、愛知県の35校、兵庫県の31校、福岡県の27校の順になっている。それに比べて鳥取県はたった1校、島根・秋田・山形県は2校ずつしかなく地域差が大きく現れている。国立大学は各都道府県に1ヶ所以上は設立、地域ごとに配置出来たが、私立大学は全体の22％が東京に集中し地域格差が甚だしい。国立大学は大学院中心大学[2]の総合

---

1) 海上保安大学校(広島)、海上保安学校(京都)、気象大学校(千葉)、航空保安大学校(東京)、職業能力開発大学校(神奈川)、水産大学校(山口)、防衛大学校(神奈川)、防衛医科大学校(埼玉)、農林水産省農業大学校(東京)

2) 国際大学(新潟):1983年に開校した私立の大学院大学。授業や論文は英語のみ使用、国際社会で活躍する専門家の養成を目的とする。
総合研究大学院大学:1988年設立の博士課程ばかりの独立大学院大学。全国の11の大学研究機関と共同し文化・数学・物理・生命科学研究科を置いている。
奈良先端科学技術大学院大学:大阪大学を母体に1993年開校して情報科学・生命科学の2研究科4専攻の独立大学院大学である。

研究大学院大学(神奈川県)、北陸先端大学技術大学院大学(石川県)、奈良先端科学技術大学院大学(奈良県)の3ヶ所を除いては、最近の10余年間新設されてない。公立では釧路公立大学(北海道)等の18大学が、私立は倉敷医術科学大学(岡山県、以下県は省略)等61大学が開校したのであるが、神戸国際大学(旧名:八代学院大学)のように19校は大学名を変えている。

表1 都道府県別の大学数

都道府県	国　立	公　立	私　立	都道府県	国　立	公　立	私　立
北海道	7	2	18	滋賀県	2	0	1
青森県	1	1	5	京都府	3	3	19
岩手県	1	0	3	大阪府	3	4	30
宮城県	2	0	8	兵庫県	3	4	25
秋田県	1	0	1	奈良県	3	2	4
山形県	1	0	1	和歌山県	1	1	1
福島県	1	2	3	鳥取県	1	0	0
茨城県	3	0	4	島根県	2	0	0
栃木県	1	0	5	岡山県	1	1	10
群馬県	1	2	2	広島県	1	3	12
埼玉県	1	0	15	山口県	1	2	4
千葉県	1	0	24	徳島県	2	0	2
東京都	12	2	94	香川県	2	0	1
神奈川県	2	1	21	愛知県	1	0	3

新潟県	3	0	7	高知県	2	1	1
石川県	2	1	5	福岡県	4	4	19
福井県	2	1	1	佐賀県	2	0	1
山梨県	2	1	2	長崎県	1	1	3
長野県	1	0	2	熊本県	1	1	5
岐阜県	1	1	7	大分県	2	0	2
静岡県	2	1	5	宮崎県	2	1	3
愛知県	4	3	28	鹿児島県	2	0	4
三重県	1	0	5	沖縄県	1	1	3
合計	国立　98　公立　48　私立　421					

2. 地名

　国・公・私立大を問わず大学名で一番目立つのはやはり広域地域名を含む地名である。日本の大学は「大学」の後ろに校という字を付けず、校の字が入っているのは文部省の管轄外の気象大学校(千葉)など10余校である。大学には各々の学部を置いており、学部は韓国でいう単科大学の役割を果たしている。さらに国立の東京大学とは別途の東京工科大学・東京経済大学・東京薬科大学・東京国際大学等の私立大学がある。

表2 地名の入った大学

地名	数	大学名
東京	33	東京農工大学(国)　東京女子大学(私)
大阪	23	大阪大学(国)　大阪産業大学(私)
京都	14	京都府立大学(公)　京都外国語大学(私)
神戸	12	神戸商船大学(国)　神戸学院大学(私)
名古屋	11	名古屋市立大学(公)　名古屋芸術大学(私)
愛知	11	愛知教育大学(国)　愛知医科大学(私)
広島	10	広島県立大学(公)　広島電機大学(私)
九州	9	九州芸術工科大学(国)　九州東海大学(私)
東北	8	東北芸術工科大学(私)　東北福祉大学(私)
奈良	7	奈良女子大学(国)　奈良大学(私)
福岡	7	福岡女子大学(国)　福岡医科大学(私)
北海道	7	北海道医療大学(私)　北海道情報大学(私)
金沢	6	金沢美術工芸大学(公)　金沢経済大学(私)

　「東京」・「大阪」・「京都」のように地名が入っている大学は表2で現れた通り50校にも達している。この他「日本」という国名を使った大学が14校、「東洋」は3校、「東邦」は1校である。「日本」を校名につけたところはすべて私立で、東京に所在する大学が10校であり、愛知に日本福祉大学、埼玉に日本工業大学、福岡に西日本工業大学、大分に日本文理大学が置かれている。このように国・公立大学はどんな形態であろうと地名を付けており、地名の入っていない大学は国立としては電気通信大学(東

京)、総合研究大学院大学(神奈川)、図書館情報大学(茨城)のわず
か3校に過ぎない。一方、私立大学の場合は東京所在の94校中
35、大阪35校中25、愛知28校中20、兵庫25校中20、千葉24校
中10、神奈川21校中12等で全体421校中61%を占める257校が
やはり地名の選好傾向を示している。日本の大学名で地名が占
める比率は国立97%、公立100%、私立61%、全体の平均71%と
高い数値を示している点からみて、大学名で何よりもまず考慮
すべきものは地名であると言っていいほど、地名抜きの大学名
は考えられないと言えよう。

3. 専門分野

表3 専門分野別

分野	国立	公立	私立	大学名
医科	13	6	17	浜松医科大学(静岡)
歯科	1	1	6	九州歯科大学(福岡)
薬科	0	1	13	大阪薬科大学(大阪)
医療	0	0	3	北海道医療大学(北海道)
看護	0	1	4	日本赤十字看護大学(東京)
工業	3	1	23	北見工業大学(北海道)
工科	0	0	4	高知工科大学(高知)
産業	0	0	8	九州産業大学(福岡)
経済	0	1	12	流通経済大学(茨城)
情報	1	0	3	東京情報大学(東京)
商科	1	2	3	名古屋商科大学(愛知)

外国語	2	1	4	神戸市外国語大学(兵庫)
国際	0	0	17	八千代国際大学(千葉)
福祉	0	0	4	東北福祉大学(宮城)
基督教	0	0	3	国際基督教大学(東京)
教育	11	0	1	鳴門教育大学(徳島)
芸術	1	3	4	沖縄県立芸術大学(沖縄)
音楽	0	0	9	東邦音楽大学(埼玉)
体育	1	0	4	日本女子体育大学(東京)
美術	0	0	4	女子美術大学(神奈川)
造形	0	0	4	長岡造形大学(新潟)

　学校名からみた専門分野においては、表3に出ているように国・公立の医科大学は私立の医科大の17校より多く、教育大学の場合は11校が全部国立であるが、私立では唯一、義務教育学校の教員養成を目的として1972年に開校した聖徳学院岐阜教育大学(岐阜)の1ヶ所で教育学部と外国語学部を置いている。このことは将来を担う人材を育成する教育分野は言うまでもなく、国民健康を背負う医学も国家主管という確固たる意識の現れであろう。体育領域は鹿児島の鹿屋市に1984年に入学定員180名で開設した鹿屋体育大学が唯一の国立の体育大である実状に比べて、音楽・美術・造形と共に芸術・体育は私学に委ねられているわけである。国際分野は大学名だけで見る時、私大一色になっているが、これは最近開設された私学では新入生誘致策の一つとして好んで愛用されているのではないだろうか。

　「週刊朝日」が95年の初めに、全国主要企業の623社の人事部

長宛に手紙を出して調査[3]した国際感覚度順位でも上位7位まで
は国立の東京外国語大を除くとすべて私立大学が占めている。
これは留学生比率[4]や外国人教員比率[5]からもよく現れている。
この他〜女子大学が68、〜女学院大学7、〜女学園3等、78校が
女子大を名乗り全体の14％になっている。ところが女子大と表
記されてはいないが男子生徒が一人もいない大学もある。金城
学院大学(愛知)、帝塚山学院大学(大阪)、比治山大学(広島)の三
つであり、初めから女学校としてスタートし、入学要項にも男
子学生は応試不可と明記している。また校名に国立・公立・府

---

3) 1位上智大、2位国際基督教大、3位慶応義塾大、4位東京外国語大、5
　 位青山学院大、6位早稲田大、7位同志社大
4) 留学生の比率が高い大学(学部)

	大学名	留学生数	比率
1	目白大	48	15.0
2	鈴鹿国際大	22	8.6
3	麗澤大	185	8.1
4	亜細亜大	413	5.8
5	国際基督教大	144	5.6
6	城西国際大	74	5.6
7	古備国際大	75	5.5

5) 外国人教員の比率が高い大学

	大学名	教員数	比率
1	宮崎国際大	21	77.8
2	会津大	59	64.1
3	関西外国語大	49	35.0
4	神田外語大	21	30.4
5	名古屋外国語大	18	29.0
6	国際基督教大	49	28.8
7	英知大	19	28.4

立・市立・県立などを使っているところは各々1・3・4・6・17
校で、私立という字が使われたところはなかった。東京高等音
楽学園が前身で1926年開校の国立音楽大学(東京)は大学の所在
地が国立すなわち「くにたち」という地名であったことから人々
の間に「くにたち」という呼び方が浸透し使われていたが、国家
が建てた国立大学ではない。〜学院大学や〜学園大学もそれぞ
れ29、19で合わせて48校に上っているが、〜学院大学の場合は
キリスト教系の大学で多く使われている。例えば1916年に宣教
師のチャルス.K.ドジャーにより創立された西南学院大学(福岡)
は、設立の際仙台には東北学院、神戸には関西学院があるか
ら、福岡には西南学院をということで周りのクリスチャンたち
の提案が受け入れられて決まったケースであり、その背景には
キリスト教の教えを日本の各地に広めようとする理想があった
のであろう。

Ⅲ. 私立大学名

　自律が保障されているのがまさに私立大学であろう。入学方
法は全員推薦ばかりで受け入れる芦屋大学(兵庫)から社会人のみ
入学できる豊田工業大学(愛知)、一般選考だけの桐朋学園大学
(東京)等、多様な形の入試方法を取っている。入試も11月頃か
ら次の年の3月まで約4ヵ月にかけて行われている。国立大は連
続方式のABC日程から'97年度に分離方式に変わって前・後期日
程になる。初年度の納入金は国立が717,600円で同一であるが、

私立大は国立大と同じ金額の白鴎大学(栃木)から東京女子医科大学(東京)の12,034,000円に至るまでかなりの隔たりを見せている。ほとんどの私大では学債・寄付金などを任意徴収し、医・歯分野は設備費のほか教育充実資金まで払わなければならない。1994年設立の宮崎国際大学(宮崎)は教員の7割が外国人であり入学定員は150名であるが52名だけを受け入れている。しかしながら入学定員が150名であるのに在籍学生数が3741名もいる第一工業大学(鹿児島)もある。各大学の入試日が異なり一人の学生が平均4〜5の大学を志願する日本では、合格者の数を入学定員の3〜4倍まで発表する制度に起因するからである。東京基督教大学(千葉)は1990年に開校し、40名の入学定員で合計165名が通うミニ大学である。それと対照的に、日本法律学校を前身とし1903年に開校した日本大学(東京)は、日本の大学中最多の14学部に三つのキャンパスをかかえ、在学生の数も63,267名に達する超大型の大学で教員数2096名、留学生数も1,003名も数えている。

1. 特徴

　日本の私立の四年制大学で見られる特徴の一つは、校名が漢字一色から離れて平仮名と片仮名が入っている点である。平仮名を持って来たのはいわき明星大学(福島)、つくば国際大学(茨城)、愛知みずほ大学(愛知)の三ヶ所で、いわきはいわき市の地名から、ほかの二ヶ所も地名を取っているが、難しい漢字の筑波と瑞穂を避けていると考えられる。これは最近開校した大学で学生達によりやさしくアピールしようとすると努力の一環であろう。一方、カタカナが入っている筑波キリスト大学(筑波)、日本ルーテル神学大学(東京)、聖マリアンナ医科大学(神奈川)、フェリス女学院大学(神奈川)、聖霊クリストファー大学(静岡)、ノートルダム女子大学(京都)、ノートルダム清心大学(岡山)、エリザベト音楽大学(広島)、聖カタリナ大学(愛知)、九州ルーテル学院大学(熊本)のうちエリザベト音大を除いてみなミッションスクールである。これは日本の会社名がひたすらカタカナ化[6]されていくこととは違って、聖書に出てくる聖人名ということで余儀なくカタカナを使用したのに過ぎない。日本の私立大学はそれぞれ積極的に広報に取り組み、学生の誘致に力を注いでいるが、人名を除いて大学名はほとんど漢字だけで成り立っているのが実状である。二つ目の特色として日本の年号を取っていることが挙げられる。中でも慶應義塾大学は福沢諭吉が開設した蘭学塾を母体にして、1891年には文学部に文科・理科・法律の三科を、1990年には湘南福沢キャンパスを設置するなど大学改革のモデルとして高い評価を得ている。大正・昭和・平成の年号を取った大学は各々その時代に開校したが、例外として1925年創設の山崎鍼灸大学[7]だけが、短期大学から四年制大学への昇格にあわせて1983年、校名に明治という年号を採用し、明治鍼

---

6) 拙稿、「日本の会社名(商号)－社名変更を中心に－」『日本文化学報』第一輯、1996.5
7) 東洋医学と西洋医学の補完・融合により、新しい医療の実現を目的に設立、1993年から国家試験を受けて鍼灸師の資格証を取得するようになった。

灸大学となった。

表4 日本の年号を取った大学

年号	大学名
慶應	慶應義塾大学(東京)
明治	明治大学(東京)　明治学院大学(東京) 明治鍼灸大学(京都)　明治薬科大学(東京)
大正	大正大学(東京)
昭和	昭和大学(東京)　昭和女子大学(東京) 昭和音楽大学(神奈川)　昭和薬科大学(東京)
平成	福山平成大学(広島)　帝京平成大学(千葉)

　帝京平成大学は1987年に帝京技術科学大として設立したが、1995年改称した。1994年には福山大学経済学部経営情報学科を母体に福山平成大学が設立された。このように年号を校名に使う大学が12校もあるのは、その歴史性と共にそこに潜んでいる運・縁起がよいということを期待する心理の表出だろう。年号に次いで花の名が6校、山の名は3校登場している。花は藤女子大学(北海道)、白百合女子大学(東京)、名桜大学(沖縄)、桜美林大学(東京)、梅花女子大学(大阪)、梅光女学院大学(山口)であり、やはり花というイメージ上、女子大に集まっている。白百合女子大学は仏英和学校として出発したが、当時の日本は不幸な戦争に向かって走る時期であって仏英和という名は国の方針にふさわしくないということで1935年に外部の圧力により校名を変えざるを得なかったケースである。藤女子大学の場合も

1925年の日本国情が国粋主義化の傾向を帯びていたため宗教的意味を持つ名を断念した。札幌市にある校舎の周囲が、以前から藤の木の名所であったことから名付けられた。桜美林大学は文字が示すどおり学園が八重桜の森に囲まれていたことから自然に付けられた名である。経済学部経済学科のみの富士大学は1965年に奥州大学として開校し1976年に改称されたが、旧地名の奥州よりもっと知名度の高い富士を採用した。高野町高野山の385番地所在の高野山大学は、1904年度創立の高野山古義大学林を母体として1950年に開学したが、その間10回も校名を変更した。このようなことからみて、日本動物園の動物に対する愛称[8]と日本歌謡曲名[9]でよく登場した「桜」と「富士」は、大学の名でも外れることなく使用されている。日本の代表花として扱われている花であり、日本の象徴のように世界の各国の教科書によく描かれている富士山であるからこそではないだろうか。

---

8) 拙稿、「日本の動物名（愛称）」『大田工業大学論文集』第9巻2輯、1992.12
9) 拙稿、「日本歌謡曲名－時代別変遷を中心に－」『日本研究』第3輯、1996.9

2. よく使われる字

表5　よく使われる字

字	数	大学名
人名	20	津田塾大学(東京)　椙山女学院大学(愛知)
方位	16	西南学院大学(福岡)　阪南大学(大阪)
聖	9	聖学院大学(埼玉)　聖徳大学(千葉)
和	7	和洋女子大学(千葉)　神戸親和女子大学(兵庫)
星	4	明星大学(東京)　神戸海星大学(兵庫)
海	4	九州東海大学(熊本)　明海大学(埼玉)
立	4	共立大学(東京)　立教大学(東京)
心	3	聖心女子大学(東京)　鹿児島純心大学(鹿児島)
修	3	静修女子大学(北海道)　広島修道大学(広島)
明	3	いわき明星大学(福島)　明海大学(埼玉)
第一	3	第一薬科大学(福岡)　第一工業大学(鹿児島)
徳	3	淑徳大学(千葉)　聖徳学園岐阜教育大学(岐阜)
智	3	上智大学(東京)　種智院大学(京都)
成	3	成安造形大学(滋賀)　東京成徳大学(千葉)
文	3	広島文京女子大学(広島)　文京女子大学(東京)
教	3	文教大学(埼玉)　立教大学(東京)
院	3	学習院大学(東京)　工学院大学(東京)
館	3	立命館大学(京都)　皇学館大学(三重)

　私立大学名で地名と専門分野を現わす文字のほかよく使用さ

れる字を整理してみると表5の通りである。私学であるだけに創立者の精神を尊重し、人命を大学名に取り入れたのが11例で、残りは聖書に出てくる人ばかりである。ノートルダム清心女子大学(岡山)のノートルダムはフランス語で、英語に直すとOur Ladyになり、Our Ladyは日本語の聖母マリアを指す。聖霊クリストファー看護大学(静岡)のクリストファーはイエスキリストを運ぶ者という意味で、3世紀頃の半伝説的な殉教者の名前でもある。方向を指す東・西・南・北の中で、北九州大が福岡の北九州市に所在しているのを除いては北を使ったところはなかった。サハリン・ロシア・北方領土などの寒く物淋しく思われるイメージが強いせいか、南と西が多く東は相対的に少なかった。「第一」は競争原理のNO.1やTOPを指すのではなく、仏教で言う「第一義諦」の意味であり人の一番優れている本質的なもの即ち個性を表したものであるから、人間存在の根本的意義を元にして教育に臨むというように解釈するのが望ましい。

3. 最近開校した大学の特徴

　平成(1989年～1996年まで)に開校した大学は61校であり表6の通り国際・造形芸術・医療福祉・情報・平成等が多く使われている。

表6 最近開校した大学名

分野	数	大学名
国際	11	鈴鹿国際大学(三重)　富山国際大学(富山)
医療福祉	5	関西医療福祉大学(大阪)　川崎医療福祉大学(岡山)
芸術工科	3	東北芸術工科大学(山形)　神戸芸術工科大学(兵庫)
造形芸術	3	名古屋造形芸術大学(愛知)　京都造形芸術大学(京都)
情報	2	北海道情報大学(北海道)　新潟国際情報大学(新潟)
平成	2	帝京平成大学(千葉)　福山平成大学(広島)

　開校の4年以上前から設立準備委員会で校名が決まっていた神戸芸術工科大学では芸術と工学を合体させた学問の必要性が高まるなかで計画−設計−製造−販売−使用−廃棄までの全体を教育の対象とし、芸術工学部に環境デザイン・工業デザイン・視覚情報デザイン学科を設けている。創立20周年を迎えて改名した神戸国際大学は国際都市の神戸に位置し、国際人の養成を目標としながら経済学部に国際ビジネスコース・観光コース・国際コミュニケーションコース・情報コース等を設置している。富山国際大学は国際文化学科、鈴鹿国際大学は国際関係学科、新潟国際情報大学は情報文化学科と情報システム学科を設け、一つの地球という価値観を基軸に国際関係を広く水平的に見るこ

とができるグローバルな視野と文化理解力を持つ人材育成に力を注いでいる。1989年以後開校した私大の校名から見た現在は、真の国際化・情報化の時代であって二つの分野を医療福祉が支えて後押ししているような様相を見せている。

Ⅳ. アンケート調査結果

1. 校名の由来

　私立大学の中でわかりやすい地名と専門分野が入っている所を除外して、半数に当たる210の大学へ手紙を出して校名が決まるまでの過程とそれに関連する話・公募の可否・結果等を調査し、約90校から回答があった。1903年創立の高千恵小学校を始まりとして1950年に開校した高千恵商科大学(東京)の校名は『日本書紀』の中の日本建国神話に登場する国運発祥の霊地の高千恵の峯に因るものだ。光華女子大学(京都)は真宗の経典の中の一つの「仏説観無量寿経」の水想観にある「其光如華又似星月」という句から取ったもので、澄んだ明るい光りを発する度量の大きい女性を育てるという志が込められている。古事成語からヒントを得たのが杏林大学(東京)で、病院としてスタートしたのち、1969年に医学部のみで開校した大学である。「その昔、中国の盧山というところに董奉という名医がいた。彼は数多くの患者を治療したが、その報酬として金銭は一切受け取らなかった。そのかわりに病気が治った人に記念に杏子の苗木を植えさせた。数十年後、10万余本の杏子の木が森を成した。」このことから後に良医を杏林と呼ぶようになったことに由来している。

表7　中国古典から引用した大学名

大学名	出典
成蹊学園大学(東京)	『史記』「桃李不信不自成蹊」
麗澤大学(千葉)	『易経』「象曰、麗澤兌君子以朋友講習」
国士館大学(東京)	『史記』「国士無双」
明星大学(東京)	『詩経』「明星煌久」
立教大学(東京)	『小学』「立極教人」「立教法以治人」
尚絅大学(熊本)	『中庸』「錦を衣て絅を尚ふ」
和光大学(東京)	『老子』「和其光同其塵」
順天堂大学(東京)	『易経』「天道に従う」

　立教大学はSt.Paul's Schoolの日本名で、教えの構築を意味し、キリスト系の学校に似合う名である。南山大学(愛知)の南山は李白の「春日行」や『詩経』に見られる南山・南山壽にも通じるものである。1949年の設立当時に学校の周りの丘陵地が南山(みなみやま)と呼ばれていたが、「みなみやま」より「なんざん」の方が音の響きが良かったため現在も訓読みではなく音読みされている。また、設立者の星野翁が氏名を後世に伝えられる星や鏡の入った文字を用いたいとして明星という文字を取った明星大学は「ミョウジョウ」と読むのが一般的であるが、濁音であることが嫌われ、「ミョウジョウ」という呉音を捨てて「めいせい」という漢音で呼ぶことになった。この他大阪最初の教会の梅本公会(1874年)と日本人の建てた教会の浪花公会から一文字ずつ

取って1878年、二つの教会の教人が互いに力を合わせて立てた学校が梅花女子大学(大阪)である。大学が群馬と埼玉の境界にある上武大学は上州という群馬の旧地名から「上」を、武州という埼玉の旧地名から「武」を取って名付けられたのである。埼玉の獨協大学・栃木の獨協医科大学・兵庫の姫路獨協大学は同じ財団であるが、1883年ドイツの文化と学問を習うという目的で獨逸学協会が立てた学校である。19世紀の獨逸学から20世紀の英米学へという時代の大変貌と世界大戦で敗北した獨逸忌避により、獨逸学協会の獨協から獨立協和の獨協へと変身した。

2. 改名理由

立正女子大学は教育学部を主体にして国際学部・情報学部を増設し、文科系大学に発展させるという時点で、全教職員から校名を募集し最終的には教授会の投票によって1976年に文教大学に変わり男女共学になった。城西歯科大学も総合大学に生まれ変わる意味で学内から提案された250の校名のリストの中で浦安キャンパスが立地した地名も考慮し、1988年明海大学に変えた。工学部のほか経営学部と経済学部の開設を推進中であった

表8 最近改称した大学名

旧校名	新校名	備考
千葉敬愛経済大学(千葉)	敬愛大学	字数
松山商科大学(愛媛)	松山大学	法学部改設
京浜女子大学(神奈川)	鎌倉女子大学	鎌倉市所在

八幡大学(福岡)	九州国際大学	国際商学部改設
東北歯科大学(福島)	奥羽大学	文学部改設
産業能率大学(神奈川)	産能大学	字数
相模工業大学(神奈川)	湘南工科大学	地名
帝国女子大学(大阪)	大阪国際女子大学	帝国
八代学院大学(兵庫)	神戸国際大学	国際関係のコース改設
四国女子大学(徳島)	四国大学	男女共学
親和女子大学(兵庫)	神戸親和女子大学	地名
神戸女子薬科大学(兵庫)	神戸薬科大学	男女共学
熊本商科大学(熊本)	熊本学園大学	外国語学部改設
帝京技術科学大学(千葉)	帝京平成大学	年号使用
金沢女子大学(石川)	金沢学院大学	男女共学
松蔭女子学院大学(兵庫)	神戸松蔭女子学院大学	地名
山口女子大学(山口)	山口県立大学	男女共学
西東京科学技術大学(山梨)	帝京科学大学	字数

　大阪交通大学は各委員会や教授会等での検討の末、次の三つの条件を付けて校名を求めることになった。一つ、学校の特色が出せること。二つ、将来の発展まで考慮すること。三つ、社会的に幅広い支持を得ること。国家の発展のためには産業の発展は必要不可欠という意見から1966年に大阪産業大学に改名した。これらの大学とは違って創立者の個人名を使っていた八代学園大学は八代市、社町、八代国際大学(千葉)と混同されやすいという理由で神戸国際大学に変えることとなった。このように

多くの大学が学部・学科の増設に伴い、それに相応する大学名に変えなければならなくなった。一方、女子大学としては学校の長期発展計画という競争力の面から遅れるということも作用し、続々と男女共学制へ転換するのが目立つようになった。過去、帝国主義時代の産物とも言える帝国という単語は、それが与える否定的なイメージのため、いつの間にかみな校名から外されてしまった。大学名では地名を明らかにして大学の所在地を知らせたい気持ちがよく現れており、文字の縮約形も見られる。今後校名を変えるところはまっさきに国際という二文字を考えてから地名との組み合わせ、文字の長さも考慮した方が良いだろう。

V. おわりに

　日本の大学の歴史は1869年(明治2年)に明治政府が幕府から引き継いだ昌平坂学問所を中心に洋学の開成所と医学所を統合して大学を設立したのが原点になっている。その後1986年(明治19年)の帝国大学、1918年(大正7年)の大学令などを経て現在の6・3・3・4制が実施されたのは、第2次世界大戦後の1949年である。今日の大学はその時の学制改革に従って新しく発足し現在に至ったのである。その間大学の前身・母体と言える法律学校・英学院・裁縫女学校・伝習所・師範学校・講習所・塾・商学校・専修学校・哲学館・専門学校・修道院・練習所等を始まりとして何度か名称が変わってきたが、そこにはいつも特定の場所・地域名が付いていた。日本の大学名は国・公立は専ら地域名を選好しどんな形であろうと地名をつけることを優先し、そのあとに教育する専門分野を付け加えている。専門分野においては、この頃よく耳にするグローバルという言葉に伴って大学名でも学際間の研究の必要性により芸術と工科との組み合わせ、医療と福祉との出会いや国際・文化・情報の統合が活発に行われている。

　縁起の良い名前を探し出すために『古事記』・『日本書紀』や『仏経』はもちろん、故事成語や中国古典の『史記』・『易経』の四書三経、さらに『聖書』まで目を凝らして見ているのである。これからの日本を担う人材育成の責務を背負っている教育大学だけは国立の管轄であり、医学と外国語は分担し、芸術・体育系は私学に任せている実状である。大学の名称で見る限り、近頃は私立大学名で設立者の名前を目にすることがないことからもわかるように、大学はすでに個人所有の考えから離れている。日本の総人口の一割が住んでいる東京に94校の私学が集まり、都市集中が著しい。その上校名に東京が付くのは33校、大阪が付いているのは23校もあって地域間の教育不均衡を招く恐れも出てくる。宗教系ではキリスト系が33校、仏教系統が18校であるが、校名には各々13校と2校のみ表示されている。日本国内における信者数が1％未満のキリスト教が仏教に比べて校名においては圧倒的に優位に立っているのは宣教師たちの功労が大きいと見られる。日本の私立大学の中でも四年制大学名を中心に見た場合、一番を目指すという考えよりは人間本来の心性を、人為的なものからではなく自然の富士山・桜・星を友として徳と知を養い、多方面で和を成していこうとする様子が見られる。

第5章
「和」の精神 －短期大学名－

I．はじめに

　1950年に暫定的な教育機関として発足した日本の短期大学(韓国の専門学校)は公立17校、私立132校から出発して、毎年増加を続け、1954年には国立短期大学も設立された。その後、1964年の学校教育法で短期大学は恒久的な教育機関として位置づけられ、学校数は国立29、公立40、私立270校に増えた。短期大学の設置基準が1976年に正式に設定・施行されてからは量的・質的に増加を続け、現在、日本の短期大学は国立が23、公立57、私立494校で、合計574校に至っている。

　これら547校の校名は「～短期大学」と「～短期大学部」に分けられるが、「～短期大学」は国立では秋田大学医療技術短期大学部等19ヵ所、公立では大阪府立看護大学医療技術短期大学部等13ヶ所、私立では大妻女子大学短期大学部等の66ヶ所、合わせて98校で、どれも「～短期大学」のあとに「部」を付けている。

　これらは98校がみな四年制私立大学を中心とした日本の大学名[1]との重複を避けるためである。四年制大学名と同じく、県名や都市名を含む地名以外の名称を使用した私立短期大学の166校に対し、校名に関わる内容の調査・協力を依頼して52校からの回答を得た。

　Ⅲでは校名を専門分野・表記・よく使われる文字別に分類し、Ⅳは校名の出典および改称に関する内容で展開し、Ⅴで結論を述べる。参考図書は『全国短期大学案内』、『日本教育白書』、『短期大学教育』および各大学で入試案内の広報用に発行された本やパンフレット、小冊子である。本文では短期大学を場合によっては「短大」と略して書き、大学の所在地は（　）の中に表記してどこに位置しているかを明らかにし、都道府県は省略した。また、本文に出てくるデータは1995年までの統計である。

Ⅱ. 短期大学の現状

1. 地域

表1　都道府県別短期大学

地域	国立	公立	私立	地域	国立	公立	私立	地域	国立	公立	私立
北海道	1	1	26	石川県		1	6	岡山県	1	3	9
青森県	1		6	福井県		1	2	広島県		3	12
岩手県		2	4	山梨県		3	3	山口県	1		8
宮城県	1	1	7	長野県	1	1	10	徳島県	1		3

---

1) 拙稿、「日本の大学名–四年制私立大学を中心に—」『大田産業大学論文集』
　　第13巻2集、1996.12

秋田県	1	2	5	岐阜県	1	1	9	香川県			5
山形県		1	3	靜岡県		1	10	愛媛県		1	5
福島県		1	4	愛知県	1	2	37	高知県		1	2
茨城県	2		7	三重県	1	2	4	福岡県	1		23
栃木県			8	滋賀県		1	4	佐賀県			3
群馬県	1	2	10	京都府	1	3	18	長崎県	2	1	7
埼玉県		1	20	大阪府		1	41	熊本県	1		6
千葉県		1	16	兵庫県		2	25	大分県		1	4
東京都		2	72	奈良県		1	6	宮崎県			3
神奈川県		5	24	和歌山県		1	2	鹿児島県	1	1	4
新潟県	1	2	5	鳥取県	1		1	沖縄県			3
富山県	1	1	2	島根県		3					
合　計	国立 23校			公立 57校				私立 494校			

　合計547校の短期大学(以下短大)を地域別に分類してみると、国立は大都市の東京都・大阪府には一校もなく、東京近隣の埼玉・千葉・神奈川県でも見られないことから国立短大は地方に設立されていることがわかる。

　公立は神奈川県の5校を筆頭に、各県ごとに1~3校ずつ分散されているが、青森・鳥取・香川などの12県には置かれていない。それに比べて私立短大の場合は、島根県を除いては鳥取県(以下県省略)の1校から東京の72校に至るまで、広く置かれていることがわかる。

　表1で見るように短大の集まっているところはやはり東京で7

6、大阪42、愛知40、神奈川29校の順である。一番少ないのは鳥取で国立1、私立1校だけであるが、四年制大学も国立の1校のみである。

2. 学科

日本の短大は4年制大学と比べて数[2]の面では少々上回っているものの、思いのほか規模が小さいミニ短大が多い。国立の松山短大[3]は商科のたった1学科しかないうえ、学生数も少なく、1995年の一般入試での合格者は9名に過ぎなかった。

このように一つの学科だけが設けられている短大は、入学定員80名の看護学科のみを擁する国立の三重大学医療技術短期大学部など国立は他に3校、入学定員100名の経営情報学科のみの岩手県立宮古短大など公立が14校、入学定員80名の運輸科のみの東京交通短大など私立は63校もある。

1学科だけが設置されている短大の入学定員は、国立は80〜100名、公立が50〜135名、私立は30名[4]〜600名[5]である。四年制大学と同じく短大も推薦および一般入試が行われるため、

---

2) 日本の四年制大学は国立98校、公立48校、私立421校で総567校である。
3) 松山短大：愛媛県松山市所在、1924年創立の松山高等商業学校を母体として1994年、松山経済専門学校に改称、1952年商科だけの短大を設立、1995年の一般入試では受験者数14名に合格者は9名であった。
4) 正眼短大：岐阜県美濃加茂市所在、1955年設立、実践禅学コースと日本文化学コース宗教科(30名定員)のみ設けられている。
5) 中日本自動車短大：岐阜県加茂郡所在、1967年開校、車体整備コース、電子機械コース、自動車工学コースの自動車工業科の入学定員は600名である。

複数志願が可能である。定員は決まっているものの、辞退する学生の数を考慮し、私立の帝京短大(東京)は生活科学科220名の募集定員に対し、1995年度入試では600名も合格者を発表した。それとは逆に私立の酒田短大(山形)は経済学科の単設で100名の定員に対し、19名だけを選んでいる。このように入学定員はあくまでも一つの基準であり、その枠を300％の超過もできるし、基準に満たない場合は半数以下に下げることも可能である。開校30周年を迎えた酒田短大の1995年度の入試において、その倍率は2.6倍であった。

　私立で学科が多いところは川崎医療短大(岡山)で、7つの学科6)が置かれているが、国立の場合は多くても5つの学科7)しか置かれていない。日本の短大の修業年限は看護系列と医療技術系列は注6と7で見るように多くが3年であり、他の系列は2年になっている。

3. 系列

　系列別では、教養・外国語・文科系が39学科の360校、商・経・法・社会系が30学科の174校、家政系が32学科の158校、

6) 川崎医療短大:岡山県倉敷市所在。1973年設立。第一看護科、第二看護科、臨床検査科、放射線技術科、医療秘書科、医療電子技術科、医用デザイン科等の7つの科を設置、修業年限は医療秘書科が2年、他の学科は3年である。
7) 大阪府立看護大学医療技術短期大学部:大阪府羽曳野市所在、1978年開校、看護第一学科、看護第二学科、臨床栄養学科、歯科衛生学科、臨床検査学科、理学療法学科、作業療法学科の7学科。歯科衛生学科と看護第二学科は修業年限が2年であり、看護第二学科は准看護士の免許取得者に限る。

医療・保健系が21学科の148校、教員養成系が6学科の134校、芸術系が19学科の81校、理工系が32学科の58校、園芸・農学系が19学科の24校で開設されている。

　語文・教養系列で設置数の多い学科は英語・英文科、国語、国文科、国際文化(学)科、国際教養(学)科の順であって、広報科、日本文化史科、宗教科、神学科、仏語科、国際コミュニケーション学科、言語文化学科は1校ずつである。

　商・経・法・社会系列では、経営情報(学)科[8]、商経(学)科、商(学)科、社会福祉学科の順である。1校にのみ設けられた学科は、能率科・心理学科・運輸科・観光学科・情報コミュニケーション学科・情報文化学科・経営税務学科・福祉学科・情報社会学科等である。

　家政系列では、家庭(学)科、生活科学科、生活(学)科、食物栄養(学)科、生活文化(学)科の順になっている。1校のみに見られる学科は食物科学科・食生活学科・服飾デザイン学科・健康福祉学科、生活経済科、都市生活学科、住居学科・生活環境学科・生活デザイン科が挙げられる。

　医療・保健系列では看護(学)科、衛生看護学科、衛生技術(学)科、理学療法学科、作業療法学科、診療放射線技術(学)科の順になっており、医用デザイン科、臨床栄養学科、放射線技術科・放射線科は各々1校にのみ設けられている。

　教員養成系列では幼児教育(学)科を先頭に、保育(学)科、児童

---

8) 短大ごとに学科名が違っていて、例えば英語英文学科と英語英文科のように分けられる。本文では以下「学」の字を(　)の中に入れる。

教育(学)科、初等教育(学)科、保育(学)科、保健体育(学)科の順になっている。これらの学科は幼稚園ばかりではなく、小学校や中学校の教員資格が取得できるので人気を得ている。保健体育学科は北海道女子短大と東京女子体育短大の2か所に設置されていて、卒業と同時に中学校の体育教師の資格証と、養護教師の資格証が交付される。

III. 短期大学名

1. 専門分野

国立短大名にはまず地名が用いられ、その次に専門分野である「医療技術」「商科」等を付けるというパターンが見られる。公立も地名の後に「看護」「女子」「医療技術」「衛生」などが付き、国・公立短大名は100%地名から取られている。表2・表3に表れたように、国立は施設および維持費のかかる医療技術を、公立は看護および女子教育に重点を置いている。

表2　国立短大

分　　野	数	短　期　大　学　名
医療技術	20	岡山大学医療技術短期大学部(岡山) 九州大学医療技術短期大学部(福岡)
技　　術	1	筑波技術短期大学(茨城)
商　　科	1	長崎大学商科短期大学部(長崎)
・	1	高岡短期大学(富山)

表3 公立短大

分　野	数	短　期　大　学　名
看　護	11	京都市立看護短期大学(京都) 福井県立大看護短期大学部(福井)
女　子	10	京都府立大学女子短期大学部(京都) 新見女子短期大学(岡山)
医療技術	4	東京都立医療技術短期大学(東京) 愛媛県立医療技術短期大学(愛媛)
衛　生	3	神奈川県立衛生短期大学(神奈川) 千葉県立衛生短期大学(千葉)
農　業	3	宮城県農業短期大学(宮城) 石川県立農業短期大学(石川)

　国立短大23校のうち、校名に「医療技術」が付けられた20校は、四年制国立大学の一つの学部として認識されているせいか、みな「医療技術短期大学部」を校名に用いている。しかし、産業工芸学科と産業情報学科の2つの科を持ち、1989年に短大として設立した高岡短大と筑波技術短大[9]だけは部という字を校名から外していることが見てとれる。

　表3に示した分野の他に公立短大としては初めて第二外国語の科目に韓国語と日本語を入れて海外交流を積極的に推進している島根県立国際短大(1994年開校)は、大学名にふさわしい国際文化学科を開設し、国際化を進めている。また1996年に東京都

---

9) 筑波技術短大：茨城県筑波市所在、1990年設立、聴覚および視覚障害者を対象に国家が初めて建てた短大であり、両障害者の社会自立促進と両障害者教育全般にまたがる改善を目的とする。

立商科短大と東京都立立川短大を結合して生まれ変わった東京都立短大も文化国際学科と経営情報学科などを設けて、国際的な視野を持つ情報化時代を先駆ける人材養成に力を注いでいる。

　私立短大も地名を重視するのは同様であって、地名に専門分野、あるいは専門分野に地名を繋げた事例が218校で断然多く、地名なしの例は149校、地名と短大が直結したものは28校ある。表4は専門分野別に分類したものだが、場合によっては、広島文化女子大学のように、文化や女子の両方に重複されるケースもある。

表4　私立短大

分　野	数	短　期　大　学
女　子	188	聖母女子短期大学(東京)、同志社女子大学短期大学部(京都)
女学院	16	大阪信愛女学院短期大学(大阪)、西南女学院短期大学(福岡)
工　業	9	徳島工業短期大学(徳島)、東洋食品工業短期大学(兵庫)
商科・経済	7	中央商科短期大学(東京)、長野経済短期大学(長野)
医療技術	5	東海大学医療技術短期大学(神奈川)、順天堂医療短期大学(千葉)
文　化	5	広島文化女子短期大学(広島)、東京文化短期大学(東京)
芸　術	5	奈良芸術短期大学(奈良)、関西芸術短期大学(大阪)
国　際	4	アレン国際短期大学(岩手)、岡崎学園国際短期大学(愛知)
看護・衛生	4	慶應義塾看護短期大学(東京)、藤田保健衛生大学短期大学(愛知)
自動車	3	中日本自動車短期大学(岐阜)、北海道自動車短期大学(北海道)
基督教	3	大阪キリスト教短期大学(大阪)、日本基督教短期大学(千葉)

　私立短大の場合、女子(188校)や女学院(16校)のほか、恵泉女学園短大(東京)に使われている「女学園」、日本橋女学館短大(千葉)の「女学館」などを合わせるとおおよそ208校に「女子」が入っていて、日本の短大教育は女学生のためのものと言っても過言ではないほど女性[10]が偏重されている。

　短大志願資格においては、校名に「女子」や「女」という字がなくても静修短大(北海道)岩国短大(山口)のように、女子だけが志願できるところは93校にも達している。看護学科の場合、神戸市立看護短大(兵庫)は、男女共学であるが、名古屋市立看護短期大学部(愛知)は女子のみが受験できる。これに比べて男子生徒だけに受験資格が与えられているところは東洋食品工業短大[11]1ヶ所のみである。これは一種の男女差別と言えるかもしれない。

　「医療技術」「看護」「衛生」などを校名に使用した短大9校はほとんどが同じ財団内に医科大学や病院を保有していた。国際社会に貢献できる人材育成を目標にして、校名に「国際」を使用している短大は、大抵が英語(学)科を置いていて、国際文化(学)科、国際教養(学)科などを併設している。熱心な外国語(英語)の教育こそ21世紀に備えた必須教科とみなしたのであろう。

　「国際」が使われた学科名も、国際コミュニケーション学科(東京家政大学短大部)、文化国際学科(東京都立短大)等があり、「文

---

10) 国公私立短大の在学生数は男子が5万名、女子が47万名で、女子生徒が
　　占める比率は90%強である。
11) 東洋食品工業短大:兵庫県川西市所在。1938年創立の財団法人東洋缶
　　詰専修学校を前身にして1960年設立。入学定員35名の缶詰製造科だけ
　　を設置。男子のみ志願できる。

化」と「国際」の融合を試みていることが校名に表れている。このように文化を基礎背景にした外国語理解、言語を媒体とした意思疎通が国際交流の土台を作り、そこから交流の場が広がることが期待できる。

「自動車」を校名に入れた短大は、北海道自動車短大(北海道)、中日本自動車短大(岐阜)、広島自動車工業短大(広島)の3つである。この3つの自動車工業科の入学定員は各々520,620,300名で合計1,350名にもなる。自動車工業学科が設けられているところは大阪産業大短大部、愛知技術短大、徳島工業短大等8校であり、それら8校を合わせると毎年男女計2,770名の新入生を迎えている。

女学生が90%以上を占める短大において、女性の美意識・美的感性を高めると同時に美容理論と技術の高度化を図る趣旨で、1992年には山野美術芸術短大(東京)ができた。美容芸術学科の卒業生には中学校の美術教師二種資格証を、美容保健学科の出身者には保健体育教師二種資格証を与えて、教師としての道を開いていることは興味深い。

2. 専門分野外

専門分野別の他に国名である「日本」を用いたのは日本赤十字秋田短大(秋田)、西日本短大(福岡)など10校であり、東洋食品工業短大等3校で「東洋」を、東邦音楽短大(東京)など3校で「東邦」を使用している。

日本の年号[12]は慶応義塾短大[13](東京)、明治大学短大[14](東

京)、昭和学院短大15)(千葉)、帝京平成短大16)(千葉)で見られる。年号を用いたところはみな前身・母体が当該時代に開校して今日に至っている。

　日本の象徴といえる富士山の「富士」は富士短大(東京)、富士フェニックス短大17)(静岡)、常葉学園富士短大(静岡)で使われているが、富士山が目立って見えない東京でさえ校名に「富士」を使用しており、富士山に対する愛情の深さを感じさせる。

　国花の「桜」は、桜の聖母短大(福島)、「梅」は白梅学園短大(東京)に見られ、金蘭短大(大阪)と香蘭女子短大(福岡)では「蘭」が使われている。短大の性格上、花のような女性、芳しい女性にふさわしいネーミングにしたのであろう。

3. 表記

　校名は大抵、漢字を使っているが、愛知みずほ短大(愛知)、いわき短大(福島)はひらがなで表記している。「いわき」はいわき市

---

12) 慶應：江戸時代末期、1865〜1868年。明治時代：1868年〜1912年。昭和時代：1926年〜1989年。平成時代：1989年〜現在。
13) 慶應義塾看護短大：東京都新宿区所在。1858年、福沢諭吉により開学した蘭学塾が始まりであり、慶應義塾大学医学部付属厚生女子学院を母体に1984年、看護学科だけで設立。
14) 明治大学短大：東京都千代田区所在。1882年創立の明治法律学校を母体に1930年、明治大学女子部として発足。1944年、明治女子専門学校に改称。1950年、法律科と経済科で設立。
15) 昭和学院短大：千葉県市川市所在。1940年創立の昭和女子商業学校を母体に1950年、設立。国文学科と生活文化学科がある。
16) 帝京平成短大：千葉県市原市所在。1990年、看護学科と福祉学科で設立。
17) 富士山：静岡県と山梨県との境界にある日本で一番高い山。休火山で高さは3,776メートルである。

の市名であり、「みずほ」は名古屋市の瑞穂区の区名をひらがなで表したものである。明の星女子短大(埼玉)と桜の聖母短大(福島)は名詞と名詞の間に「の」を入れている。

　日ノ本学園短大(兵庫)のようにカタカナの「ノ」を使っているところもあり、アレン国際短大[18](岩手)、大阪キリスト教短大(大阪)、沖縄キリスト教短大(沖縄)、カリタス女子短大[19](神奈川)、シオン短大[20](茨城)、聖カタリナ女子短大(愛媛)、聖セシリア女子短大(神奈川)、長崎ウエスレヤン短大(長崎)、聖マリア短大(福岡)のようなカタカナを使った短大は、トキワ松学園横浜美術短大(神奈川)と富士フェニックス短大(静岡)の2校を除いては全部キリスト教精神に立脚して建てられたミッションスクールである。

　カタカナの前の「聖」という字は聖人の名前ということである。また、「フェニックス」はエジプトの伝説的な霊鳥としてアラビアの砂漠で500年も行き続け、火に燃やされて死んだ後、再び生まれてくるという不死永生の不死鳥のことである。日本の象徴の富士山とともに学校の永遠の発展を祈る心がこめられている。

---

18) アレン国際短大：岩手県久慈市所在。1938年、宣教師タマシン・アレンが創立した久慈幼稚園を母体に1970年、英語英文科だけで設立。
19) カリタス女子短大:神奈川県横浜市所在。カナダのケベックに本部を置いたケベックカリタス女子修道会を母体に1966年設立。カリタスはラテン語で愛の意味。
20) シオン短大：茨城県日立市所在。1950年創立のシオンカレッジを母体に1951年設立。シオンは旧約聖書の中のエルサレムに由来し、エルサレムの聖山の名でもあり、神が臨在するところを意味する。

　青山学院女子短大(東京)、上智短大(神奈川)、南山短大(愛知)、神戸海星女子学院短大(兵庫)、久留米信愛女学院短大(福岡)などの74校がキリスト教系統の学校であるが、私立の15%を占めることになり、キリスト教の短大教育への影響は大きい。一方、仏教系統では光華女子短大(京都)、九州竜谷短大(佐賀)などの32校がそのカテゴリーに属する。これは日本の仏教信者数に比べてその割合は格段に少ない。

4. よく使われる字

　国公立を除外して私立だけを見ると、私立学校であるだけに設立者の人名を大学名に用いた例が目立つ。福岡の中村学園短大の「中村」ハル、麻生福岡短大の「麻生」繁樹、埼玉の十文字学園女子短大の「十文字」こと、東京の田中千代学園の「田中千代」、山野美容芸術短大の「山野」愛子などは、それぞれが設立し、自身の名をつけたものである。アレン国際女子短大(岩手)のように宣教師のラマシン・「アレン」の名を借りたところもあるが、こういったケースは11校である。

　場所あるいは地域を示しているところは多く、中九州大学(熊本)、南九州大学(宮崎)、西南女子学園短大(福岡)、西日本短大(福岡)などの13校のうち、ほぼ半数は九州地方で使われている点は興味深い。

　人名と方位のほか、独立的な意味を持つ漢字を一つずつ分けてみると、表5のような順で使われている。

　「聖」はカトリック系の学校で好んで付けられ、聖書に出てくる名や殉教者名と繋がっている。「明」・「星」は9つ、「光」は5つの学校で使用されていて、この世の暗闇を照らす星の役割、つまり、その星によって町や家庭が明るくなることを願う心の表れであるように思われる。短大生の90％以上が女性であるから、明るく朗らかな、時には華奢な女性の姿を描いているのかもしれない。

　その次は「徳」が8つ、「和」と「愛」が7つずつ見られ、女性が身につける素養として人や社会に対する愛の目と家庭の和睦の根本的な特性を重んじている。「和」[21]こそ日本社会で最も重視され、求められている必須条件であって、その和合のベースとなるのは「愛」であろう。その愛は一過性のものではない継続性のあるもので、「泉」のようにいつも湧き出ることが求められる。このことから5つの大学で校名に「泉」が用いられているのだろう。

表5　よく使われる字

字	数	短　期　大　学
聖	17	聖マリア学園短大(福岡)、聖母被昇天短大(大阪)
明	9	今治明徳短大(愛媛)、明化女子短大(群馬)
星	9	光星学園八戸短大(青森)、神戸海星女子学園短大(兵庫)

21）和:小学館の国語大辞典では、「和」を次のような言葉を例に挙げて説明している。温和・緩和・柔和・和協・和順・和解・和合・和親・和平・和睦・協和・平和・調和・清和・和楽・和同・同和・和音等、声や音を合わせる、または温和・和睦の意味が多く、二つ以上の漢字を組み合わせて使われる。

徳	8	愛知淑徳短大(愛知)、星徳栄養短大(東京)
和	7	和洋女子短大(千葉)、明和女子短大(群馬)
愛	7	相愛女子短大(大阪)、久留米信愛女学院短大(福岡)
泉	5	和泉短大(神奈川)、恵泉女学園短大(福岡)
光	5	光塩学園女子短大(北海道)、光陵女子短大(愛知)
真	4	清真学園女子短大(茨城)、宮城誠真短大(宮城)
純	4	鹿児島純心女子短大(鹿児島)、純眞女子短大(福岡)
華	4	華頂短大(京都)、静岡精華短大 (静岡)
教	4	愛知文教女子短大(愛知)、立教女学園短大(東京)
成	4	大阪成蹊女子短大(大阪)、成安造形短大(京都)

　次は「純」「真」「教」「成」がそれぞれ4つずつ使われている。ここから「純粋な女性に真理を教え、華やかな存在に育成する」ことを目標としていることが考えられる。

IV. アンケート調査結果

1. 出典および由来

　校名が出来上がるまでのその手続きと方法、名付け親、時期、校名の由来と、それに関わる内容等を問うアンケート表を日本の166校の短大に送り、52校からの回答があった。それから校名の由来および出典を区分してみると、中国古典と聖書からのものが多いことが表6と表7からわかる。

表6 中国古典および仏教

短大名	出　　典
千葉明德	『大学』「明明德於天下者先至其知」 明德を天下に明らかにせんとする者は先づその知を至せ。
相愛女子	『仏説無量壽經』「世間人民　父子兄弟　夫婦家室　中外親屬　當相敬愛　無相憎嫉　有無相通　無得貪惜　言色常知」
攻玉社工科	『詩經』「他山の石、以て玉を攻くべし」 諸外国のすぐれた学術で自分という玉を磨きなさい。
作新学院女子	『書經』「亦惟助王宅天命作親民」「安定天命而作親斯民也」 『大学』「明明德・止至善・親民」「湯之盤銘日　苟日新　作新民　又日新　康誥曰　作新民」
金　蘭	『易經』「二人同心其利斷金、同心之言其臭如蘭」
仁　愛	『大無量壽經』「慈惠博施・仁愛兼濟・履信修善・無所違諍」
大阪成蹊女子	『史記』「桃李不信　下自成蹊」 　桃や李は何も言わないが、人々は美しい花や甘い實を慕って集まってくる。そこでその木のもとに自然に蹊(こみち)ができる。

　上のようによい校名をつけるために四書五経はもちろん、仏教や聖書など人類史上のベストセラーを網羅している。また聖書に出てくる聖母マリアを引用したところは聖母女学院短大(京都)、聖母女子短大(東京)、聖母被昇天学院女子短大(大阪)、聖マリア学院短大(福岡)、鹿児島純心女子短大(鹿児島)、賢明女子学院短大(兵庫)、青森明の星短大(青森)等で、「賢明」とは聖母マリアの徳の中の一つであり、聖母マリアを称えて付き従おうとするラテン語の祈りの中の言葉である。欧米では、聖母マリアを太陽より先に東側の空で光を発する金星になぞらえて「明の星」

と呼び、「純心」も聖母マリアの慈悲深い純粋な心を指す言葉である。このように聖母マリアは純潔で正しい道徳観と高い知性を揃えた女性のモデルであるから、競って校名に取り入れているのである。

表7　聖書

短 大 名	出　　　　　典
平安女学院	「ヨハネによる福音書」14章27節 私は平和をあなた方に残し、私の平和を与える。心を騒がせるな。おびえるな。
大阪信愛女学院	「ヘブライ人への手紙」11章1節 信仰とは、望んでいる事柄を確信し、見えない事実を確認することです。
北星学園女子	「フィリピの信徒への手紙」2章14〜16節 　何事も、不平や理屈を言わずに行いなさい。そうすれば、とがめられるところのない清い者となりよこしまな曲がった時代の中で、非のうちどころのない神の子として、世にあって星のように輝き、命の言葉をしっかり保つでしょう。こうして私は、自分が走ったことが無駄でなく、労苦したことも無駄ではなかったと、キリストの日に誇ることができるでしょう。
青森明の星	聖母マリアを欧米では「明の星」と呼んでいる。聖母マリアの行動はすべて「マタイによる福音書」の神と隣人の愛に基づいている。
光塩学園女子	「マタイによる福音書」5章13〜14節 　あなた方は地の塩である。だが、塩に味気がなければ、その塩が何によって塩味が付けられよう。もはや、なんの役にも立たず、外に投げ捨てられ、人々に踏みつけられるだけである。あなた方は世の光である。山の上にある町は、隠れることができない。

清泉女学院	「ヨハネによる福音書」7章37節 祭りが最も盛大に祝われる終わりの日に、イエスは立ち上がって大声で言われた。「渇いている人はだれでも、わたしのところに来て飲みなさい。」
シオン	『旧約聖書』に由来するエルサレムの聖山の名であり、神の臨在するところを意味する。

　このほか1951年に開校した稲沢女子短大は、学生数の増加に伴い広い敷地へのキャンパスの移転を模索し、1993年に新しい校舎の完成とともに、名称も愛知文教女子短大(愛知県稲沢市)に変更した。これは学生たちの入学範囲が東海の4県、北陸、九州にまで広がったためである。「稲沢」としてしまうと、地方の小さい市に限定されがちなので、知を愛するという意味の抽象名詞の「愛知」(「愛知県」という固有名詞も含む)とした。これからの大学が文教の場に発展することを願って、講義を担当する教員たちが出した名称を参考に、林恵学長が決定したという。

　清和女子短大(千葉)も学長が1966年に命名したもので、真坂益夫学長の生まれ故郷の地名に由来する。第二次世界大戦の混乱期に故郷の山河には自然そのままの緑が残っていて、幼い頃の家族との思い出・恋しさなどの切実な心を校名に用いたのである。

　役員会および評議会で1965年に決定した新潟青陵女子短大(新潟県新潟市)は、学園の環境が、松の森に囲まれた白砂の青松が美しい丘陵であることに起因しており、青は草木生成の色で、若さと発展の意味が内包されていると考えられる。1950年設立の鈴峯女子短大(広島県広島市)も近くの丘陵の名から取ったもので、1947年に教職員および学生から学校名を募集し、「すずがみね」の5文字の音律・発音まで計算し、選ばれた。

　他に発音に注意したところは、熊本県の銀杏学院短大が挙げられる。熊本市に1959年に立てられた熊本医学技術専門学校を母体に1968年、衛生技術科と看護科で開校した。銀杏(ぎんなん)の実は食料としてばかりではなく薬用として、咳を鎮める効果に優れている。杏とは「あんず」であり、その種の中には杏仁(きょうにん)というものがあり、薬用に使われる。このように「ぎんなん」と「あんず」は医療と結ばれているため、銀杏を中国宋時代の音「ぎんあん→ぎんなん」と読まずに「ぎんなん」と「あんず」を合わせ、「ぎんきょう」と読み、現代医学の一翼を担う医療技術者を養成する学院名として採用することとなった。

　1902年の私立土佐女学校から土佐高等女学校を経て、1993年に開校した土佐女子短大(高知県高知市)は風土的な特性と歴史的な背景を持っている。高知県にありながらも古来の名称の土佐にこだわる理由として、昔から海や山野に囲まれ自然風物が豊かな地域だということがまず考えられ、また、上代から中央政界と相当に離れた辺境地だったために、マイナス面としては閉鎖的、プラス面としては自立、という精神文化が培われ、一種のプライド、あるいは土佐人の気骨の表れと言えるものがあるのかもしれない。もう一つの歴

　史的理由としては、江戸時代末期の討幕運動22)や明治初期の

───────────────────

22) 討幕運動：江戸幕府を討伐・打倒しようというもので薩摩藩の西郷隆盛

自由民権運動[23]などにおいて全国に先駆けて運動を展開したのが土佐の人々であった。1874年、立志社[24]が旗を揚げたとき、片岡健吉は「山林から自由は出る」という有名な言葉を残した。土佐はそういった土壌からくる自負心のある町でもある。

2. 改称および公募

　1996年度、トキワ松学園女子短大がトキワ松学園横浜美術短大に、豊橋短大が豊橋創造大学短大部に、関西女子美術短大が関西芸術短大に校名を改称した。最近、公募を通して学校名を決めた秋田桂城短大(秋田県大館市)のケースを例に挙げてその過程を追ってみる。

　大館短期大学設置委員会は設置予定の短大の名称を募集した。同委員会は健やかな名前を募集すると書いてあるポスター500部、パンフレットと応募用紙4000部を県内の市町村に1993年8月に配布した。同短大は第一看護・第二看護・福祉介護・社会情報の4学科で構成され、1996年開校予定であった。設置委員会は地域社会で愛され、地域社会と一緒に発展する可能性の高い名を付けてほしいと呼びかけた。応募の締め切りは9月末で、発表は10月末であった。当選作は賞金20万円と賞状が、佳

と土佐の坂本竜馬が主軸を成した。
23) 自由民権運動：明治初期、専制的な藩閥政府を攻撃して民主主義・人権の確立・国会開設等を要求した国民的政治運動。中江兆民、植木枝盛などが理論的指導者であった。
24) 立志社：明治初期の政治結社で板垣退助等の民権論者が高知に設立。自由民権運動展開の核心となる役割を果たした。

作は5名に賞金3万円と賞状が送られることになっており、また、応募者[25]の中で100名に抽選によりテレホンカードが贈呈されることになっていた。

　1ヶ月に及ぶ一般公募の末、大館市民全体の約3分の1を占める373通の応募を含めて県内の47市町村と全国から全部で1,145通の応募があった。この応募のあった名称の中で同大学設置委員会は、1次で秋田桂城短大・秋田大館短大・大館短大の3つを候補に選定し、役員会に送付した。それを受けて常任役員会と役員会の協議を経て、最終的には秋田桂城短期大学に確定した。

　応募作のベスト5は、大館福祉短大(32件)、大館短大(23件)、大館社会福祉短大(15件)、大館鳳凰短大(15件)大館看護短大(14件)であって、秋田桂城短大は大館看護福祉短大・大館桂城短大と並んで12件の応募があった。応募作の中にはハチ公[26]短大や、きりたんぽ短大[27]等、名物と関連したものや、秋田おばこ短大、虹の橋短大、希望が丘短大などの名称も入っていた。

　秋田桂城短大[28]と決定した理由としては①学生募集は大館周

---

25) 応募においては官製葉書または応募用紙に①短大名②名称説明③住所④氏名⑤年齢⑥勤め先・学校名⑦電話番号を記入して、秋田経済法科大学内大館短期大学ネーミング係宛に郵送することになっていた。
26) ハチ公:主人に忠実を尽くした犬で、忠犬ハチ公の略。渋谷駅の広場に銅像が立てられている。
27) きりたんぽ:秋田県の郷土料理。杉の棒につぶしたうるち米のご飯を竹輪のように巻きつけて焼き、棒から外して、食べやすく切ったものをいう。鶏がらのだし汁に入れて煮込んだり、味噌をつけて焼いて食べたりする。
28) 秋田桂城短大は12人からの応募があったが、抽選により大館市の46歳の銀行員の男性が選ばれた。佳作の秋田大館短大は横手市の66歳の男性が、大館短大は16歳の女子高校生が選ばれた。

辺に限定せず、秋田県にある短大であるというアピールのため「秋田」を前面に出した。②男女共学ではあるが、女学生が多いことを考慮し「桂城」とした。「桂城」は語感もよく、女学生の支持が得られやすい点が期待される。③大館には桂城公園があって、市民も馴染み深く、大館を連想させる名称である。④「桂」という字は縁起がよい。⑥設置する学科の構成から見て、特定の福祉・看護・医療が思い出される名称は合わない。ということが挙げられた。

　1990年代に入って毎年2〜3校が校名を変え、新しい変化に適応し、生まれ変わろうとしている中で、短大の統廃合も度々行われている。1996年には国立の金沢大学医療技術短期大学など2校、公立の名古屋市立保育短期大学など5校、私立の東洋英和女学院短期大学など3校の募集が停止された。

　同年度に新設された短大は、私立の明倫短期大学(新潟)、昭和大学医療短期大学(神奈川)など4校であり、聖泉短期大学(滋賀)は定員が各50名の介護福祉学科と情報社会学科を増設したが、このように学科を増設したのは3校である。

V. おわりに

　現時点で、日本の短大教育が始まってから50年に達していないが、調査結果から読み取れるように、学校数574校、学生数52万名、専任教員数2万4千名(女子専任教員は9千名)、正式職員数1万4千名など、1991年の文部省の新しい教育政策[29]により日々短期大学は発展しつつある。学生数の男女比率を見てはっきりと分かるように日本の短大は女性中心であり、語学・家庭・看護・幼児(初等)教育系列に重点を置いている。「女子」と校名に記されていなくても女子生徒だけ入学許可が下りる短大が約100校もあるように、女性に偏重されていることは否認できない。

　国公立短大は医療技術および看護分野で目立ち、私立短大では女性がメインになって商工業から文化・芸術に至るまでの多分野から自由に選ぶことができる。最近、国際・国際文化・社会福祉・情報などに関心が高まり、文化と国際、福祉と医療がお互いに連携を図っている。

　日本の短期大学名は国公立はすべて地名(広域名・都市名を含む)をとっている。そのため、私立の中でも地名に専門分野をつけるところは多いが、175校においては地名が見られない。これは私立校のうち、36%の数値にあたる。秋田桂城短大の場合のように、上位8つの候補名は全部どんな形であろうと地名が入っていたことからも、短大名はまず地名を取り入れるとよいようである。

　近頃関心が高まっている国際文化(学)科は19校で開設されているが、校名に「国際」や「文化」を使ったところは3ヶ所に過ぎず、情報処理(学)科を持つ7校のうち1ヶ所も校名に「情報処理」を使っていない。

---

29) 日本学報第36集の洪顕吉氏の日本の短期大学に関する研究によれば、①新しい教育政策での準学士称号授与②大学自体の自己評価および公表義務強化③学科中心運営と専攻過程設定の自律化④学生定員の自律化⑤教育課程編成の自律化など16の項目が提示されている。

　地名に専門分野を付け加える形になる学校名は、当然長くなり、「短期大学(部)」を「短大」に略して書くとしても表記上10文字を超える所も、大阪府立看護大学医療技術短大部、日本赤十字武蔵野女子短大のように55校になり、校名が短いといっても育英短大(群馬)、大月短大(山梨)などの4文字が53校である。

　ひらがなおよびカタカナが使われたところは20校あまりで全体の3.5%に過ぎない。まだ短大名は漢字を用いる形が根強いが、PL学園女子短大(大阪)はアルファベット表記をしていて、注目できる。PLとはperfect Libertyの略字で教団名であって、その名称をそのまま校名にも取り入れている。短大名は文部省審議にかけて許可を得なければならないため、重複や類似性は避けられ、アルファベットの表記は原則的に禁止されている。

　短大名から見る短大教育は、松蔭女子短大(神奈川)と神戸松蔭女子学院短大(兵庫)に見られるように、吉田松陰の教育理念に立脚した知行同一を掲げて勉学や勤労を尊重している。そのほか歴史上の人物では聖徳太子の名が9校に登場している。聖和学園短大(宮城)、聖徳栄養短大(東京)、聖徳学園女子短大(岐阜)などである。ひたすら和の精神を基本教育方針にして建学し、和合・和睦・調和などの意を持つ「和」の聖なる役割を理想として名づけられた。短期大学の教育において和は礎であり、設立者の名前を校名に用いたところは10校あるが、低迷・下降を見せており、代わりに永遠の崇拝対象の聖母マリアと殉職者、聖人たちの名が多数取り上げられ、宗教的な色彩を濃く帯びている。私立の15%はキリスト教系列に分類され、宣教者たちの短期教育、特に英語教育や就学前の子供の教育に与えた影響は大きかった。最近開校した学校の名称は、役員、同窓生、教職員、生徒、一般人からも幅広く意見を求め、学校の位置、環境、伝統、理想、語調、字数、発音にいたる細部にまで気を配っている。

第6章
戦争と人間 －映画名の変遷－

Ⅰ. はじめに

　日本の映画、それは日本の伝統の精髄を表現しているといえよう。1896年に神戸の鉄砲商の高橋信治が輸入した写真活動器械を神戸港倶楽部で一般に公開して以来、日本の映画史は100年を超えている。現存する最古の日本映画(1908年一般公開)は、九代目団十郎と五代目菊次郎の『紅葉狩』で、小西本店の技師であった柴田常吉により撮影された。その後、1925年までの明治・大正時代の映画史については不明確な点が多い。

　よって、本稿では、明治・大正時代については『日本映画史』と『戦前日本映画研究』に収録されたものの中で、日活創立記念映画『忠臣蔵』(1912年、以下(　)の中に表記する年は省略)、松竹キネマ研究所の第1回作品の『路上の霊魂』(1921)などの、52の作品と、1926年から始まる昭和時代については、キネマ旬報社の選定によるベスト10入りの作品のみを対象とする。

　その映画専門雑誌のキネマ旬報であるが、毎年、評論家・作家・ジャーナリストで選考委員会を構成した後、各個人が選出した10篇の作品を第1位は10点、2位は9点、3位は8点・・・10位は1点として、合計点数を集計し、合計点の高い作品を10篇ずつ選定している。しかし、1943年からの3年間は、戦争に伴う時局の影響を受け、その選定の仕方は中止となったので、代わりに映画評論家たちが優秀映画を発表した。それら30の作品も本稿では含めることにする。

　1996年の場合、選考委員は55名で、彼らが10作ずつ選出した計64作を対象に点数化した結果、合計319点で1位となったのは『Shall We ダンス?』で、わずか1点であった『LUNATIC』は64位であった。この『Shall We ダンス?』の大ヒットがきっかけとなって、社交ダンスを始める人が増えるなど、映画が流行をリードする形となった。

　平成8年から1996年までの対象映画名は全760である。『映画100年』、『日本映画史①～④』『日本映画300』、『映画100物語─日本映画編』、『テレビドラマ・映画の世界』、『戦後キネマ旬報ベストテン全史』などを主要参考書とした。

　日本の映画名で注目すべき点は、原作があるということである。その原作の大部分は小説であり、原作者も小説家になるわけである。原作のある映画が占める比率は、733作のうち422作で、原作が不確かである27作を除くと、半数以上の58%となる。谷崎潤一郎は1939年の『お琴と佐助』から1982年の『細雪』まで8作が、『深い河』(1995)の遠藤周作は6作が映画化され、他にも 作以上がベストテンに選ばれた作家が10名を数えている。

　各映画における時代別の日本映画の状況、及び文化・社会背

景を調べた後に、題目別に分類し、よく使われている字ととも
にその変遷を図表で表した。また、字種においては、主に漢字
が使われているが、その他に平仮名、片仮名、混用、ローマ字
について使われ方やその変遷も調べた。形態においては、連体
形・終止形・疑問形・否定形などに分けて分類した。

Ⅱ. 時代別の映画の背景

表1　時代別の映画作品数

	1期	2期	3期	4期	5期	6期	備考
日本 年号	明治・ 大正	昭和初期 元年〜20年	昭和中期 21〜35年	昭和後期 36〜50年	昭和末期 51〜63年	平成 元年〜8年	
西暦 年代	1868〜 1925	1926〜 1945	1946〜 1960	1961〜 1975	1976〜 1988	1989〜 1996	
編数	52	199	148	150	130	81	760

1. 1期

　日本で作られた最初の興行映画は浅野四郎の『芸者の手踊り』
という1899年に公開されたものだ。また、柴田常吉の『紅葉狩』、
土屋常二の『におの浮巣』等の、歌舞伎の記録映画が作られたの
もこの頃である。同じ年に『稲妻強盗』という日本初の劇映画
が、駒田好洋により製作された。日本映画の草創期は、世界大
戦の時期であった。この時期の映画は、生まれるやいなや戦争
を報道するようになり、報道メディアとしても力があることを
実証していった。特に反響が大きかったのは『日露戦争活動大写

真』で、これは日露戦争(1904)をテーマとして扱ったものである。この映画は日露戦争の内容を記録したもので、国中の関心を集め、大変な活気を帯びた。

　1910年代後半には、邦画を近代化し、改革しようとする動きが起こった。クローズアップ技法の導入・字幕使用・女優起用などを実行して、日本映画を欧米映画と同様の形式のものに転換させようとした。この純映画劇運動中に、帰山教生の『生の輝き』(1919)や、谷崎潤一郎脚本・原作でトーマス監督の『アマチュア倶楽部』(1920)などが作られた。また、このときから本格的なニュース映画が始まり、文化映画とともに上映された。そのため、ニュース映画専門館も登場した。

2. 2期

　1920年代後半の昭和時代に入ると、有能な監督たちの活躍、芸術性の豊かな作品の出現、スターの輩出などで無声映画は全盛期を迎える。日本映画史上初の全盛映画『狂った一員』(1926)が出たのもこのときであるが、中でも目覚しい躍進を遂げたのが時代劇である。歌舞伎のスタイルを受け継いだ旧劇に変わって、リアルでありながら、迫力のある戦いの場面を取り入れた剣劇映画、例えば伊藤大輔の『忠次旅日記』の三部作、『下郎』(1926)、マキノ正博の『浪人街』の三部作(1928〜29)などの傑作が続々と生まれた。

　1929年に起きた世界恐慌により、日本の不況はさらに深まり、資本家と労働者との対立は激化した。また急進的思想が広がったのもこの時期である。このような社会背景は映画界にも影響を及ぼし、昭和初期には左翼傾向の作品が続々と出てきた。内田吐夢の『生ける人形』(1929)、伊藤大輔の『斬人斬馬剣』(1929)、鈴木重吉の『何が彼女にそうさせたか』(1930)などは、権力側の圧制や民衆の生活苦を描いた。社会の矛盾点をついたこれら一連の作品は傾向映画と呼ばれた。時代の流れに沿って登場したこの傾向映画は30年代には姿を暗ましていった。

　1931年の満州事変から始まる十五年戦争は映画界に大きな波紋を広げた。戦争中の国家が映画の持つ絶対的な影響を見逃すはずはなく、臨戦態勢に入ると、映画は様々な規制に縛られ、国家に収用されてしまった。1934年に映画統制機関として大日本映画協会を設立し、39年には映画法が制定・施行された。1941年になるとニュース映画の強制上映が全国に拡大し、太平洋戦争突入後は映画製作会社の統合や配給会社の一元化も図られるようになった。また、海外植民地と侵略地に対する映画工作も活発に行われ、満州映画協会・南洋映画協会等は外地工作の拠点となった。戦時中に大量生産されたのは、国家方針で決められた国策映画であり、戦意を高揚させるための映画であった。

3. 3期

　日本映画は1945年の敗戦を境にして大きく変貌する。日本に駐屯した連合国総司令部(GHQ)は、日本人を軍国主義から脱却させ、自由主義と平和主義を浸透させるため、戦争映画など戦前の反民主主義映画を没収すると同時に民主主義の映画製作を奨励した。これまで軍部に協力し、臨戦体制の完備を喚いてきた日本映画はここで一転し、一斉に反戦と民主主義を主題に掲げることになった。このような流れの中で1940年代中盤から1950年代の前半にかけて黒澤明の『わが青春に悔いなし』(1946)、今井正の『青い山脈』(1949)『また会う日まで』(1950)、山本薩夫の『真空地帯』(1952)、木下恵介の『二十四の瞳』等、戦前体制を批判する秀作が次々と作られた。特に、反戦映画は一つのジャンルとして形成されるほどに興行され、以後も、小林正樹の『人間の条件』6部作(1956〜1961)等、数多い力作が大盛況となった。

　1951年には黒澤明の『羅生門』がベネチア国際映画祭でグランプリを獲得し、これを始まりとして日本映画は海外映画祭で次々と賞を受賞していった。ベネチア映画祭ではその後も清口健二の『優越物語』(1953)、黒澤明の『七人の侍』(1954)、稲垣活の『無法松の一生』(1958)等が賞を取った。カンヌ国際映画祭では衣笠貞之助の『地獄門』(1954)が、モスクワ映画祭では新藤兼人の『裸の鳥』(1960)がそれぞれグランプリの栄誉に輝いた。また、アメリカのアカデミー賞でも稲垣活の『宮本武蔵』が最優秀外国映画賞を受賞した。日本映画は世界の注目を浴びることとなった。

　日本の映画産業は1950年頃には戦前の水準にまで復帰したが、成長はその後も続いた。1958年前後の絶頂期には、日本全国で約7,400もの映画館が建てられ、観客数も12億人近くに膨れ上がった。映画界は市場拡大に伴い、大量生産態勢に入り、年間の開封映画作品数は500を越すようになった。また、50年代はカラー映画や大型映画が登場し、『カルメン故郷に帰る』(1951)が色彩映画の第一作となり、1953年の『地獄門』以来、一気に色彩映画の時代へ突入したのである。このときの映画会社は、松竹・東宝・大映・新東宝・日活の6大企業のみならず、独立のプロダクションも盛況をなし、50年代は実に日本映画の黄金期であった。

4. 4期

1960年代の映画産業は落ち目となっていく。テレビの普及に伴い、映画観客数が激減したからである。しかしこの時期の日本映画自体は、これまでの規制から開放されたものとなった。その背景には、手軽な8ミリ撮影機の出現と普及が挙げられる。誰でもたやすく映画が撮れるようになり、映画の個人化・拡散化の始まりを告げることになったのである。また、この時期には新鋭の監督たちが従来の形式から離れて斬新さを増し、頭角を現した。このような新人の登場は、日本映画が転換期に差し掛かったことを示していた。その中でも、先頭に立ったのは増村保造・今村昌平・岡本喜八などである。50年代の後半に監督に昇進した彼らは、大衆の持っている欲望や情念、あるいは活力を映像化していくことで以前の日本映画を乗り越えようとした。次の第二陣は大島渚、吉田信重、篠田正浩を中心としたグループである。反社会的・挑発的な語調で同時代の閉塞状況を

『絞死刑』(1968・大島)、『エロス＋虐殺』(1970・吉田)、『心中天網島』(1969・篠田)などを通して描き出したのである。1960年代はピンク映画(成人映画)と日活のロマンポルノ映画という日本特有のポルノ映画が流行する。

　1960年の『肉体の市場』がピンク映画の第一作であり、『壁の中の秘事』のように社会的問題となった作品もある。ロマンポルノは日活が経営難の打開策として1971年に開始した新路線であり、『団地妻/昼下がりの情事』と『色暦大奥秘話』の二本の映画の同時上映で始まって88年に幕を閉じるまで神代辰巳、篠田便八などが数多い意欲作を発表した。低予算や短期間の撮影などが、数多いロマンポルノの特徴として挙げられる。

　1960年代の後半から70年代の初頭にかけて時代と正面から向き合い、果敢にその核心部分に迫ったのは記録映画の作家たちである。小川伸介は『日本開放宣言/三里塚』(1968)などの成田闘争を取材した三里塚シリーズを手掛け、土本典昭は『水俣/患者さんとその世界』(1971)などの水俣病の実態を告発するシリーズでその実相を記録し、高い評価を得た。

5. 5期

　1976年、ロッキード事件の裁判がスタートされ、その年の夏に公開された山本薩夫の『不毛地帯』はこの事件をモデルとして製作された。黒沢明監督は75年度アカデミー賞外国語映画賞受賞により、映画人としては初めて文化功労者に選ばれ、1982年にはフランスの出資による『乱』の製作を発表した。その3年後には映画界初の文化勲章を受賞するまでに至る。大島渚監督もフランス出資による『愛のコリーダ』(1976)で注目されるが、性行為描写映画という話題性と表現の自由への挑戦の2つの点において、映画の新しい章を開いたと言える。この『愛のコリーダ』のシナリオと写真集は、猥褻罪で監督が起訴され、6年余りに渡る法廷闘争の末、無罪判決が言い渡された。77年には、日本アカデミー賞(授賞式は78年)が始まり、山田洋次監督の『幸福の黄色いハンカチ』が主要部門を独占した。79年には中国で初めて『日本映画祭』が開催され、その勢いで日本と中国の初の本格的な合作映画『未完成の対極』(1982)が完成し、興行面でも成功を収めた。多国籍の国際合作映画が増える中、大島渚の『戦場のメリークリスマス』(1983)は制作に関わったスタッフの国籍が8カ国に上るなど、映画界でも国際化・国際交流化は着々と進展していった。

　「日本は国際映画祭で賞をもらっていくのに、自分の国では一つの映画祭もない」「経済大国なのに映画祭が開かれないのは理解できない」などの世論に押され、『第1回東京国際映画祭』が1985年にようやく開かれることになった。80年代初めには『映画の日』を決め、その半額興行が成功すると、映画料金半額の日を年1回から3回に拡大するなど、映画業界は観客集めに力を注いだ。しかし、80年代の中盤に入ると、映画観客数は大幅に減少し、映画会社の制作作品も極端に減ってしまった。これは警察庁が風俗営業法の改正案を国会に提出し、自主規制が強化されたためであった。新風俗営業法の施行で業界全体が打撃を受

けたうえ、ビデオデッキの普及率が48.7％に達し、貸し出しを
含むビデオ産業の急成長からも観客数減少の原因が見出せる。
1987年の映画観客数は過去最低記録を下回る1億4,400万名で
あった。一方、次の年の全国のビデオレンタル店は35,000店
で、映画館2,100館の約16倍にもなる数値である。

6. 6期

　昭和時代の終わりには、日本の過去と向き合った作品が多く
作られた。ベスト10のうち6作が戦争時代を含めた日本の過去を
直視した作品であったことは、昭和の終末を予測したかのよう
に見える。1989年は昭和天皇の死去から始まり、ブラウン管で
は突然、娯楽・演芸の番組が消えた。その時代、人々はレンタ
ルビデオ店に向かったのである。テレビでは流行するレンタル
ビデオ店のニュースが流された。このとき政府は長編映画1作に
2500万円、短編と児童アニメーションに500万円を支援する映
画製作補助円制度を発足させた。1990年には、『天と地と』『ダ
スマニア物語』『クライシンス2500』等、大企業や大商社、テレ
ビ放送局などの出資による大作が興行の主流であったが、次の
年の株式暴落とバブル経済崩壊の煽りを受けて、たちまち不景
気時代へ突入することになる。1991年の日本映画の公開作品数
は230作で、外国映画の公開作品数の3分の2程度であった。こ
の年には『ドラえもん』『ちびまる子ちゃん』『おもひでぽろぽろ』
『ドラゴンボールZ』等、アニメーション作品が活躍し、日本映画
の配給の上位にランクされている。このほか、『紅の豚』(1992)

『平成狸合戦ぽんぽこ』(1994)『耳をすませば』(1996)等の大盛況により、アニメ全盛期を築きながら海外に進出した。今の「アニメ」という言葉は日本製のアニメーションを意味する世界共通語になっている。日本最大の漫画映画制作会社である「東映動画」の有賀健副社長は「アニメは民族や国境を越える表現、日本から世界へ胸を張って発信できる唯一の映像文化」と断言する。

　1993年の日本映画ベスト1は崔洋一監督の「月はどっちに出ている」であった。これは、在日韓国人のタクシー運転手と居酒屋で働くフィリピン人女性との愛の物語で、今まで日本で見られなかった国際性を帯びた点が特徴といえる。『僕らはみんな生きている』『学校』『愛について、東京』でも、中国人の少女・中国人留学生・在日韓国人の老人等、アジア各国の人々が登場し、日本がアジアに目を向けた年であったと言えよう。1995年は日本に映画が入ってきてから100年を迎える年であったが、阪神大震災・企業の経営難・オウム真理教の影響などで映画館は空っぽのままで、次の年の夏には『男はつらいよ』の寅さん(渥美清)の死が知れ渡った。それによって1969年以降、毎年1～2編ずつ作られていた『男はつらいよ』シリーズも第48作『寅次郎紅の花』で終止符を打った。以上のように邦画に見られる映画の状況から日本では、メディア領域においても映画の絶対的な優位性は保てなくなった。それは受容者側の嗜好が細かく分かれていき、需要が多様化・分散化されたためである。

III. 題目別分類

　明治時代から大正・昭和を経て平成に至るまでの各年度別の
ベスト10を中心に選定した日本映画作品760作(以下数字の後の
作は省略)を題目別に分けてみると、「男」・「女」等、男性や女性
を表す言葉をすべて含めた人称を表す言葉が181の23.8%、具体
的な人名が84の11.1%、人間が暮らす地球の森羅万象、即ち、
雨・雪・風・太陽などの自然現象が76の10%、人間同士のある
いは国家間の争い・戦争・闘いが61の8.0%、人々の住んでいる
地域や市町村の名前が57の7.5%、という順であった。これは映
画の内容と主題とは別に、あくまでも映画名を分類してみただ
けで実際の内容とは相当の違いがあるかもしれない。キネマ旬
報社の臨時増刊号『日本映画オールタイムベストテン』では、時
代劇、青春映画・恋愛映画・アクション映画・戦争映画・
ミュージカル・文芸映画・SF映画・回帰・会談映画・スポーツ
映画・アニメーション・ドキュメンタリー・子供映画・ミステ
リー映画・歌謡映画・喜劇映画等のジャンル別にベスト10を選
定した。そのことに照らしてみても、題目別の代わりに分野別
という表現が合うかもしれない。

表2 題目別分類

順位	題目	編数と比率	映　画　名	ベスト10
1	人称 （男・女）	181 （23.8%）	「男はつらいよ・望郷篇」(1970年) 「足にさはった女」(1926年)	8位 1位
2	人名	84 （11.1%）	「小原庄助さん」(1949年) 「伽倻子のために」(1984年)	10位 8位
3	自然現象 （四季）	76 （10.0%）	「さらば夏の光よ」(1976年) 「風雪の春」(1943年)	9位 8位
4	戦争 （争い）	61 （8.0%）	「仁義なき戦い・代理戦争」(1973年) 「日露戦争活動大写真」(1904年)	8位 ×
5	地名 （街・町）	57 （7.5%）	「東京オリンピック」(1965年) 「キューポラのある街」(1962年)	2位 2位

　上位5位までを日本の歌謡曲名と比べてみる。歌謡曲では1位「人称」、2位「地名」、3位「自然現象」、4位「唄・歌」、5位「植物」・「愛・恋」の順であるが、映画名では人称は同じ1位、自然現象も同じ3位、地名は5位に入っている。これは、歌謡曲が地域を土台にして女性や夜をテーマに歌っているのに対して、映画名は、人と人の間で起こる争い、あるいは国家間に生じる紛争を人間中心に描き出したとも捉えられる。

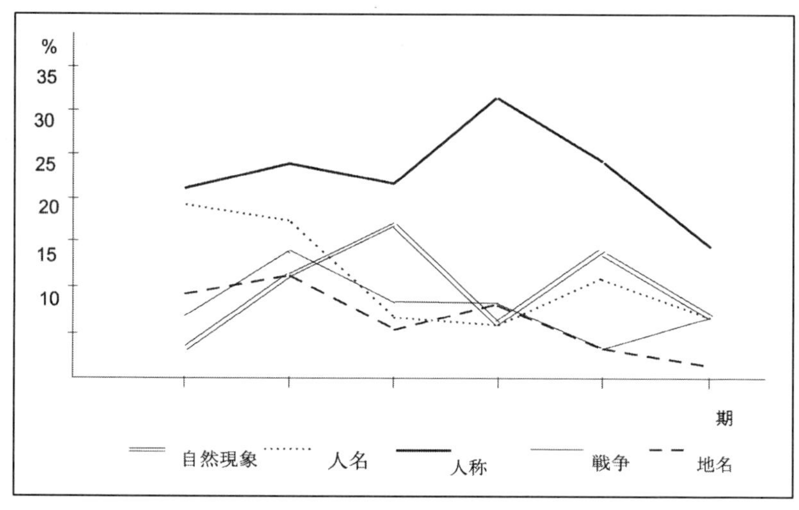

図1　時代別の変遷

　図1で見るように、181の圧倒的多数を占める「人称」は4期
(1961～1975)が31.3%の47で、一番高い比率となった。これは
『男はつらいよ』シリーズの「男」のためである。このシリーズは
1969年の『続・男はつらいよ』から1975年の『男はつらいよ―寅
次郎相合傘』までほぼ毎年のように、ベスト10に入っていた。
1960年以前は「女」が『幼影の女』(1920)などの25であり、「男」は
『芸道一代男』(1941)の一つだけであった。
　地名も人名と同様に、1945年の太平洋戦争時期までが10%を
越している。戦争は、やはり時代的背景を反映せざるを得な
い。地名は、日清戦争と第1・2次世界大戦のときは28例の
14.1%まで上がり、昭和末期に近づくほど徐々に落ちていき、
平成ではたったの1例の1.2%に過ぎない。

1. 人称

　ここには『人間の約束』(1986)の人間はもちろん表2に例示した「男」・「女」のみならず、『母いづこ』(1922)、『父ありき』(1942)の「母」と「父」、『清作の妻』(1924)の「妻」、『アンデスの花嫁』(1966)の「花嫁」、『大尉の娘』(1916)の「娘」、『お嬢さん乾杯』(1949)の「お嬢さん」、『あにいもうと』(1976)の「兄」・「妹」、『彼女と彼』(1963)の「彼女」・「彼」、『宗方姉妹』(1950)の「姉妹」、『曽我兄弟狩場の曙』(1907)の「兄弟」、『夫婦二世』(1940)の「夫婦」、『一人息子』(1936)の「息子」、『少年時代』(1990)の「少年」、さらに『家族ゲーム』(1983)の「家族」、『やさしいにっぽん人』(1971)の「人」までも含まれる。「男」と「女」の使われ方は、「男」12に「女」40で、女のほうが圧倒的優勢であり、歌謡名と映画名では断然女性の方が男性より多く表れている。

2. 人名

　人名は「雁太郎街道」(1934)の「太郎」、『大村益次郎』(1942)の「益次郎」、『風の又三郎』(1940)の「又三郎」等の男性の名前と、『智恵子抄』(1967)の「智恵子」、『四季・奈津子』(1980)の「奈津子」などの女性の名前の二つに大別されるが、数字上は7:13で、女性の名が男性の名より二倍近く多くなる。しかし、男性の名の「〜郎」も『男はつらいよ』シリーズの「寅次郎」を除けば、1962年の「椿三十郎」の後は滅多に使われていない。中にはカナダ人が京都の女性を撮った『Keiko』(1979)のようにローマ字で表記したものもあれば、『キクとイサム』(1934)、外国人名の『ヒポクラ

テスたち』(1980)のようなカタカナ表記のものもある。『はなれ
瞽女おりん』(1977)の「おりん」、『おはん』(1984)の「おはん」はひ
らがなだが、残りの女性名はすべて漢字である。人名の中の有
名人は、江戸前期の水戸藩の領主で、儒学者を集めて大日本史
の編纂を開始した徳川光圀をモデルにして、彼の別称をつけた
『水戸黄門』(1926)を始め、他に約10編ほどある。江戸前期の歌
舞伎・浄瑠璃の脚本家であり、京阪の劇界で活躍した近松門左
衛門(1653〜1754)を描いた『近松物語』(1929)、幕末の志士で討
幕運動の中心人物であったが、京都の近江屋で暗殺された坂本
竜馬(1835〜1867)を描いた『竜馬暗殺』(1974)、日本の探偵小説
の基礎を固めた江戸川乱歩(1894〜1964)と彼の作品をそのまま
引用した『江戸川乱歩猟奇館屋根裏の散歩者』(1976)などが主な
ものである。また、安土桃山時代の茶人で詫び茶と呼ばれる茶
道の大成者であり、千家流の開祖の千利休(1522〜1591)は
1989年のベストテンの3位の『千利休本格坊道文』と5位の『利休』
で同時上映されるという珍記録を残した。1975年の『実録阿部
定』は渡辺淳一の小説『失楽園』でも細かく取り上げられた人物
で、その名だけでも話題と興味を呼び起こすのに十分であっ
た。

3. 自然現象

　自然現象においては『夜の河』(1956)等の「夜」が10で、『白昼の
通り魔』(1966)等の「昼」の2より圧倒的に多い。歌謡曲名で55の
「夜」は、映画名ではわずか1.3%で著しく減り、雨も同じく歌謡

曲で29(2.7%)であったが、映画名では『黒い雨』(1989)など2例だけである。代わりに「風」や「嵐」、または「台風」が『風の谷のナウシカ』(1984)を始め11と多く、『太陽の子/てだのふあ』(1980)の「太陽」が7、『細雪』(1950)の「雪」が5、「霧」「雲」「月」が各々3ずつ現れた。映画名に「昼」は少なかったが「日」が多く見られたこと、「夜」は多かったが「月」は意外と少なかったこと、「雨」よりは「風」や「嵐」が多用されたことはアイロニーである。四季の場合は『小鳥の春』(1940)の「春」と『異人たちの夏』(1988)の「夏」が6ずつ、「秋」と「冬」は1例ずつで、日本は映画名において「春」と「夏」に傾いている。そのせいであろうか、花も春に咲く「桜」が『桜の園』(1990)等4、「バラ」が「妻よ薔薇のように」(1935)等3である。この「桜」は動物園の愛称・会社名・四年制大学名・短期大学名・歌謡曲名でもまんべんなく使われていて、日本人の桜好きが表れている。『男はつらいよ』シリーズでも主演俳優の渥美清の妹役の倍賞千恵子は「さくら」と呼ばれ、日本で「桜」というブランドほど四方八方に通用する名はないだろう。

4. 戦争

この「戦争」は「決戦」「戦闘」、または広い意味の争いまでも含まれるもので、戦時中の前後が一番高く表れる。『決戦の大空へ』、『シンガポール総攻撃』など、1942年から4年の間に15も集中し、当時の状況をありのまま伝えてくれる。平成に入ると金子修介監督の『ガメラ/大怪獣空中決戦』の一つのみである。これは以前の人気シリーズものを復活させたもので、人間ではない怪獣の戦いに過ぎず、戦争と関わる名称は昭和時代に幕を下ろしたと言えよう。昭和55年(1980)には米国に保存されている広島・長崎の被爆に関するフィルム(1口座あたり10フィート分)を募金で購入して映画を作ろうとする「反核10フィート映画運動」が起こった。2年後、『にんげんをかえせ』を完成させ、反核ムードを作り上げた。同じ年(1982)には柳田国男の同名原作を素材とした、反戦ラブストーリーの『遠野物語』(村野鉄太郎監督)が8位に挙がった。1946年のベスト10のうち、2位の『わが青春に悔いなし』と1947年の2位の『戦争と平和』での反戦活動・軍国主義批判の脈を継いでいる。ソビエト連邦の崩壊(1991)とベルリンの壁の崩壊(1989)に伴い、冷戦体制が倒れた今は、日本映画名で戦争という字を見つけにくいと思われる。1995年は戦後50年の年で、映画でも戦争時代を描いた作品が『ひめゆりの塔』等いくつか作られたが、阪神・淡路大震災とオウム真理教の地下鉄サリン事件などと重なり、陰に隠されてしまった。このように映画内容とは別に、その題名においては戦争という言葉をできれば避けようとしているのが実状である。

5. 地名

「東京」が使われた6つの作品と、『銀河街』(1899)の「銀座」、『血煙高田馬場』(1928)の「高田馬場」、『浅草の灯』の「浅草」等、東京都内の地名を合わせると東京が13例で、やはり一国の首都がよく使われている。次は「大阪」が6、『祇園の姉妹』(1936)等の京都が2で、予想より都市の数は少なく、その他の大都市は『博多っ子純情』(1978)の福岡の一ヶ所しかない。歌謡曲で歌われた「長崎」や「横浜」は使われず、「新宿」も『新宿泥棒日記』(1969)の一つのみ見られた。地域名よりはむしろ国名が使われ、『日本の悲劇』(1953)等、全部で12例あるが、1960年代には『にっぽんのお婆ちゃん』等ひらがなで「にっぽん」と使ったものが4で、カタカナ表記は1982年の『ニッポン国古屋敷村』(小川神介監督)のみであった。国名表記において漢字の「日本」が7、ひらがなが4、カタカナが1ずつ使われ、ひらがなは「にほん」ではなく「にっぽん」であることが目立つ。外国地名は『上海陸戦隊』(1939)の「上海」が2、「北京的西瓜」(1989)の「北京」が1であり、外国名は『ビルマの竪琴』(1956:5位、1986:8位)の「ビルマ」が2であるが、実際は監督の市川崑が同じシナリオの旧作をカラーにリメイクしたものである。ビルマの他はマレーシア、シンガポール、ベトナム、イギリスなどが一つずつである。「街」は10で、『歓呼の町』の「町」が2であることに比べるとかなり多い。

表3　よく使われた字

分　野	編　数	映　　画　　名	ベスト10
色	20	白い指の戯れ（1972）	10位
物語	18	水で書かれた物語（1965）	10位
愛・恋	18	愛の新世界（1994）	9位
日本	12	やさしいにっぽん人（1971）	7位
歌(唄・曲)	11	大地の子守歌（1976）	3位
日記(〜記)	10	忠次旅日記/御用篇（1927）	1位

海	9	あの夏、いちばん静かな海（1951）	6位
故郷	8	カルメン故郷に帰る（1951）	4位
青春	8	わが青春に悔なし（1946）	2位
映画	7	ある映画監督の生涯（1975）	1位
人生(一生)	7	人生のお荷物（1935）	6位

　表3は大きく分けた5つの題目の他によく出てきた字(あるいは言葉)を分類したもので、色は「白」が7、『黒い湖』(1954)などの「黒」が6、『赤ちょうちん』(1974)の「赤」が5であり、「黄色」1、「七色」1で他の色はほとんどなく、白・黒・赤の三強戦の様相を見せている。

　「〜物語」の前は『四つの恋の物語』(1947)のように「愛」や「恋」が多く、他には地名や人名あるいは『にっぽん泥棒物語』のように「泥棒」を語っているものもある。日記は『新宿泥棒日記』(1969)、『警察日記』(1955)で見るように警察と泥棒の間の追って追われる記録でもある。一方「〜記」は『青幻記』(1973)、『道中悲記』のような母と子との幼い頃の追憶がこめられた悲しいストーリーのときに使われるのかもしれない。表3に現れた日本映画は、海の近くでよく遊んだ幼年の故郷の話であり、青春をなげうって働いた拠り所の日本で愛しながら生きてきた一生の記録であろう。その人々の生が活動写真(映画)や白黒写真で歌われるように日本人を物語っているのである。

IV. 字種及び形態別の分類

1. 字種

　字種のカテゴリーには、漢字・カタカナ・ひらがな・ローマ字・数字が含まれる。

　漢字は『北青事変活動大写真』(1900)や『執行猶予』(1950)のように漢字ばかりのものが269例で全体の760のうち、35.4%を占める。『戦争と人間』(1970)のように繋げたものが20、『午後の遺言状』(1995)のように漢字と漢字の間が「の」で繋がっているものが123で、これら3つを合わせると54.2%の412にも上る。これに漢字が一文字でも入っている映画名の298を足せば、710で9割をはるかに上回る93.4%になり、映画名で漢字の占める比重は重大であると言える。『ツイゴイネルワイゼン』はカタカナだけで書かれたが、カタカナばかりのものが14で、『秘境とヒマラヤ』など一部にカタカナが入っている編数(題名数)は75の9.9%である。1969年の『かげろう』、1953年の『あにいもうと』等、ひらがなだけで書かれたものが23で、これにカタカナの入っているものを足せば、217の28.6%を占め、映画名で一番目に付くのは漢字であり、ひらがな、カタカナを併用したのは5つで『ダイナマイトどんどん』(1978)等である。

　最近は英語のローマ字表記も目立って『Love Letter』(1995)等、14例がローマ字になっており、1990年のベストンテン7位『3-4×10月』(北野武監督)、1994年の7位『800 TWO LAP RUNNERS』(広木隆一監督)等39の作品では数字が用いられている。

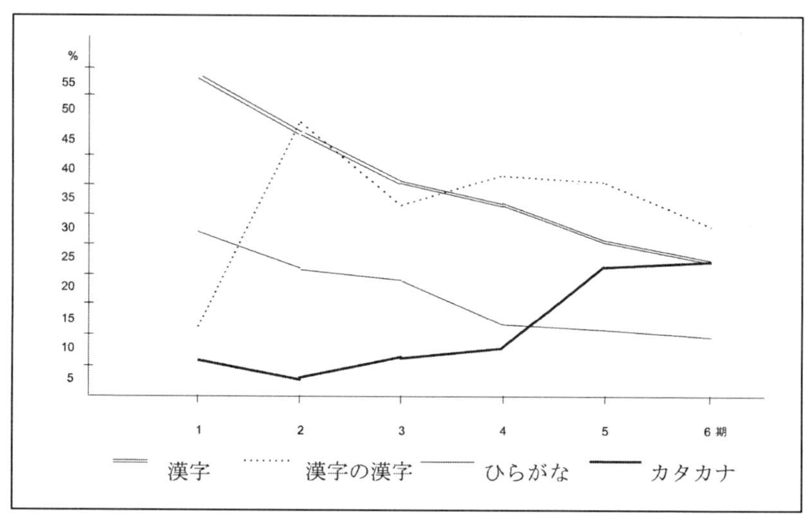

図2　字種の時代別の変遷

　図2は映画名で多く使われた字種の時代別の変遷を図で表した
ものである。漢字だけの名は269のうち明治・大正期の1期で28
の53.8%を占めたが、2期の昭和初期に入っては88の44.2%、戦
後には52の35.1%、高度経済成長の4期では50の33.3%、昭和末
期の5期では33の25.4%、平成の6期では18の22.2%を示してい
る。漢字が使われる頻度は53.8%から22.2%へと半分以上も減っ
ているのである。また「漢字"の"漢字」も14の26.9%から8の
9.9%に急減し、漢字の衰退をそのまま反映している。

　一方、カタカナが使われているのは1期の3(5.8%)から2期の
6(3.0%)、3期の9(6.1%)、4期の11(7.3%)、5期の28(21.5%)、
6期の18(22.2%)と現代までぐんぐん増加し、漢字とは反比例の
現象を見せている。ひらがなの入っている217例は1期の

6(11.5%)を除いては2期で40(45.5%)に跳ね上がり、3・4・5期には30%台の安定性を保ち、6期で23(28.4%)へ下がった。図2は漢字使用頻度の低下とカタカナの浮上を表しているが、このほかの数字が39、「漢字“と”漢字」が20、ひらがなだけを使ったのが23、ローマ字は14、カタカナだけになっている映画名が14あり、これらは表4に整理されている。

　表4で数字は『119』(1994)を除けば数字単独では使われず、漢字や他の字種との組み合わせになっている。よく使われた数字は一番目や二番目を表す『狂った一頁』の「一」(第一を含む)が7、『第二の人生』の「二」(二人を含む)が6であり、数字では一と二が多く、『永遠の1/2』(1987)の分数、『エロス＋虐殺』(1970)の「＋」、『(ハル)』(1996)の括弧などもあった。『KAMIKAZE TAXI』(1995)等、4つはローマ字で書かれ、『TOMORROW/明日』(1998)のように両方で書いて分かりやすくした題名は5であった。これらの使われ方は表4で時期別に表れたように、「漢字

表4　字種別の分類

	期	題名数	漢字と漢字	数字が入っている名	平仮名だけの名	カタカナだけの名	ローマ字が入っている名
1期	～1925	52	2 (3.8%)	0	0	0	0
2期	1926～45	199	6 (3.0%)	10 (5.0%)	0	1 (0.5%)	1 (0.5%)
3期	1946～60	148	5 (3.4%)	8 (5.4%)	7 (4.7%)	1 (0.7%)	0

4期	1961〜75	150	6 (4.0%)	11 (7.3%)	3 (2.0%)	2 (1.3%)	0
5期	1976〜88	130	1 (0.8%)	4 (3.1%)	6 (4.6%)	5 (3.8%)	6 (4.6%)
6期	1989〜96	81	0	6 (7.4%)	7 (8.6%)	5 (6.2%)	7 (8.6%)
	計	760	20(2.6%)	39(5.1%)	23(3.0%)	14(1.8%)	14(1.8%)

"と"漢字」は6期では0になり、その使われ方が停止状態になったが、カタカナだけの名は2期の0.5%からだんだん増え、6期では6・2%に躍進した。ローマ字も同じく2期の0・5%から6期の8.6%まで伸びている。ひらがなの入っている名の使用は図2では少しずつ減少していったのがわかるが、ひらがなだけの名は4期の2.0%から5期の4.6%、6期の8.6%に増加している。最近の映画名は若い観客の趣向に合わせるため、外来語や英語を取り入れ、それにカタカナを入れて(あるいはひらがなだけで)表記した題名をつけなければならないところに立たされているのである。

2. 形態

　形態別の分類において一番多いのは『恋する女たち』(1986)、『生きている画像』(1948)、『あの夏、いちばん静かな海』(1991)、『甘い汗』(1964)等で見られる連体形で、58例がある。形容動詞は「静かな」4つに『しとやかな獣』の「しとやかな」を入れて5つであり、形容詞は『青い山脈』(1949)の「青い」の他に「白い」「悪い」「やさしい」「黒い」「黄色い」「遠い」等23で、1992年の『死んでもいい』

の「いい」と『名もなく貧しく美しく』(1961)の「なく・貧しく・美しく」を除いて形容詞は連体形で使われた。『男はつらいよ』シリーズは9回ベスト10に入ったが、この「つらい」はまとめて一つとした。次は「彦六大いに笑う」(1936)、『カルメン故郷に帰る』(1951)、『ねむの木の詩が聞こえる』(1977)等の動詞の現在形が27で、『私が棄てた女』(1969)、『足にさわった女』(1926)などの過去形の9つと比べるとかなりの差が出ている。日本の歌謡曲では過去形と現在形が17:15であり、歌の題は過去のことを、映画は現在にこだわっていると言える。疑問形は8で『何が彼女を殺したか』(1931)、『Shall we ダンス?』(1996)等である。『もう頬づえはつかない』(1979)等の否定形が4、『吹けば飛ぶような男だが』(1968)などの仮定形は3、『水で書かれた物語』(1965)等の受身形は3であった。このほか「ます体」は『あなた買います』(1956)、使役形は『何が彼女をさうさせたか』(1930)でそれぞれ一つずつのみであった。尊敬語が発達した日本で、それがあまり使われていない分野といえば映画名であろう。また、命令を下すことも避けられていて、『あの旗を撃て』(1944)等二つの題名のみに使われている。人に何かを勧めたり、一緒にやろうという勧誘系も『書を捨て町に出よう』(1971)など二つの例にとどまった。

　参考までに字数を見てみると『母』(1923)や『鍵』(1957)などの一文字から『喜びも悲しみも幾年月』(1957)、『青春デンデゲデゲデゲ』(1992)等の十文字以上のものまであり、さらに『生きてるうちが花なのよ死んだらそれまでよ党宣言』(1985)はざっと23字に達している。

V. 原作

　日本映画760作品のうち、原作が明らかでない27を除いた733を対称にして調査した結果、422の作品に原作があり、その比率は58%に至る。

　各時代別に見ると、昭和以前は48.7%、2・3期では50%台を維持、4・5期には64.7%、67.7%に高まり、平成の6期では56.7%に下がったが、いまだに原作への依存度は大きいことが分かる。表5は映画化された原作者のベスト10を表すもので、キネマ旬報が毎年選定・発表するベスト10にシリーズ48作中9作品が選ばれた山田洋二は、監督・脚本家・原作者の一人三役をこなした。『男はつらいよ』の他『家族』(1970)、『故郷』(1972)でも三役を受け持ち、『家族』はベスト10の1位になった。『博多っこ純情』(1978)の長谷川法世、『千利休本覚坊遺文』(1989)の井上清、『あかね雲』(1967)の水上勉、『恍惚の人』(1973)の有吉佐和子、『紅の豚』の宮崎駿は4作ずつがベスト10に選ばれている。ノーベル賞受賞作家の川端康成は『伊豆の踊り子』(1933)など3つの作品の、大江健三郎は

　『飼育』(1961)の一編の原作者になっている。

表5 原作者ベスト10

順位	原 作 者	作品数	作品名(年度)
1	山田洋次	11	男はつらいよ(1969)
2	谷崎潤一郎	8	アマチュア倶楽部(1920)
3	遠藤周作	6	さらば夏の光よ(1976)
4	近松門左衛門	6	浪花の恋の物語(1959)
5	菊地寛	6	西住戦車長伝(1940)
6	北村小松	5	マダムと女房(1931)
7	林芙美子	5	浮雲(1955)
8	松本清張	5	天城越え(1983)
9	五味川純平	5	人間の条件 完決編(1961)
10	山本周五郎	5	いのちぼうにふろう(1971)

　原作者が外国人の作品としては1918年のレナルド・シュナイダーの『太陽を盗んだ男』など9作である。『智恵子抄』(1967)で有名な高村光太郎と佐藤春夫の二人が原作者となっている作品は「おもひでぽろぽろ」(1991)等7作がある。

　新藤兼人は『母』(1963)の原作・脚本、それに美術まで受け持ち、寺山修二は『田園にしす』(1975)で制作・原作・脚本を担当するなど、原作者が脚本まで書く場合も多く、そういうケースは阿部公房の原作・脚本の『落とし穴』(1962)等を含め25例である。1950年の『暴力の街』は原作が朝日新聞浦和支局同人に、『誘拐報道』(1982)は原作が読売新聞大阪本社社会部になっている。

Ⅵ. おわりに

　東宝株式会社映像本部映画調整部の新坂純一郎の話によれば、日本の映画名は原作者があれば原作をそのまま題名にし、オリジナル企画であれば制作者が中心になって脚本家・監督・宣伝・営業等の関係者たちの意見を結合して一番ふさわしい題名が決められるという。

　1917年の『毒草』(菊池幽芳原作)は東京日日新聞と大阪毎日新聞の連載小説を映画化したものであり、『母いずこ』(1922)はアメリカ映画『Over the hill』の雑誌記事による翻訳案作であった。全733作品中422作品で見るように、日本の映画は10の作品の題名のうち6は作家や小説家など原作者によって命名されている。有名な小説は映画化されることが多く、その映画はキネマ旬報から毎年選定・発表されるベスト10入りの可能性も高まる。ベストセラー小説の『失楽園』などはそのケースに当たる。外国人作家による作品とその翻訳作は12であるが、外国映画の場合、有名な映画である『ラブストーリー』を『ある愛の歌』に、『原初的本能』を『氷の微笑』に変えるなど、相当の意訳をしている。外国人作家の原作の中には、在日韓国人の李恢成による『伽倻子のために』(1984)と原作:梁石日、監督:崔洋一、脚本:鄭義信・崔洋一の『月はどっちに出ている』(1993)が入っている。広島国際アニメーション映画祭が開かれた1985年には、第1回東京国際映画祭も開催され、映画人たちの交流と外国資本による作品活動が活発になった。中国での海外ロケも敢行し、莫大な制作費

がかかった『敦煌』(1988)が話題に上がった。こうした中で『月は
どっちに出ている』によって米国などに傾いていた関心が国内の
外国人に向けられることとなった。1890年代の末から大正時代
までの1期を題目別に見たとき、人名(10/52:19.2%)と地名
(5/52:9.6%)が高く、昭和前期の1926年から1945年の太平洋戦
争での日本の敗戦までの2期は断然戦争・闘争(28/199:14.1%)
が人名(35/199:17.6%)とともに高く表れたのは時代背景の投影
と言えるだろう。戦争で死ぬ間際に呼ぶ名前は両親でもあり恋
人や友人、あるいはこれら全ての名前かもしれない。第二次世
界大戦が終わり、連合国総司令部(GHQ)時代を経て1960年まで
の3期は、戦争後の自然に対する畏敬の思いからか、夜・太陽・
風・台風・雪・霧・雲に、春・夏等の自然現象が16.9%と高く
表れた。日本経済が本格的な成長の一途を走り続けた4期(196
1～1975)は、女・男・人間・家族・妻・母等、人間を表現する
ものが150中47で31.3%を占める。これは経済的な余裕が出
て、周囲の人々を大事にしようとする意識の表れだろう。

　昭和末期と平成の5・6期は、地名を除いて他の4つの題目すべ
てが減少し、(人間は5期24.6%→6期13.6%、人名は10.8%→
7.4%、戦争3.1%→1.2%)近来になればなるほど一つに集中せず
多様性を見せている。表3のよく使われる字には入っていない
が、「桜」とともに日本で外すことのできない富士山の「富士」も
1955年のベスト10の8位に入っている。『血槍富士』がそれだ。
動物園の動物の愛称ではライオン・猿・象のオスに「富士」「フジ」
が付けられていて、日本の会社名においても「日本」と「東洋」の

次の第3位にランクされている。短期大学では「富士短大」(東京)、「富士フェニックス短大」(静岡)、「常葉学園富士短大」(静岡)の3校、四年制大学では「富士大学」(岩手)が挙げられ、大学名にしろ、商号名にしろ、「富士」は「名」があるところならどこでも見られるのである。

　表記においては、字種別に見て漢字ばかりの映画が269、「漢字"の"漢字」123、「漢字"と"漢字」20、ひらがなばかりが23、カタカナばかりが14、ローマ字の入ったもの14、数字の入ったもの39、カタカナの入ったもの75、ひらがなの入ったもの217、漢字が一字も入っていないものが50であった。映画名は漢字、ひらがな、カタカナ、数字、ローマ字の順に使われているが、6期の平成ではローマ字やカタカナ・ひらがなばかりを使っているものが急増し、漢字はその勢いに取り残された形になってしまった。ひらがなの入ったものが減りつつ、カタカナの入ったものが増えたことも注目できる。数字の変動は見られなかった。これは日本の歌謡曲名と類似するものであるが、ローマ字とひらがな・カタカナの使われ方が変わらないのに対し、漢字ばかりのものについては映画名35％:歌謡曲名19％となっており、映画名には漢字がよく使われ、カタカナの入ったものは映画名10％:歌謡曲名15％で、歌謡曲名のほうが5％ほど高かった。品詞を区分してみれば名詞が圧倒的多数であり、動詞と動詞の活用形が72、形容詞とその活用形が27、形容動詞はその活用形を入れて5つ表れた。

　この他、格助詞の「の」が171、並立助詞「と」が34、終助詞「よ」

が20、擬声・擬態語が8で、この「の」と「と」は漢字とは切り離せない立場にあって、漢字との組み合わせによって映画名を輝かせている。以上のことから今後、映画館に観客を呼び寄せるための映画名ならば、大衆にアピールできるようにローマ字で書いたり、外来語を持ってきたり、時には数字や記号を導入して多様性を示すのも効果的であろう。

第7章
漢字の世界 －新聞名(題号)－

Ⅰ. はじめに

1. 明治中期までの新聞事情

　日本最初の日刊新聞は明治3年(1870)12月創刊の「横浜毎日新聞」である。今日と同じ大きさの新聞であったが、長くは続かなかった。東京最初の日刊紙は福地桜痴らによる1872年2月創刊の「東京日日新聞」であり、前島密による「郵便報知新聞」がこれに続いた。これと共に「曙新聞」、「朝野新聞」などが政論新聞(大新聞)の代表として、天下国家について論じ、国民を啓蒙指導するという意志のもとに記事を書いた。明治初期にいわゆる政論新聞時代が形態を整える一方、各地の出来事を中心に報道する小新聞としては、1874年11月子安峻が創刊した「読売新聞」などがあった。1875年6月には反政府運動と自由民権思想の抑圧を目的に新聞紙条例が制定された。また政党の誕生と帝国議会開設を背景にして、新聞界では政党新聞時代を迎える。地方でも様々な政党が結成され、機関紙も誕生した。しかし、そのような機関紙は資金難のため短命に終わり、その後、中新聞時代が到来する。

　1892年3月福沢諭吉により作られた「時事新報」、1890年2月徳富蘇峰が創刊した「国民新聞」などは指導本位の大新聞と営利重視の小新聞とを結合した形である。この時も大新聞と小新聞とが生まれ、旧津軽藩士・陸羯南が1989年2月に創刊した「日本新聞」は大新聞の姿勢を貫徹した。小新聞としては1885年の「今日新聞」が挙げられるが、この新聞は後に「東京新聞」に引き継がれる。1892年11月に出された黒岩涙香の「万朝報」は大衆的な人気を得た。1894，5年の日清戦争とその報道を通して、今日の新聞の原型とも言える中新聞が新聞界の主流となる。既存の新聞も中新聞化されていき、1876年大阪生まれの「大阪日報」は1888年「大阪毎日新聞」に改題して1907年には「東京日日新聞」を傘下に入れた。1879年創刊の「大阪朝日新聞」は、1888年東京の「めざまし新聞」を買収し、「東京朝日新聞」を発行する。一力一夫の「実践新聞論」では「営利本位の小新聞、天下国家を論じている大新聞、それらの短所を補完し長所を生かした経営を主体としながらも報道を第一にし、国民へ啓蒙指導も行う。これが国民の要求に応ずるものと考えられる。」と分析している。政論新聞から政党新聞へ、さらに中新聞へ移行していき、同書は「明治10年代は経営無視時代、20年代は独立自営を目標に苦難の多かった試練時代、30年代になってやっと日本の新聞界も経営安定のめどが立ち、発展の基礎が確立された。」と時代を区切って記述している。

　東京や大阪のみならず、明治初期には日本の各地で様々な新聞が誕生した。始めは政府と県の施策を住民に知らせる県報あるいはその代行的な存在であり、それから政府系や結社・政党系に分けられる政論・政党新聞の形をとることになる。このように明治初期から中期にかけて創刊され現在まで刊行されている新聞は36紙で全体の90紙のうち40%を占めている。全体の90紙とはスポーツ新聞7紙、英字新聞2紙を含む一般紙を指し、宗教的な新聞と特定分野の専門誌は対象から外した。以後、1900年代(明治時代末期)に3紙、大正時代に3紙が創刊された。昭和時代には、10年代と20年代に一挙に33紙が産声を上げたが、平成になってからはスポーツ新聞1紙のみの誕生にとどまった。

2. 言論統制と連合国軍総司令部

　昭和初期の世の中は金融恐慌、農村疲弊、軍部の台頭による武力政治等で暗い雰囲気に包まれた。1917年には満州事変が起こり、「福島民友新聞」ではこれを事変ではなく戦争であると表現した。1922年の2・26事件の場合同新聞では「軍部の台頭は国を滅ぼすことになる」と書き、軍国化に抵抗している。しかし、日本の第二次世界大戦の参戦と共に、政府は東京と大阪だけを例外にして一県一紙政策を強制的に推進していく。これに従って大部分の新聞は「言論統制国策に順応する」という社告を出し、休・廃刊になったり、または合併して新しい題号をつけたりした。1940年の春にはもう和歌山県ではほとんどの日刊紙を統合し「和歌山新聞」が刊行され、富山県でも日刊4誌合同の「北日本新聞」が、宮崎県でも近隣の県の日刊9誌を統合した「日向日日新聞」が創刊された。新潟県では安井知事の提案で日刊16紙合同の「新潟新聞」が創刊準備中であった。

　1941年5月には石野同盟通信社長の提案で社団法人「新聞連盟」が設立され、内閣情報局の動きに対応して新聞界自体が自主的に政府へ協力する態度をとった。これにより9月に開かれた同連盟理事会で全国新聞分布案と全国新聞統制会社案を提出することになる。このような言論統制は戦時中とはいえ新聞社の合併が差し障りなく運ばれた訳ではない。「南日本新聞」の場合は「鹿児島新聞」と「鹿児島朝日新聞」の統合において、実務担当の鹿児島県特高課長を初め警察部長・内閣情報部・県知事らが関与し、数回の徹夜作業と説得の末、かろうじて勢力伯仲の両者がひとつになったケースもある。このように東条内閣によって制定された新聞事業令は、新聞の発行・廃止・譲歩・合併等統制の全権の政府による掌握と同時に、新聞事業統制団体(日本新聞会)設立を規定した戦時立法であった。これにより軍部と官僚が強力な力を発揮し、言論の統制ができたのである。

　東京の場合は全国紙として「東京朝日」「東京日日」「読売報知」3社と経済紙として「日本産業経済新聞」、ブロック紙で「東京新聞」が残ることになった。当時東京で経済紙として認められていたのは「日刊工業」「東亜工業」「経済時事新報」「発明工業」「日本商工」等14紙だったが、大部分の新聞社が余儀なく譲渡させられた。「中外商業新報」「日刊工業」「経済時事新報」の3紙は合併によって1942年「日本産業経済新聞社」と変更される。その後ポツダム宣言を受諾した日本は連合国占領下に置かれ、1945年9月、新聞紙法や新聞言論に関する制限諸法規は廃止される。連合国総司令部の規定した新聞編集要項に違反しない限り、新聞の自由な言論活動は妨害しないという方針を確定した。同司令部は日本の民主化推進のため既成紙よりは新興紙の育成に重点をおいて政策を広げ、1946年には「大阪日日」「新大阪」「東京タイムズ」「日刊スポーツ」等全国から160余紙が発刊された。

　第二次世界大戦の前から統制が続けられた新聞用紙は連合国総司令部の行政指導を受け、配給割り統制が強いられた。原資材の不足により戦後の新聞用紙生産量は4分の1に激減し、新しく創刊された新聞は用紙不足で淘汰、整理されていった。唯一新聞用紙が余っていた「中華日報」(1946年1月創刊、国際中日公報の前身)に用紙確保のため「読売」が接近し、経営にまで手を伸ばすことになる。さらに題号も「内外タイムズ」に変えたが、1951年6月新聞用紙割当制の廃止が迫ると「読売」が「内外タイムズ」に派遣した編集スタッフ全員を引き上げさせる事態が発生した。「国際中日新報」は、連合軍の重要なメンバーである中華民国の日本在住者のための新聞という点で用紙割当において優遇されていた。このような過程を踏まえ1998年現在は、東京と大阪を除き各県に平均1.5紙が地方紙として地域の発展・住民福祉の向上・地域文化の拡大を図っている。

Ⅱ．分類

　日本の新聞名(題号)の調査に当たって、より正確で客観的な資料を得るために各新聞社に新聞名(新聞社名)について1999年の春にアンケート調査を実施した。設立(創刊・発刊)年度、従業員数、発行部数等一般的なものから新聞の題号が決まるまでの過程と命名者、その意味を聞いた。回答率は50％であり、答えてもらえなかった所はホームページで調べることにした。「産経新聞」は「サンケイ」を一時使っていたが再び従来の漢字の題号に戻っている。なぜ変えたのか2度にも渡り郵便でその理由を尋ねたが、東京本社・大阪本社の両方とも応答はなかった。調査対象新聞は「The Japan times」「Asahi Evening News」の英字新聞2社、「デイリースポーツ」「スポーツニッポン」等スポーツ新聞7社に「朝日新聞」「読売新聞」「毎日新聞」等のいわゆる全国紙3社と「北海道新聞」、「琉球新聞」など地方紙76社を含めた90社であった。「日本経済新聞」(略称「日経新聞」)や、「日本産業経済新聞」(略称「産経新聞」)は経済紙でありながら一般全国紙の役割を果たしているとみなしてその対象に入れた。しかし創価学会の「聖教新聞」等宗教的色彩の強い新聞や、「日本繊維新聞」「日本農業新聞」「日本海事新聞」「全国婦人新聞」「水産経済新聞」「日本工業新聞」等、専門的な特定分野の新聞は調査対象から除外した。

1. 地名

　日本の一般紙の新聞題号で一番目に付くものは何だろうか。それは他でもなく都道府県名である。東京都や北海道、大阪府、京都府の他、43県の行政区域でこれらの名が付けられた新聞に容易に接することができる。47の地方自治団体名を採択したのは39例で、大部分の新聞がこの地域名にこだわっていることがわかる。これは即ち各地域の代表性を主張しており、それぞれの県の郷土色が濃く敷かれていると見られる。2紙以上の題号で同じ県名が使われたのは「岩手日日新聞」「岩手日報」、「福島民報」「福島民友新聞」、「日刊県民福井」「福井新聞」、「山口新聞」「山口日日新聞」である。先に創立した新聞社が県名に「新聞」、または「日報」をつけた場合、後発の新聞社では県名に日日や民友らを付けて題号の混同を防ごうとしている。明治25年の「福島民報」、明治28年の「福島民友新聞」の創刊などがその例である。

都市名が入ったところは33例で、都市名(県庁所在地名)と県名が重複する場合も「山形新聞」「岡山日日新聞」「高知新聞」など19例あった。市勢の弱い石巻市で「石巻新聞」、石垣市では「八重山毎日新聞」が発行されており、必ずしも新聞社は県庁所在地の大都市に集まっているわけでもない。都道府県名と都市名のほかに広域名または旧地名を取った新聞は15社である。青森市の「東奥日報」の場合、東奥を次のように説明している。「東奥の語意は地理的に見て文字通り東側の奥であろう。昔、政権が京都にあったとき東国は関東地方を指していた。そこからさらに奥の方、もっと遠い地方が東奥である。同じ東奥の奥と言っても太平洋側の福島、宮城、岩手、青森県は陸奥であり東奥は陸奥より広い地域かもしれない。ただ辞書によれば陸奥を青森と岩手県の一部と説明していて広義にも狭義にも解釈できるようだ」

広域名または旧地名を取ったのは「河北新聞」「中日新聞」「信濃毎日新聞」「北国新聞」「中国新聞」「琉球新聞」等が挙げられるが、

中国新聞社はアンケート調査に次のように答えている。「創刊当時は単に中国とした。室町時代の8カ国を中国と呼んでいる記録があり、おそらく現在の鳥取・島根・岡山・広島・山口の5県に及ぶ広域の地域呼称として認識されていた。創刊当事地方には「広島新聞」「鳥取新聞」「吉備日日新聞」等があり、それらと張り合って越すためにもより広域の中国に定まった。」

　「中日新聞」は「名古屋新聞」(1906年設立)と「新愛知新聞」(1887年設立)が合併し「中部日本新聞」として1942年に創刊されたが、1965年「中日新聞」に改題したケースである。中部日本の太陽という自負と日本列島を東、西、中部日本に3分する主張から自然と命名した。中日という言葉は朝日や夕日に対して太陽中心に位置し、あまねく照らすとの意味合いもあり、中部日本新聞の略称としての定着や新聞の配布地域も日本列島の中央に位置することから名付けられたのである。

　この他富山市の「北日本新聞」、福岡市の「西日本新聞」、鹿児島市の「南日本新聞」は、前述の東京と大阪を除いた一県一紙の官僚的統制政策により統合されたもので、それぞれ北・西・南日本を代表するという意味がこめられている。「北日本新聞」は「北陸日日新聞社」「富山日報社」「高岡新聞社」「北陸タイムズ社」の4社が合わされて誕生したのである。「中日新聞」は日本列島を東・西・中部に分けたのに対し、1940年代の初めに統合された「北日本新聞」の「北」、「南日本新聞」の「南」から見るように、日本全国を北や南まで領域を細分化し、5等分しているのは広域化に伴うより一層の発展を願ってのことであろう。

　鳥取市の「日本海新聞」、名瀬市の「南海日日新聞」は日本海・南海など海の名が使われた例として地理的に海と面する都市の特性がよく表れている。四方が海で囲まれた島国の日本で海の名が2ヶ所現れたのは自然のように思われる。拙稿「日本の大学名」でもよく使われる字として、ベスト10の中に「海」という字が載っている(九州東海大学、明海大学など)。また「日本の映画名」では「あの夏、一番静かな海」(1951)等9編に見られる「海」が、よく使われる字ベスト10のうち、7位にランクされており、日本で「海」が占める比重は決して軽くない。

　日本で新しく生まれる新聞があれば、その題号は何よりもまず都道府県名、次は既存新聞名との重複を避けるため都市名の導入を念頭に置き、広域名(または旧地名)との連携も考慮しなければならないようだ。地名は日本の短期大学名で56.6％、日本の会社名で27.8％、日本の歌謡曲名では15.3％の割合で使われている。これらからも、命名するときは地名が最も重要であることが分かる。

2. 新聞・日報・新報

　福井市の「日刊県民福井」と東京都の「日刊ゲンダイ」「夕刊フジ」、それにスポーツ紙を除いては漏れなく「〜新聞」「〜日報」が新聞の題号に使われている。一番多いのは「十勝毎日新聞」(帯広市)、「下野新聞」(宇都宮市)、「今日新聞」(別府市)等の「〜新聞」である。これは日本最初の新聞が「横浜毎日新聞」であり、後を次いで「東京日日新聞」「郵便報知新聞」が創刊されたことの影響が大きく作用したと見られる。対象の全90紙中スポーツ紙7社、英字紙2社を引いた81社中3分の2に及ぶ56社がこの「～新聞」を用い、「～日報」がそれに続く。盛岡市の「岩手日報」、鶴岡市の「荘内日報」など6社であり、「～民報」は4社で「室蘭民報」(室蘭市)「紀伊民報」(田辺市)等である。「民」の入ったところは「日刊県民福井」と「福島民友新聞」で、県民のために彼らの友になって彼らを代弁する意が込められている。新聞の「新」と日報の「報」を取った「～新報」は仙台市の「河北新報」、松江市の「山陰中央新報」など5例見られる。

　この他「日刊宇部時報」は時報を選び、これと同意のタイムス(ズ)もある。「北海タイムス」、「内外タイムス」(東京)、「名古屋タイムズ」、「沖縄タイムス」の4社はみな1946～1949年の間に設立した新聞で、GHQ(連合国総司令部)のときのニューヨークタイムスとロンドンタイムスに由来する。

表1

	数	題号	従業員数	発行部数	創刊(創立)	本社所在地
～新聞	56	熊本日日新聞	588人(男465女123)	39万部	1942年	熊本市
		北海道新聞	1791人(男1635女156)	121万部	1942年	札幌市
		山陽新聞	630人(男588女42)	52万部	1879年	岡山市
～日報	6	岩手日報	333人(男301女32)	22万部	1938年	盛岡市
		長野日報	147人(男124女23)	8万部	1901年	諏訪市
～新報	5	河北新報	719人(男652女67)	50万部	1897年	仙台市
		山陰中央新報	329人(?)	17万部	1882年	松江市

～民報	4	紀伊民報	77人(男53女24)	4万部	1911年	田辺市
		室蘭民報	135人(男118女17)	6万部	1945年	室蘭市

＊「?」はアンケートの調査に無回答

　「沖縄タイムスの新聞五十年」(高峰朝光)には創刊3年後の1951年、崇元寺の旧社屋時にニューヨークタイムスの社長が本社を視察し「二社ともタイムスである。お互いに頑張ろう」という挨拶は有名な話であると書いてあるからである。戦時中、戦争高揚の紙面を作って戦争に加担した自責感から戦後は全く違う形でスタートする意思で沖縄タイムスにしたのである。

3. 日日・毎日・日刊

　「～新聞」の前にくる字には「大阪日日新聞」、「熊本日日新聞」、「山梨日日新聞」などの「日日」が9つあり、「十勝毎日新聞」(帯広市)、「八重山毎日新聞」(石垣市)などの4つは「毎日」を取っている。「今日」を使ったところは「今日新聞」(別府市)の1つで、明治初期、東京で発行されたものと同じ名称を再使用している。明治期の「今日新聞」は、現「東京新聞」の前身で1929年に別府市にて発刊し、1939年の戦時統制によって廃刊されたが、1954年に現体制で再発刊して今日に至っている。「今日」を選定した理由は、過去と未来を繋いでより豊かな社会づくりの礎を築くという目的意識からであった。

　その他「新聞」という文字なしに「日刊」だけを使ったのは「日刊ゲンダイ」(東京)「日刊スポーツ」(東京)「日刊県民福井」「大阪日刊

スポーツ」の4つで、これらは「〜タイムス」と同じく戦後に創立された新聞である。1969年創刊の「夕刊フジ」(東京)は英字新聞の「Asahi Evening News」を除いては唯一「夕刊」という表現を使用している。中央日刊紙を含む地方紙も大抵、朝・夕2回の発行体制であるが、その中でわざと「夕刊」であることを打ち出したのは、他の夕刊紙との差別化を図った販売戦略の一環だろう。やはり日本の新聞は表1・2の題号に表れているように、「時」(タイムス)を逃さず、「今」起きていることを「夕」でも「日日」ほぼ「毎日」「日刊」して毎回「新」しい出来事を「民」に「報」じなければならないのである。

表2

	数	題号	従業員数	発行部数	創刊年度	本社所在地
〜日日	9	岩手日日新聞	136人(男116女20)	6万部	1923年	一関市
		島根日日新聞	52人(男25女27)	3万部	1979年	出雲市
〜毎日	4	十勝毎日新聞	222人(男151女71)	?	1919年	帯広市
		信濃毎日新聞	492人(男470女22)	46万部	1873年	長野市
〜日刊	4	日刊県民福井	55人(男43女12)	4万部	1977年	福井市
		日刊宇部時報	60人(男43女17)	4万部	1912年	宇部市
〜タイムス(ズ)	4	内外タイムス	80人(男74女6)	30万部	1949年	東京都
		沖縄タイムス	367人(男334女33)	20万部	1948年	那覇市

＊「?」はアンケートの調査に無回答

4. 表記

　表記においては調査対象の90社の題号中、英字新聞紙2つとスポーツ紙等4つを除いてはすべて漢字が使われ、一般新聞での漢字依存度はきわめて高く現れた。これは日本の年号の100％漢字使用に次ぐ高数値であって、漢字抜きの題号は考えられないと感じられる程である。カタカナが使われているのは「東京スポーツ」などスポーツ紙7社に「北海タイムス」等「～タイムス」の4社と「デーリー東北」(八戸市)「夕刊フジ」、「日刊ゲンダイ」などに限られている。これらカタカナ表記をしている新聞の共通点はすべて戦後創刊されたということである。スポーツは外来語で他に表記方法がないためこれらを別に分類すると、わずか7社でしかカタカナを使っていない。英語の強調と外来語の過剰使用、あるいは乱用、また和製英語まで生じている今日、新聞名では7.8％の比率でカタカナが使われているが、日本新聞名は年号が用いられる限り題号におけるカタカナの伸びは容易ではないだろう。ひらがなは「さきがけスポーツ」の1つだけである。これは、魁(さきがけ)という漢字の読み方が難しいためである。北斗七星中魁星(文昌星)の魁を取ったもので、夜空の北斗の第一星のようにいつまでも光を発し、何事においても先に立つという意味である。日本社会で流行のように広がっているカタカナとひらがなの使用は、一般紙の題号では増加率と占有率が著しく落ちる。このような流れの中で「山口新聞」を発行している「みなと山口新聞社」が水産食品専門新聞ではあるが、10年前から「みなと新聞」をローマ字表記して「MINATO」としていることは注目される。

Ⅲ. アンケート調査結果

　題号に現れたものの中で関心を引くものを集めてみると次の通りである。「秋田魁新報」の旧名は「秋田新報」で、明治22年に改題したが、何事でも先頭に立って長く輝けるようにとの願いを込めて当時の経営陣の沼田雪窓、伊藤耕余らが命名した。しかし、「魁」が読めないという苦情を受け入れて新聞紙上の欄外に「秋田さきがけ」と分かりやすく記している。「河北新聞」(仙台市)は一力健治郎により明治30年に創刊された。「河北」を「かほく」と読むのは少し難しく、「かわきた」と読んでしまいそうだという異論も出たが、有名になれば平易に読めると主張し、結局「河北」にした。「河北」が白川以北にとどまるか、利根川以北またはそれ以上伸びていくかは将来の努力次第と当時は考えてられていた。創業精神を東北振興・不偏不党に決めた「河北新報」は、頼山陽の詠史絶句十五首の「…河北渾身帰独眼竜…」から取ったもので、山陽は河北を東北に、独眼竜を正宗になぞらえて仙台藩祖伊達正宗の南北統一緯業を称えたのである。「東奥日報」は地域的特性と共に思想・政治的経路も参考にしている。東奥義塾－自由民権思想－共同会(東奥義塾党)－大同団結派－東奥日報と繋がる。では東奥義塾の命名者は誰なのか。遡って様々な状況を総合してみると、慶応義塾出身の菊池九郎が義塾の設立に当たって福沢諭吉を教授として招聘し、東奥と付けられたことから命名者は福沢諭吉である。

　「朝日新聞」は1879年に大阪で創刊された。9年後の1888年「東京朝日新聞」を創刊後、大阪発行の「朝日新聞」を1889年には「大阪朝日新聞」に改題し、その後1940年「朝日新聞」のひとつになり今日に至る。新聞題号を考案した人は主幹(主筆)の津田貞であり、1916年発刊の「新聞社史」で「朝日の題号は上ってくる朝の日(太陽)が万物を明るく照らすという意味で取られた。」と説明している。続けて「新聞は日常時においてもこれを常に左右に置き、婦女子にも読みやすくしたほうが良い。その題号は口にしやすく誰でも覚えやすく、意味も良いものにすべきである。新聞は朝早く配達され、何よりも先に手にとられることになり、朝日が良かろう。」とある。

　「読売」という名は創刊当時の読売者(よみうりや)を利用した。街頭などで新聞を読み上げながら売っていたことに由来する。これは江戸時代の末期、庶民に馴染まれていた方法であった。「読売新聞」の創刊は1874年で、大衆に読まれる新聞を志向して、前述の販売方法の他に、記事中の難しい漢字を分かりやすい言葉に変えて傍訓(ふりがな)をつけた。新聞の名付けのとき、子安峻社長らが集まって題号を協議したが、以前から耳に慣れていた販売方法の「読売」に異議なく決められた。これは従来の新聞とは異なる傍訓新聞の性格を一言で象徴するものにしようという意見が反映された結果である。

　国内外の経済情勢や物価動向など産業発展に欠かせない情報を報道する目的で1876年創刊された「日本経済新聞」(略称：日経新聞)は、商業紙でありながらも明治憲法発布に伴う憲法全文を号外発行し、1889年には小説「夢のくりごと」を掲載したり、「北洋探検日記」「渋沢栄一君詳伝」等を載せるなどした。このとき挿絵が入り始め風刺漫画が登場し、1890年代は大相撲の対陣表と予想が載せられて紙面は多彩であった。このように「日本経済新聞」が一般記事の提供に力を注いだ結果、商業紙と普通紙を併読するような便利さがあると言われ、1947年には「中正公正、国民生活の基礎である経済の平和的・民主的発展を図る」という社是を編集綱領に採択することとなった。

　アンケート調査に協力していただいた新聞社中、一般公募を経て題号が名付けられたのは「山陽新聞」(岡山市)の一紙のみである。前身の「合同新聞」は1948年、1等に1万円の賞金を掛けて一般公募を行い、全国から30,612通の応募のうち、104名が書いた「山陽新聞」が選ばれた。「山陽新聞」に命名した理由を「山陽地方は瀬戸内海に面している中・四国の中心地で、中・四国の主読紙になってほしいという期待と、また、山陽という語感の柔らかさによる」と述べている。

Ⅳ. おわりに

　題号に現れた日本の新聞を本社別に分けてみると東京16、大阪10、名古屋7、福岡(北九州を含む)5社で、現日本の主要都市の様子をそのまま表している。これは代表的中央日刊紙の「朝日新聞」「読売新聞」「毎日新聞」「報知新聞」は前述の4ヶ所に各々本社を置き、「日本経済新聞」と「産経新聞」は東京と大阪の両方に本社を抱えているためでもあり、中部本社は名古屋を、西部本社は福岡あるいは北九州を指している。題号(新聞名)においては東京や大阪より「日本経済新聞」「西日本新聞」「スポーツニッポン」など「日本」が多く、6例現れている。1969年創刊の「夕刊フジ」(東京)は若い読者層にアピールするためにカタカナを使用し、加えて日本の象徴のように全世界で知られている富士山という名前を使うことによって、その認知度による効果も考えたのであろう。この富士山の富士という2文字は銀行・大学・動物園のペットネーム・会社・映画館・酒場等どこへ行ってもすぐに出会える。日本人の心の原点であり、神聖なものである。

　「南日本新聞」(鹿児島市)は社是で「和を持って力を合わせ報道の責務を尽くす」と述べており、聖徳太子の「和」の精神は新聞社の社是にまで引き継がれ、日本社会を淀みなく流れている。社主や経営陣、主幹、記者あるいは創刊準備委員会で決定される題号は大体4文字から多くても6文字になるが、スポーツ紙と英字新聞を除けば95％の新聞が漢字を使っている。第二次世界大戦後、連合国総司令部時代に一時、外国新聞の影響を受けて「～タイムス」の流行もあり、時にはカタカナも使われたが、根幹を成すのはまさに漢字である。

　一度「サンケイ」に変えた「産業経済新聞社」が程なく「産経新聞」に戻ったのは注目に値する。現在刊行されている新聞の過半数が明治時代の創刊であるが、改題をする場合、その歴史と伝統を維持・継続させようとする努力が、ひらがなやカタカナを容易には導入させ難くしている。日本の新聞名に「社」の字をつけると新聞社名になるが、従業員1000人以上のところが8社、100

人以下の従業員が働くところが13社、100万人以上の購読者が
いるのは12社、発行数が10万部以下のところは8社である。新
聞界はこのように多様性を見せている。戦時体制下の一県一紙
(大阪と東京は例外)の言論統制以後、新聞社の数は減ったが、連
合国総司令部の時代に創刊ブームになり、用紙が入手困難で離
合集散を繰り返しながら現在は東京と大阪を合わせて18紙、各
県に平均1.5紙の一般地方紙が存在する。地方紙は題号でどこの
新聞社であるのかを表すために都道府県名を取り入れ、本社の
所在地のある都市名を出して読者との密着を図っている。その
題号は漢詩から引用したり、太陽あるいは北斗七星から引き出
したりもする。以上のように日本の新聞名(題号)から見る新聞
は、朝の太陽(朝日)が昇ると同時に日ごとに(毎日)出来事や日本
の経済・産業界の動向(日経・産経)を知らせ(報知)、読者に読ん
でもらえる(読売)ことを願っているのである。

第8章
カタカナの世界 －広告企画・制作会社名－

Ⅰ．はじめに

　日本の広告企画・制作会社数は従業員10人未満のものを含めて約900社ぐらいである。本稿はその中から30人以上の従業員を抱える株式会社124社を対象とした。資料を集めるため124の会社へ郵便で会社の設立年度、従業員数、本社の登記上の住所、社名の命名者、社名が決まるまでの過程、社名の意味と由来等を聞くアンケート調査を1999年の春に実施した。回答率が26％にとどまったため、その残りを『日本アド・プロダクション年鑑'99』、『広告関連会社年鑑'98〜99』、『広告制作にたずさわる技能集団、139社』、『社団法人日本広告制作協会102広告プロダクションガイド』等を主要参考書にして資料を補充した。このような資料を元に、まず設立年度・従業員数・本社・売上額(売上高)等の会社現況を見たのち社名分類に入る。創業者の名前などの人名、東京等の地名や国名の使われ方について調べ、その次によく使われた字を順番に分けた。字種別においては便宜上時代を明治・大正時代から昭和20年代までと昭和30年代、40年代、50年代、そして昭和60年代と平成を一つにまとめて5期に区分した。各時期別のカタカナと漢字使用の比率を図で表し、ローマ字は9社で使われているがカタカナと併用されているので除外した。

　アンケートの調査結果は内容上、英語以外の外来語、頭文字、造語、地域性、子会社、その他に分類してみた。日本広告企画・制作会社の事業項目は広告企画制作、カタログ・ポスター、パンフレット制作、新聞・雑誌・広告デザイン、編集・グラフィックデザイン、イベント、展示会、写真撮影・写真製版業・写真版画制作、映画企画制作、印刷、ホームページ製作、CM・CD-ROM・VTR制作、屋外・交通広告の領域まで多様であり、多種のコミュニケーション作業やマルチメディア開発もこれに含まれる。例えば、1962年に設立し大阪に本社を置く「AZビジコム」(エイゼットビジコム)株式会社の従業員は50人であり、そのスタッフは営業9人、プランナー3人、アートディレクター5人、クリエイティブディレクター3人、コピーライター5人、デザイナー7人、管理3人、フォトグラファー5人、派遣3人、POPデザイナー2人で構成され、マーケティング・プランニング・クリエイティブ・コンピュータソフト・プリンティング部門に分けられる。

II. 会社現況

1. 設立年度

　日本の広告企画・制作業界で1番古い「精美堂」は、明治29年に東京の京橋に精美堂木版彫刻所を創立し、主に新聞用木版を制作した。1950年には木版から版下制作に変え、1958年、写真製版・写植・写真修整・商業写真・デザイン部門が置かれ、一貫工程による受注態勢を整え、現在は従業員161人が働いている。大正時代には15年(1916年、以下年は省略)の石田大成社(京都)1社、昭和初期に「創芸社」(1929)、「恒陽社印刷所」(1932)、が設立されて昭和20年代(1945～)に10社、昭和30年代(1955～)に25社、昭和40年代(1965～)に45社と急増し、昭和50年代(1975～)に26社、昭和60年代(1985～1989)に3社、平成(1989～)に11社が誕生した。昭和40年代はいざなぎ景気(1966～1970)と呼ばれる高度経済成長期であった。この時の実質成長率は年平均10％を越え、1968年のGNP(国民総生産)は米国に次いで世界第2位に上がった。大阪では1970年に日本万国博覧会(EXPO)が開幕され、大企業から中小企業まで先端技術を先を争って展示し、経済大国の日本を内外にアピールした。これに伴って広告会社も相次いで創業し、安定成長に資するようになる。

2. 従業員数

　日本の広告企画・制作会社のうち、従業員数30人以上の株式会社124社(以下 社は省略)の中で1番大規模なのは「電通テック」

である。資本金26億5千万円で現従業員数1314人(男性 1068人、女性 246人)であり、1950年に建てられマーケティング・クリエイティブ・テクノロジーを基盤にした総合的プロモーショナルマーケティングとプロダクト業務が主要事業項目である。この会社は1996年に電通グループの(株)電通アクティス(東京)、(株)電通プロックス、(株)電通コーテック、(株)電通アクティス(大阪)が合併し、(株)電通テックとして新しく発足した会社である。その次に大規模なのは「第一紙行」(京都、1949年設立)の486人、「NECクリエイティブ」(東京、1969)の440人の順であり、従業員1000人以上は1社、100人以上は15社、60〜99人は27社、50〜59人は22社、40〜49人は21社、30〜39人は38社となっていて、30〜39人が31％の高い比率を示している。従業員の男・女の比率では「アレフ・ゼロ」(東京、1973)の男35人・女55人、「ポパル」(東京、1972)の男32人・女83人、「エポック」(東京、1965)の男18人・女21人、「NECクリエイティブ」の男209人・女231人に見られるように、女性の進出が目立つ所が広告業界であると言えよう。

3. 本社

　東京に本社を置いたところが80社、大阪30社、京都2社、仙台2社で一般会社と違って圧倒的に東京と大阪を重視する傾向が見られる。457社を対象にした上場会社は東京本社が176社の39％、大阪本社は79社の17％であったが、広告会社は各々65％と24％と現われて不均衡をもたらしている。熾烈な競争の中で低コストで最大の利益を得る広告業界の特性上、東京と大阪の大都会を離れては効率が落ちて生存しにくいという判断からであろう。人口687万の名古屋には「プランダム」(1969)、493万の福岡は「アードパスカル」(1965)、288万の広島は「イメージパーク」(1992)の1社ずつのみである。市勢が1番弱い牛久市に本社を置いた「エリート印刷」(1978)は年商15億円を上げている。本社別に見た広告業は明らかに東京と大阪(あわせて89%)が中心となっている。

4. 売上額

　従業員30人の「センシュウ・アド・クリエーターズ」(東京、1964)は年売上高が5億7千万円、54人の「サン・アド」(東京、1964)は23億円、110人の「日本アーツ」(大阪、1972)は31億円、229人の「日本アート印刷」(大阪、1972)は75億円の売上高を上げていて、一人当たりの平均はおよそ3000万円になるわけである。これらの設立当時の資本金は「センシュウ・アド・クリエーターズ」が1000万円、「日本アート印刷」は4800万円であった。

Ⅲ. 社名分類

1. 人名

　「源地デザイン」は創業者の源地弘、「仲畑広造製作所」は代表者の仲畑貴志、「石田大成社」は創業者の石田嘉十郎、「大谷デザイン研究所」は代表者の大谷四郎の姓をそのまま引用した例である。「イワモト」は岩本幸一郎、「ウラノ」は浦野公義社長の姓をカタカナに変えた。「たき工房」は滝沢方美の「たきざわ」の「たき」だけを平仮名で現したのである。「セットインターナショナル」は3人の名が合わせられたもので①佐藤文則(Fuminori Satoh)、②田実公二(Koji Tajitsu)、③浅井恵理(Eri Asai)で「Satoh」のS、「Eri」のE、「Tajitsu」のTを取って「SET」(セット)にしたのである。このセットという言葉は、ある仕事の準備をする(セッティングする)という意味があり語感も良いことから決められた。これまた日本の一般上場会社名の人名使用度15%に比べると6.5%に過ぎなく、もはや創業者の名を前に立ててもあまり役に立たない時代に変わってきたのである。人名を社名に導入した会社は1960年代と70年代あるいは80年代初めに設立されたのであって、最近は創業者名は完全に排除されているのが実状である。

2. 地名・国名

「東京デザインクリエイション」、「東京ニュース」等「東京」が用いられているものは5社、「大阪idc写真センター」、「大阪宣伝研究所」等「大阪」は2社である。「タッド大広」はタッドがTokyo Ad Designerの頭文字を取ったものであるため広く考え地名に含める。「オー・エー・ディー」もOsaka Art Directorを表しているため地域名に含めた。その他地名が使われたところは「浜松プロセス」、「城南配送」の2社であるが、城南は東京都大田区城南島を指す。このような地名の使用は全体の8%に過ぎず一般会

社名の25%に比べ格段に低い数値である。「コミニケ」(1959)
が、「大阪編集工房」から社名変更した理由は、営業区域の名古
屋では名刺に大阪という字が書いてあれば排他的地域であるだけ
けに仕事がしにくいという苦情があって変えざるを得なかった
のである。「大阪アートディレクターズ」(1970)も同じく大阪と
いう名称がついていると、東京では相手側から良い印象が得ら
れず、仕事の受注も受けにくいということから「大阪アートディ
レクターズ」の社名の愛称である「オー・エー・ディー」に変更す
る等、徐々に地域の枠を越え、その地域色を薄めている。日本
の大学名を見ると何よりもまず地名を選好し使っているため、
国立大学97%、公立大学100%、私立大学は61%という高い比率
になる。これに対し、日本の広告企画・制作会社名では、地名
が仕事の邪魔になり地域を離れようとする動きを見せている。
　国名は「日本SPセンター」、「日本アーツ」等6社であり、「ニッ
ポンプランニングセンター」(1971)だけがカタカナを用いている
が親会社が「ニッポン放送」であるため子会社もそれに従ったの
である。

3. よく使われる字

　表1を見て分かるように、一番よく使われた言葉は、クリエイ
ティブ(creative)であって、次は広告を意味するadvertising、
又はadvertisementのアドであった。アドはアドバタイジング、
又はアドバタイズメントを略した語である。業務内容を表すグ
ラフィック(Graphic)やデザイン(Design)、アート(Art)、印

表1　よく使われる字

順位	字	数	社 名　　　　　*( )中の数字は設立年度
1	クリエイティブ	15	クリエイティブオリコム(1980)、コロムビアクリエイティブ(1992)
2	アド	13	アド ブレーン(1962)、アド・エンジニアズ・オブ・トーキョー(1954)
3	スタジオ	6	スタジオ ゲット(1978)、アーク スタジオ(1988)
3	デザイン	6	東京デザインクリエイション(1969)、源地デサイン(1974)
5	センタ	5	アドミレーションセンター(1972)、エスピーセンター(1989)
5	プラン	5	ケイエス・プランニング(1977)、プランダム(1969)
7	アト	4	プレスアート(1972)、エースアート(1955)
7	宣伝(PR)	4	PR現代(1968)、日本商業宣伝社(1950)
7	～社	4	双樹社(1959)、大伸社(1952)
10	グラフィック	3	グラフィックス アルファ(1976)、ユニ グラフィック(1967)
10	印刷	3	エリート 印刷(1978)、日本アート印刷(1962)
10	研究所	3	大阪宣伝研究所(1965)、大谷デザイン研究所(1971)
10	企画	3	創業企画(1965)、一星企画(1975)
10	～堂	3	杏文堂(1959)、精美堂(1896)
10	創	3	創英(1964)、創芸社(1929)

刷、企画、プラン(Plan)も多く見られ、この分野は独創的な発想を重視したせいかクリエイティブの他に、「創」という字も10位に入っている。一般上場会社でよく表されている「~会社」の「社」よりは研究するという意味合いの「~研究所」やスタジオ(Studio)、センターを持ってきた点が興味深い。

　このようによく使われた字で見た日本の広告企画・制作会社は、創造的な(クリエイティブ)芸術(アート)分野を計画(プラン)・企画してからそれを「印刷」して「宣伝」(PR)するところ(研究所・スタジオ・センター・社・堂)であると言える。そのためには構成員の調和を元に十分な対話(コミュニケーション)が欠かせない。〈表1〉には入っていないが「コミュニケーションズ・レマン」(1978)の「~コミュニケーション」や「日和」(1978)に表されているように「和」も2ヶ所見られる。そのほか「PR現代」(1968)、「エポック」(1966)、「東京ニュース」(1950)は新しい時代・時期(epoch)を意味するもので、現在のニュースを広く伝えるのが広告であることを知ることができる。広告は移り変わりが早く、時代の流れに遅れないよう消費者の考えを素早くキャッチして伝えなければならないのである。

Ⅳ. 字種別分類

　広告会社らしくカタカナ表記が主流であり、カタカナだけが使われたのは78社に達する。全体124社中比率は63%、カタカナと漢字を合わせて使っているのは21社(17%)であるが、カタカナとローマ字混用表記の3社を合わせれば全体の82%、102社でカタカナが社名に使われている。ローマ字だけを使ったところは「SG」(1965)一カ所のみであるが、ローマ字を入れて混用したところは「HBCビジョン」(1973)、「APファクトリー」(1947)等10ヶ所である。「たき工房」(1960)は平仮名を使った唯一の例である。漢字だけが使われたのは16社(13%)であり漢字と平仮名の混用を含めると38社(31%)になる。このような総計から見ると広告企画・制作会社名は何よりも優先してカタカナを持ち出していることがわかる。最近の傾向はローマ字混用が増える一方、1975年以後設立の会社では社名に漢字を使わなくなり、減りつつある。

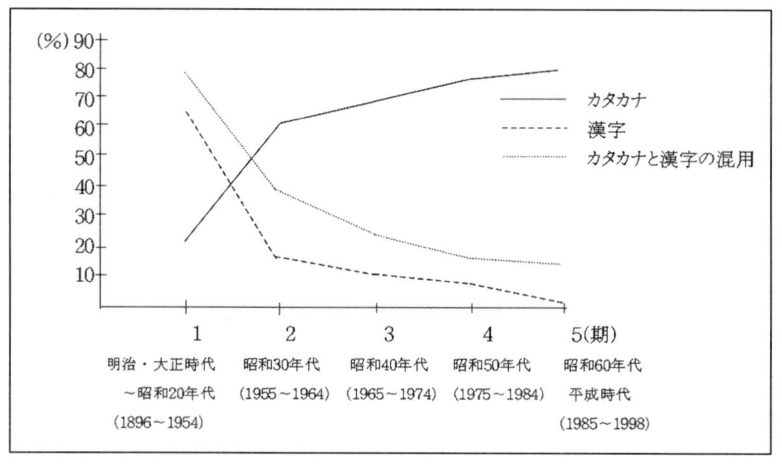

図1

　図1に表したように現代に近づくほどカタカナの使用比率は高まり、漢字や漢字＋カタカナの混用は低くなる。ローマ字の使

用は9社であるが、日本では法人登記の際、ローマ字の使用が禁止されており、カタカナで登録していることから図に入れなかった。便宜上、ローマ字とカタカナを併用しているところも半数に及んでいる。

　字数においては漢字二文字の「創英」からカタカナの「クリエイティブ・コミュニケーションズ・レマン」(1978)の22字まであり、10字を越すところが29社もある。図1の第1期は「精美堂」が創業した明治時代の1896年から大正時代を経て、昭和20年代末の1954年までであり、この時代に14社が設立された。また5期の昭和60年代から平成10年までは14社が広告企画・制作会社設立の登記を済ませたことになる。

Ⅴ. アンケート調査結果

　郵便によって書面調査したアンケートを分析してみると大きく 1. 英語以外の外来語　2. 第一・一流　3. 頭文字　4. 造語　5. 地域性の克服　6. 母会社　7. その他　に分けられる。以下、敬語体例文はアンケートからの抜粋を示す。

1. 英語以外の外来語
①「アレフ・ゼロ」(1973)：ヘブライ語 α

②「バウコミュニケーション」(1974)：ドイツ語 BAU

③「アド・ポポロ」(1970)：イタリア語 POPOLO

④「エトレ」(1972)：フランス語 être

①　「アレフ・ゼロ」は無限大についてのさまざまな探索の出発点になる概念です。カントールはこの概念を表示する記号として、ヘブライ語アルファベットの最初の文字である「アレフ」を採用しました。「アレフ」は、ギリシャのアルファベットでは「α」、ローマのアルファベットでは「A」に相当する文字です。「アレフ」は、文字通り牡牛をあらわすとともに、「ア-」という母音をあらわしています。一方、ゼロという数学的概念は、古代インドで創始されました。ゼロが発見されることではじめて、数学の全体系が展開可能になったといわれます。

②　社名、バウコミュニケーションズの当初の名は「バウ」でございます。これはドイツのデザイン学校BAU HAUSにヒントをえたもので言葉の響きが強く、印象度も強いと判断しました。さらに「人間・時間・空間」をコンセプトとしたBAU HAUSの精神は広告づくりに共通するものがあると共感したためでもあります。

③　(株)アドポポロ　ADは英語のadvertisementの略（広告の意）
POPOLOはイタリア語（人々の意）英語ではPeopleにあたる。
広告は企業のためにすると同時に人々のためになりたいと考えた。

④　弊社の社名、「エトレ」は、フランス語の<être>から取っています。英語でいえばbe動詞のbeにあたり、<…がある><存在する>の意です。規模は大きくありませんが、せめて少しでも、社会にその<存在>を主張できればと、創業時のメンバーがささやかな願いを込めて名付けたそうです。27年の年月を経て、時代とともに変化するコミュニケーションズに対して、つねに柔軟に対応する可変的な運動体でありたいとの願いは、エトレそのものであると考えています。

このほか「レマン」(1964)もフランス語で「複数の手」を現し、手こそ価値を作り上げるとの意味である。

2. 第一・一流

①「エースアート」(1955)

②「第一紙行」(1949)

③「アートスタジオサンライフ」(1977)

①　エースアート(株)綜合宣伝企画会社として芸術・技術・企画表現において一流をめざして命名しました。商標登録を日本国で取得しています。

②　「日本で一番大きい(第一)、紙を扱う行(会社)になりたい」として、昭和21年2月に匿名組合第一紙行を創業する。創業時の事業は紙の仲買いであり、産地である四国・北陸から和・洋紙の原紙を仕入れ、印刷所・加工業者へ納品していた。

③　ART STUDIO SUNLIFE

特別に意識してつけたわけではありませんが、日本では名簿の整理がアイウエオ順が多いので一番前の方に並べられることは後でわかったメリットでした。英文の場合も同じでした(ABC順)。

名簿の整理順序上、一番先にくる(英語のABC順でも)という点から、又は一番大きい会社になりたいとか、エースを目指すという考えを明らかに表面に立てることもある。他にもNo.1や

No.2ではないNo.3を狙う「ナンバースリー」(1984)は注目できる。No.1やNo.2の出来ない価値創造や、彼らの出来ないサービスの提供が出来るという趣旨は興味深いものである。

ナンバースリーとは、名前のごとく第3番目を目指そうという意味をこめています。20数年ほど前になりますが、アメリカの広告業界で「ナンバー2宣言」というキャンペーンが話題になりました。NO.2だからこそ、NO.1にできないサービスを提供できるという主旨ですが、当社は、さらに NO.2に出来ない価値を NO.3という言葉に凝縮しました。NO.1やNO.2の鎬を削るマーケットに参入せず、時代を吸収する中から生まれるクリエイティビティを生かし、まったく新しい価値観作りをしていくメーカーになることを目標に、ナンバースリーというネーミングにしました。

3. 頭文字

①「オー・エー・ディー」(1970)

②「ナックデザイン」(1971)

③「タッド大広」(1973)

④「セットインターナショナル」(1983)

① 株式会社 オー・エー・ディー

いつしかOsaka Art Directorsの頭文字をとりOADの愛称(略称)で呼ばれる様になり覚えやすく、親しみが感じられるので愛称を社名に変更しました。現在でも創立時の志を大切にOADの下にOSAKA ART DIRECTORSを小さく入れています。

② NACの意味

N ⇒ NIPPON. NATIONAL. NICE. NETWORK…

A ⇒ ADVERTISING. ARCHITECTUAL. ART…

C ⇒ CREATE. COMMUNICATE. COMPANY…

③　すでにお分かりのように「タッド大広」は、母会社である東京アド・デザイナーズ(Tokyo Ad Designers)からとった3文字(TAD＝タッド)に「大広」を合成して生まれたものです。

　「クリエイティブ・アート・テクニクス」(1975)は頭文字を取ったC・A・Tの略称で呼ばれ使われている。法人登記の際、猫のマークと共に「キャット」(cat)と法人申請を出したが、一週間前に同じ社名で申し出たところがあり、余儀なく「C・A・T」と表記している。

4. 造語

① ユニグラフィック(1967)

② プラントピア(1974)

③ エージー(1962)

①　社名(法人名)を、(株)「ユニグラフィック」としました。語源は、ユニーク(Unique)とグラフィック(graphic)を合わせて造語にしたものです。その意味は、他にない(独特の)良質の広告制作をする企業でありたいという願いから命名したものです。

② 社名「プラントピア」

設立当時の社員でアイデアを出し合い決定。「プランニングのユートピア」という意味。当時、プランとパッケージングを合わせた、「プランパック」という会社があり、その社名のロゴがよく、親しい響きが感じられたので、「プラン」を使ったものを考えました。

③ 正式社名 ： 株式会社 エージー

この名は、Advertisingの『A』と、アルファベット『A』から『Z』までを意味します。つまり、広告のAからZまでのあらゆるニーズにより広く、深くお応えする企画制作会社、ということです。AZを「エーゼット」でなく「エージー」と表記したのは、1962年7月設立当時、広告先進国は米国であり、その米国流の発音にならったものです。

一般会社のみならず、言語生活で使われる造語は言葉が新しく出来る事に伴う需要があるからである。表現上の要求や新発見物質・製品に対する命名の必要性は積極的な契機となる。連想によるネーミングが行われるような心理活動が作用することも稀ではない。

5. 地域性の克服

①「コミニケ」(1959)

②「オー・エー・ディー」(1970)

③「日本デザインセンター」(1959)

前述の通り、「コミニケ」は営業上の都合で大阪を社名から完全に外したが、「オー・エー・ディー」は頭文字を取ることによってOsakaのオーを残した。「日本デザインセンター」は東京のデザインセンターばかりでなくもっと進んで日本のデザインの核になりたいという願いを込めて決められた。

③ 社名については、色々案がでましたが、われわれの大きな目的の一つは、有数企業の協力により、日本のデザイン界をリードする会社を作るということであるから、東京のデザインセンターでなく、「日本のデザインの中心となる会社」という意味で「日本デザインセンター」という社名としました。

6. 母会社

①「サン・アド」(1964)

②「ニッポンプランニングセンター」(1971)

③「NECクリエイティブ」(1969)

④「日経BPクリエイティブ」(1991)

「サントリー株式会社」(洋酒・ビール、食品等を生産)が全株式の52%を出資して作った会社が「サン・アド」であり、「ニッポンプランニングセンター」の親会社は「ニッポン放送」である。「日経BPクリエイティブ」は「日経BP」という出版社の100%子会社であるため親会社名を持ってきた。「日経BP」もまた「日本経済新聞社」の100%子会社なので、親会社の略称の「日経」を取り社名の頭に使っているのである。「NEC」グループの各社中「NEC文化センター」と「NECデザインセンター」が宣伝広告活動・販売促進活動に関する事業を集約して作った会社が「NECクリエイティブ」である。このように親会社をもつところもあれば、関連企業が共同出資して協力しあう形態もあり、「アドブレーン」(1962)の関連会社(同業)は(株)アドバタイジング・ファクトリー(Advertising Factory)、(株)アーツ(Arts)、(株)マーク(Mark)、(株)クリエ(Crea)、(株)サップ(Sendai Advertising Products)、(有)エーアンドエー(A&A)等である。

7. その他

①「PR現代」(1965)

②「アド・テクニカ」(1967)

③「アド・パスカル」(1965)

④「トーワクリエイティブ」(1979)

① PR現代

　弊社の創業は1965年です。当時わが国ではHR(ヒューマンリレーション)、PR(パブリックリレーション)が流行していました。社名のPRは「PR」から、現代は常に「今」を意識し、「変化に適応する」意味から「PR現代」と名付けました。法律上英文の社名は認められておりませんので正式には「ピーアール現代」となります。通称は「PR現代」と表記しています。

　「PR現代」のように当時の流行を受け入れたケースは前述の「ナンバースリー」で、設立数年前に米国広告業界の話題であった「No.2宣言」というキャンペーンに着眼したのである。その関心事を素早くキャッチする代表的分野が即ち広告業界であるので、流行に敏感に適応したものと見られる。

② 会社設立時(1967年10月)に当時の社名は、株式会社アドテクニカ東京

Ad.Technica Tokyo Co.Ltd.

設立時のスタッフ構成は、

* グラフィックデザイナー(Graphic Designer)…………10
* コピーライター(Copy Writer)……………………………3
* フィニッシャー(Finisher)………………………………8
* 写真植字オペレーター(Operator)………………………2
* 営業、総務(Sales&Management)………………………3

以上のような会社の特性を社名に表現したいと考えた結果、「株式会社アドテクニカ東京」としました。会社発足後、5~6年を経て、次のような理由から現在の社名に修正しました。

○ 社名が長く、電話での応答に不便となった。

○ 簡略化して、"アドテクニカ"または"テクニカ"と呼び合うのが通例となった。

以上から、「東京」を削除し現在に至っております。

社員の特性を生かして名付けた社名があまりにも長く、電話での応答が不便だったことから改名した「アド・テクニカ」は、

通称で呼ばれていたものを正式名称に変え、また東京という地名を取り外すことにより地域性を克服・脱皮した例である。

　③『アド・パスカル』：仕事が少しずつ増えるとともに、版下制作会社から広告企画へと性格が変わり、前出の合併を機に、全社員を対象に社名を公募しました。その時に選ばれたのが『アド・パスカル』という名前でした。

　『アド』は、もちろんAdvertisingの意味です。『パスカル』は、有名な「パスカルの原理」からきているのですが、≪内的な力≫をも意味していると聞いております。社員一人ひとりが持つパワーを外に向かってエネルギッシュに放出する、というような感覚でしょうか。

　広告という世界でレベルの高い表現、クリエイティブな発想を心がけてきましたが、これからの時代においては情報産業へ脱皮していかなければならないかも知れません。そうなれば、『アド』も社名からはずさなければならないでしょう。

　全社員からの公募により選ばれた「アド・パスカル」は社員一人ひとりの持っているエネルギーをパスカルの原理から見出している。感覚的な発想の転換を心掛けてきたが、今後の情報産業への模様替えを訴えている。株式会社が存在する限り社員間のチームワークは大切になる。そのチームプレイは「和」を持ってこそ可能なわけである。丸いサークル(円)の中で一糸乱れず動ける原動力は、「和」にほかならないのである。会社名に用いられる場合、この和もカタカナで書き、現在はローマ字を使っている。

④「株式会社 東和」は、私の名前から戸高の「と」と社員同士の和、特に専門職間のチームプレイが重要と考え、和をもって尊としと言われるように、「わ」としたのです。漢字の「東和」は共に8画であり、日本語では「八」と書き、末広がり(字が下に広がっている)と言い縁起の良い文字です。会社が発展し末永く残れるようにと言う意味もあります。「東」は太陽が昇り力強いイメージの表現として、いいと思っています。「和」は平和の「和」であり、前にも書きました意味もあり、決めました。1985年「トーワクリエイティブ株式会社」に変更しました。

法人登記はカタカナであろうと通常はローマ字で書かれる。そこには英語のほかドイツ語・フランス語・ヘブライ語まで使われている。子会社として設立されたところが多い日本の広告企画・制作会社名は、カタカナの表記上、やむなく字数が多いため頭文字を取って字数を減らし、その過程で造語が生まれたりもする。中・小企業でありながら地域的な限界を乗り越えようとする工夫が見られる。

VI. おわりに

日本の広告企画・制作会社の社名を付ける方法はアンケートの調査結果に出ているように、「エージー」、「日本デザインセンター」等の設立当時の創業者・社長・会長(「アドブレーン」)自身によって決められる場合や、主要メンバー(「サン・アド」)、理事会(「NECクリエイティブ」)を通して行われることもある。時にはいくつかの候補名の中で激論の末、決定(「アレフ・ゼロ」)す

るが、会社の性格上、デザイナーに委ねる場合(「クリエイティ
ブ・アート・テクニクス」)もある。社長が発案し社員に賛否を問
いたり、反対に社員らがアイデアを出して互いに話し合って決
まったりもする(プラントピア)。創業者名は8％程、地名・国名
は13％の16社で使われている。格調高い表現、独創的発想が要
求される広告世界での社名は、インパクトがあるか、アイデア
はよいのか、創造的であるか、記憶に長く残るか、形はどうな
のか、発音はしやすいのか等の項目をチェックし、現代的であ
りながら新しい印象を与えようとしている。

　「トーワクリエイティブ」のように、画数も数え縁起の良い文
字であるかどうかは勿論、語感にまでも細心の注意を払ってい
る。日本の広告企画・制作会社名では一般上場会社とは違っ
て、外来語の頭文字を取ったもの・母会社の名を頭に冠したも
の・一番目と一流を表すものが多く見られる。社名だけを見た
場合、まるで外国資本の外資系と勘違いしやすい。それほどカ
タカナ語が広く使われているということであろう。表記にあ
たっては大多数がカタカナを良しとし、その使用頻度は図1の通
りだが、カタカナの急増とは逆に漢字の使用は5期(1985～
1998)で0となった。これとは対照的に漢字の比重が高いところ
は「日本の新聞名」、「日本の酒名」等である。日本新聞名を引用
すれば「一般新聞での漢字依存度は96％と極めて高く現れた。こ
れは日本年号の100％漢字使用に次ぐ高数値であって、漢字抜き
の題号は考えられない程である。」歴史と伝統がある日本の新聞
題号は漢字であるが、現代の流れを読み取って世相を反映する

広告企画・制作会社名はカタカナが主流を成している。カタカナと共にローマ字の併用が10ヵ所で見られるがあくまでも通称・愛称であって正式名称ではない。会社の法人登記の際は同一地域に類似社名があるか登記所で事前にチェックしなければならない。「クリエイティブ・アート・テクニクス」(CAT)のように同名・類似名は認可出来ないことが規定されているからである。マーケティングを大事にする日本の広告企画・制作会社名は純粋な日本語から掛け離れて、カタカナだらけの(あるいはローマ字混用の)略称や造語の世界に踏み込んでいる。「広告は流行」、「広告は英語社会に対する憧憬」、「名は身体を表現する」という社会的要因と制作者の観点から創造的なイメージを表す名が主流である。

第9章
「恋」と「愛」－ＴＶドラマ名－

Ⅰ．はじめに

　日本のテレビジョンの研究は1923年(大正12年)から始まり、次の年には浜松工業高校と早稲田大学で実験が続けられた。研究・実験のテンポは早くなり、1926年高柳健次郎博士はブラウン管の蛍光膜上に小さな「イ」の字を映し出すことに成功した。それは世界で初めてのことであり、日本のテレビ元年でもあった。この日は大正最後の日であって、日本のテレビジョンは昭和時代(1926～1989)と共に幕開けした。NHK技術研究所で基礎的な研究に着手して以来、1936年には東京・上野の東京科学博物館に高柳教授の開発したテレビジョンが初めて展示された。同時に公開実験も行われ、同室内に設置したカメラで撮り、隣の映写室のスクリーンに映し出してみせた。公開放送を経て1940年の東京オリンピックに備えたが、翌年の太平洋戦争のためにテレビジョンの研究開発と東京オリンピックは中止された。日本最初のテレビドラマは伊馬春部脚本の「夕食前」で、登場人物は母・兄・妹のわずか3人であった。戦時色が濃い時代のもので父がいない一家の夕食前の一刻をスケッチ風に描いた喜劇である。1952年には戦後最初のテレビドラマ「新婚アルバム」が実験放送されたが、軽いタッチのホームドラマであった。この時期はドラマ元年であり、時代は暗く激動したが、テレビドラマという新しいジャンルが誕生し、わずか数本の実験ドラマ制作で、テレビは翌年1953年の本放送を迎えるのである。

本稿では近年になって毎年数百編ずつ作り出されるTVドラマの中から年ごとに10作品を無作為に選び出し、1953年から2000年までの総480編を対象にした。一番参考になった文献は2000年8月、創刊2000号を迎えた『TVガイド』である。序論では時代別にドラマの状況及び文化・社会的背景を調べてみた。本論ではTVドラマ名を題目別（分野別）に分類し、よく使われた字と共に図表にあらわした。字種においては漢字・ひらがな・カタカナ・ローマ字、混用とその変遷も見てみたいと思う。テレビジョン時代初期の街頭放送から現在は一人一台の時代。時代は変わってもTVはいつも娯楽の中心であり、またありとあらゆる情報を知るための必需品として存在し続けている。さらに21世紀に入っては、BSデジタル放送開始と同時に、見るだけのテレビから使うテレビへ、テレビは新たな多機能ステーションとして、その役割を大きく変えようとしている。主な役割としては、もれなくニュースが登場するが、ニュースが終わるとドラマが引き続くことになる。本稿のドラマは次のTV局で放映されたものである。NHK総合・教育・衛星（BS・CS）をはじめ独立U局がテレビ和歌山（WTV）など11局、TXN系のテレビ東京など6

局、ANN系の秋田朝日放送(AAB)など23局、FNN系の関西テレビ放送(KYV)など26局、JNN系の毎日放送(MBS)など28局、NNN系の読売テレビ放送(YTV)など30局である。なお時代劇や大河ドラマも日本のTVドラマの範疇に入れた。単発から100分以上の長時間ドラマ、数年に渡って放送されたものなども含まれる。

Ⅱ. 時代別ドラマの背景

表1　時代別ドラマ作品数

	1期	2期	3期	4期	5期	計
年度	1953～1961	1962～1970	1971～1980	1981～1989	1990～2000	
編数	90	90	100	90	110	480

1. 1期

　日本のテレビ放送元年は1953年2月のNHK(日本放送協会)の本放送で始まった。当時の放送時間は昼間1時間半、夜2時間半というような、合計4時間であり、受信契約数は866戸であった。同年8月、日本テレビ放送網が民営放送初の開局となり、徹底した街頭テレビ方式を採用した。当時14インチのTVの値段は18万円で、大学卒の初任給の1年分にあたる。こうした視聴環境のなかで放送されたTVドラマがめざした目標は、まずジャンルの開発であった。その際狭いスタジオなどいろいろな技術的制約を克服しなければならなかった。NHKドラマは月に2作品あり、ラジオドラマの作家や劇作家がテレビドラマを書いた。NHK初の連続ドラマは「幸福への起伏」である。ある家族の幸福とは何かを描いた30分番組で13回連続のホームドラマであった。1956年、日本経済は「神武景気」と呼ばれる活況を呈し、受像機の普及が急速に街頭から茶の間に浸透していった。テレビ局の一日の放送時間も一日12時間と大幅に増大し、本格的なテレビ時代へ踏み出すこととなった。同年「私は貝になりたい」というTVドラマ史上記念碑的作品が誕生した。

2. 2期

　この時期、テレビは完全に茶の間の娯楽の中心となり、ホームドラマの全盛期を迎える。1961年10月からTBSで始まった「咲子さんちょっと」はその後のホームドラマの原型となり、嫁・姑が互いに相手の立場や主張を理解しあう咲子さんの家庭は理想的なマイホームとして受け入れられたのであった。1963年4月にはNHKで日曜夜の大河ドラマがスタートした。第1作「花の生涯」は幕末の動乱を背景に大老伊井直弼の生涯を描いたものだが、つづいて「赤穂浪士」「太閤記」「源義経」と、高視聴率を挙げ、NHKの看板番組になっていった。1965〜66年の時期は、テレビの影響力が新聞を追い抜き、新しいメディアの担い手としてテレビ制作者の自覚が著しく高まった時代である。ホームドラマは、それまで「安定」「自足」を絵にかいたような中流上層の理想的な家庭を舞台にした設定パターンが崩れ、庶民層のソバ屋やフロ屋といった商売屋や片親の家庭を舞台にしたドラマが登場したのも大きな変化だった。

3. 3期

　1972年の第一次石油危機は前年のドルショックにつづいて日本経済に深刻な影響を与え、不況の波はやがて放送界にも及んだ。こうした中でもテレビの受信契約総数は1975年7月には2600万を記録、広告収入の面でも新聞を追い抜きテレビは文字通りマスメディアの中心的存在にまで成長した。1975年、戦後生まれのテレビ世代が人口の上でも半数を占め、人々の間では価値観の多様化が進んだ。産業界全体が不況から脱し、社会のムードも一転して現状肯定志向が強まった。好況を背景に番組企画や制作に思い切って制作費が投入されるようになった。このような中、テレビ史上初の3時間ドラマ「海は甦る」のインパクトも見落とせない。夜9時から放送されたこの番組の成功で長時間ドラマや大型スペシャル番組が続々と登場し、柔軟編成が日常化することになった。ドラマでは1976年の初めから始まったNHK「となりの芝生」が嫁姑問題を扱った辛口のホームドラマとして評判を呼び、TBS「岸辺のアルバム」も現代庶民生活の実相に鋭く斬り込んだ等身大のドラマとして高い評価を得た。

4. 4期

　1961年にスタートした朝の連続テレビ小説(NHK総合)史上、最も強烈な個性を放つヒロインが1983年に登場した。今や伝説的といえるブームを巻き起こした「おしん」である。明治・大正・昭和という激動の時代に度重なる不運にも負けず元気に、たくましく生きるヒロインの姿に日本中のお茶の間が涙し、オシン・シンドロームが生まれたのである。放送終了から10年経つが、「おしん」の人気は意外なところで続いている。放送終了後にアメリカ、ヨーロッパ、中国、東南アジア、中東で放送され、世界中の人々の感動を呼んでいるのである。1989年1月の天皇崩御に続いて、6月に日本列島を震撼させるニュースが走った。歌謡界の女王・美空ひばりが52才で急逝したのである。戦後の混乱期から昭和史とともに歩んだひばりは昭和という時代を見取るかのように姿を消していったのである。民放各局がひばりの追悼特別番組を放送した。「美空ひばり物語」もそのひとつで、国民栄誉賞歌手の波乱に満ちた生涯を描く特別企画ドラマである。総制作費7億円、4時間放送、実名登場人物80余名というドラマ史上空前の規模を誇り、キャスティングが注目された。

5. 5期

1990年には紀子さまとちびまる子ブームの中でトレンディードラマが大流行し、鈴木保奈美、菊地桃子、本木雅弘のようなトレンディースターを輩出した。1992年にはバブルが崩壊し、その寒い時代に熱い友情ドラマのブームが起こり、異色アイドル冬彦さんが登場する。もともと土曜夜9時の日本テレビの枠は大人向けのドラマが多かったが、1990年代に入ってからは「そのうち結婚する君へ」など20代から30代前半の女性をターゲットにした作品が放送されるようになる。1995年1月の神戸大地震の際、ＴＶ各局は地震発生直後から緊急放送をスタートし、災害報道に全力で取り組んだ。同年8月、テレビ朝日の土曜ワイド劇場で戦後50周年企画の一環として「時よ、とまれ」が放送される。終戦間近の満洲の地で起こった親子の悲劇、元従軍慰安婦の人生、中国をはじめアジア系外国人がひしめく新宿歌舞伎町といった終戦から現代にかけての時代的背景要素をふんだんに盛り込んだ記念すべきドラマであった。2000年9月から試験放送を続けてきたBSデジタル放送がついに12月から本放送を開始し、最新技術を駆使したデジタルハイビジョン映像は従来のテレビを圧倒する美しさだ。開局するのはNHK、在京民放系5社、WOWOW、そしてスター・チャンネルBSの全8局10チャンネルである。高画質・高音質の魅力とともに注目すべきはデータ放送の充実だろう。ドラマならあらすじや出演者のプロフィールを知ることも可能である。これは情報サービスであり、ただ見るだけだったテレビが使うテレビに大変身したことになる。BSデジタル放送が21世紀の私たちの生活を豊かにしていくだろう。

Ⅲ. 題目別分類

　日本でTVの本放送が始まった1953年から2000年までのTVドラマ480編(以下編省略)の題名を題目別に分けてみると人や女、男、父、母、様、さん、マン、子、刑事、先生など人を表す人称が172(35.8%)である。太郎など人々の名前を具体的に現わした人名は89で18.5%、人々の話を記録した日記・伝記などが

4.2%の20、彼らの居場所の地域・村・町・都会・街の名が19で4%、人と人との間に生じる愛や恋が3.5%の17の順である。これはあくまでもドラマ名のみを分類したものであるので、実際のドラマの内容とは多少の違いがあるかもしれない。ドラマ名を日本の映画名[1]と比較してみると、1位の人称、2位の人名は同じ順位であるが、映画名では戦争が4位、恋・愛が8位(2.3%)であった。ドラマ名は人々の間に生じる恋や愛に一層の比重を置き、映画名では戦争や闘い(8%)にもっと気を遣っていることがわかる。

表２題目別分類

順位	主題	編数と比率	ドラマ名(年)	TV局
1	人称	172(35.8%)	お父さんの季節(1958) 娘と私(1961)	NHK NHK
2	人名	89(18.5%)	サザエさん(1955) 金(キム)の戦争(1991)	東京放送 フジテレビ
3	地名	22(4.6%)	二丁目三番地(1971) 関ケ原(1981)	日本テレビ TBS
4	伝記・日記	20(4.2%)	助左衛門四代記(1968) わが家の日曜日記(1953)	朝日放送 日本テレビ
5	恋・愛	17(3.5%)	愛の十字架(1977) ある日突然恋だった(1982)	テレビ朝日 TBS

　図1で見るように恋・愛は平成時代の5期に入り急に伸びている。地名では3期の36%が比較的高く現れている。3期の1970年

1）拙稿、「日本の映画名」『日本文化学報』第5号、1998.5

代の前半はオイルショックにより深刻な打撃を受けた時期で
あった。伝記・日記は今日に近づくほど低くなり(35%→10%)、
パソコンの発達のせいであろうか、何かを記して残すことに気
を遣わない現状を示している。人名においては各時期別に最大
5%しか差がつかないが、うち35%を占める水戸黄門・源義経・
竜馬・徳川・秀吉などの歴史上の人物31の場合は1期から10→8
→6→5→2(5期)の順に著しく減っている。これは即ち歴史教科
書に出てくる人物はドラマ名では視聴者の関心と興味をあまり
呼びおこさないことの証でもあると思う。

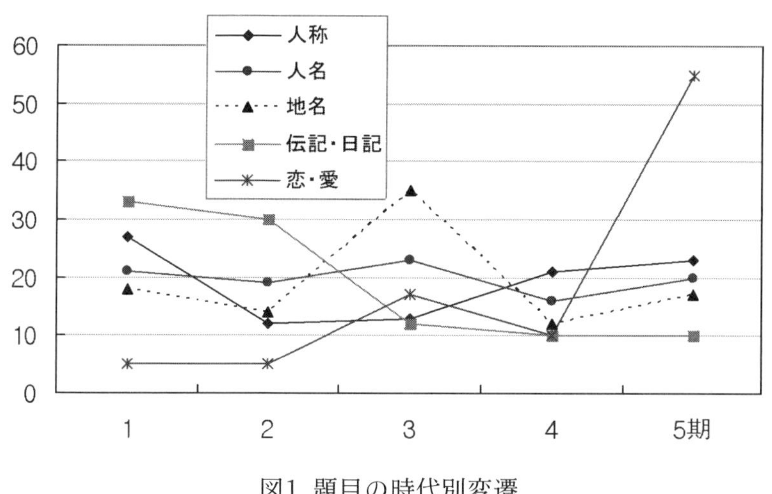

図1　題目の時代別変遷

　人称と人名を合わせると260であり、480のうち54%の高い比
率を表している。人と関わりのある人称は放送初期の27%から
2・3期に13〜14%台に落ちたが、80年代と90年代には23%に再
び上がって、人と関わるのがドラマであることを示している。

中でも女は14(3%)で80年代に9と固まっていて、ドラマ上では女子の勢力が高まった時期であると言えよう。代わりに男は5と少なく、60年代の2期から等しく分布している。歌謡曲名[2]では「カスバの女」「女のみち」など38でドラマと同じぐらいであるのに対して、映画名では5%にもなり、女がよりよく登場している。

1. 人称

表3 人称の分類

順位	人称	編数と比率	ドラマ名(年)
1	さん・様 (マン・氏・者)	23 (13.4%)	おトラさん(1956) 和宮様御留(1981)
2	人	18 (10.5%)	ただいま11人(1964) 奇跡の人(1998)
3	女	14 (8.1%)	女・かけこみ寺(1982) ニュースの女(1998)
4	子	12 (7.0%)	つくし誰の子(1971) ふたりっ子(1996)
5	刑事	10 (5.8%)	はぐれ刑事純情派(1988)
6	私・わが	9 (5.2%)	わが郷土のプレスリー(1978)
7	ママ・母・妻	9 (5.2%)	ママのお荷物(1956)
8	少女・娘・姫	8 (4.7%)	少女が大人になる時(1984)

---

2) 拙稿、「日本の歌謡曲名」『日本研究』第3号、1996.8.

　ここで取り扱っている人称には表3で上げているほかに「人間の条件」(1962年)の人間のみならず「父の心配」の父、「狼少年ケン」の少年、「去っていく男」の男、「マー姉ちゃん」の姉ちゃん、「勝利者」の者、「あいつの季節」のあいつまでも含まれる。職業別では刑事の10についで教師(先生)が6、大将・将軍の5、剣士(剣客)の4、検事3、記者2である。

2. 人名

　人名は「太郎の青春」(1980年、以下年度の年は省略)の太郎、「北里柴三郎」(1978)など伝統的な男性の名前と「咲子さんちょっと」(1961)の咲子、「麗子の足」(1987)の麗子など女性の名前に分けられる。漫画の主人公の名前を使用したケースは「サザエさん」(1955)、「オバケのQ太郎」(1965)で見られる。毎年正月から始まるNHKの大河ドラマに1963年のスタートの時、登場した人物は高野長英(1804-1850)である。次の年には江戸前期水戸藩の領主として儒学者を集め、日本史の編纂を開始した徳川みつくに(1628－1700)をモデルにし、彼の別称をつけた「エノケンの水戸黄門」が放送された。1979年2月にTBS制作の時代劇「水戸黄門」は東京ニュース通信社刊行の『TVガイド』の時代劇ランキング1位に選ばれている。1964年の大河ドラマ「赤穂浪士」は最高視聴率が53.0％にも上り、その人気は今でも続いている。人名の中にはベトナムの青年の名前「ドク」(1996)、「金の戦争」(1991)の金、「マリの桜」(1980)のマリ(混血児)からもわかるように外国人名も使われている。

3. 地名

地名といえばやはり東京や大阪が上げられ、「東京エレベーターガール」(1992)など東京が3、「母のいる大阪」(1954)など大阪が3、漠然たる都会の「大都会25時」(1987)など大都会が2、特定の町の名ではないだだの町が「ある町のある出来事」など3、どこの町でもありそうな二丁目が「二丁目三番地」(1971)など2である。一方、「日本の戦後」(1977)などの日本は国名とみなし地名には入れなかった。地名を一番重視しているといえば、大学名であり、日本の大学名3)で地名が占める割合は国立97%、公立100%、私立61%に達している。大学の名を付ける時、なによりもまず地名をもってこなければならないのである。日本の上場会社名4)でも4社の内1社が地名を取っており、地名こそ命名の基本であるといえよう。日本歌謡曲名1057曲の中、地名の入った162曲名(15.3%)と、映画名760編の内、地名を使った57編名(7.5%)に比べドラマ名では4.6%と低くなっている。

4. 伝記・日記

何かを記録して残すという意味を持つ伝記・日記は歴史的人物と同じように時代が下るにつれ使用頻度が減ってくる。1期から35%→30%→15%→10%→10%(5期)のように著しく低くなる。ここには「徳川風雲録」(1986)の録と「人形佐七博物帳」(1992)の帳も含まれている。最近の文明の利器の発達、例えば

---

3) 拙稿、「日本の大学名」『大田産業大学論文集』第13巻2号、1996.12.

電子計算機・電子手帳・パソコン・携帯電話の使用の急増加が影響を及ぼしたのではないかと思われる。

5. 恋・愛

「父の心配」（1954）は父と娘の愛がテーマであり、「浮浪雲」（1978）は人間愛・夫婦愛・父子のきずなを、「時をかける女」（1994）は愛と冒険のファンタジーを、「イヴ」（1997）は恋愛を、「百年の物語」（2000）は3代に渡るヒロインの恋の物語を描いている。このように内容上では人々の恋・愛を収めているとしても、そのタイトルに現われた恋・愛は歌謡曲の6.7％に比べドラマは半分程度の3％台にとどまっている。

6. その他

表4　よく使用された字

順位	1	2	3	4	5	6	7	8	9	10
字	物語	花	海(川)	時(時間)	青春	風	事件	時・日日	若い	日本
編数	10	9	8	8	7	7	6	6	6	6

上の五つの題目の他によく使われた字は表4に表したものに継いで「夜の花火」（1981）の夜、「冬のホンカン」（1977）の冬、「旅路」（1967）の旅、「雑草の歌」（1958）の歌がそれぞれ5である。表4のドラマ名から察するところ、海(川)に囲まれた桜(花)の国(日本)のドラマは2・30代の若い青春男女の人生の道程(旅)で日日起きる事件を巡る愛の詩(歌)の物語なのである。北風の吹く季節

(冬)の夜中に繰り広げられる…

IV. 表記及び形態別分類

1. 表記

　日本のTVドラマ名の表記とは、字種を指し、漢字・カタカナ・ひらがな・ローマ字・これらの混用・数字などが含まれる。漢字だけの名が107で全体480のうち22.3%を占めている。「娘と私」(1961)のように漢字と漢字の間を'と'でつなげた9と、「黄金の日日」(1978)のように漢字と漢字の間に'の'を使っている83を合わせると41.5%の199になる。それに漢字が一字でも入っている233を足すと432で90%まで達し、ドラマ名で漢字が占める比重は実に大きいと言える。「ザ・ガードマン」(1965)はカタカナのみ用いているが、このようなカタカナのみの数は24に及ぶ。「美しきチャレンジャー」(1971)のようにカタカナを使っている名78をプラスすると102の21.3%である。1953年の「さつきさん」などひらがなのみを使っている26にひらがなの入っている295を合算すれば66.9%の321である。ドラマ名でなにぶん目につくのは漢字であり、ひらがな、カタカナの順となる。カタカナとひらがな併用した名は「やるっきゃないモン」(1987)など9である。最近は英語のローマ字表記も活発になり、1998年の「DAYS」、2000年の「Summer Snow」などローマ字表記は11も現われている。「ダイヤル110番」(1957)、「走れ青春、42.195キロ」(1984)などで見られる数字は20ぐらいである。

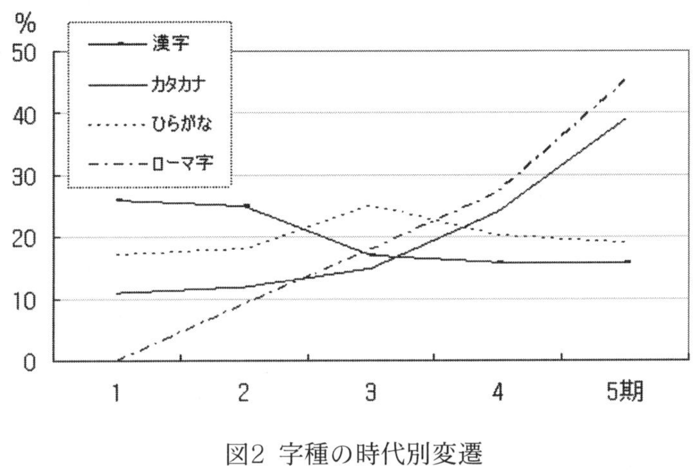

図2　字種の時代別変遷

　図2はドラマ名で使われた字種の変遷を調べてみたものである。漢字だけで表記した名107のうち1961年までの1期は26％、1970年までの2期は25％、80年までの3期は17％に下がり、以後4期と5期では16％を維持している。ここで見られるように漢字の使用はだんだん減りつつあるが、映画名でも同じく明治・大正の1期の53.8％から平成の6期になると半分以下の22.2％に減ってくる。映画名のみならずドラマ名においても漢字の退潮は目立っている。カタカナの入っている名は1期の11から各期別12、15、24、40と近年になってぐんぐん伸び続けており、漢字とは反比例現象をみせている。ひらがなは3期で25％に上がったが、他の期では17％〜20％を保っている。ローマ字の場合は1期では0だったが、期ごとに9％→18％→27％→45％と急な増加ぶりを見せている。図2でみるように漢字だけの名は減少、漢字が一字でも入っている名は期別に18％〜21％の横ばい、カタカナ

名は増加、ローマ字名は急増を示している。図2には出ていない
が、20の名に出てくる数字も1期から5期まで10→5→25→45%
で使用量が著しく伸びている。今やローマ字とカタカナ、そし
て数字の全盛期を迎えていると言えよう。最近のドラマ名は
チャンネル選択権を持っている若い視聴者層の趣向に合わせる
ため、外来語や英語を導入しなければならない状況に置かれて
いるのである。そしてカタカナを入れて表記した新商品(題名)を
作り出す時点に来ているのである。

2. 形態(品詞)

　名詞(あるいは固有名詞)や名詞形で終わるドラマ名が圧倒的に
多い中、形態別分類において一番目につくのは、「ながい坂」
(1969)、「海のあく日」(1970)、「時をかける女」(1994)などでみ
られる連体形で31である。形容動詞は「けったいな女」(1964)、「無
邪気な関係」(1984)など6であり、連体形に使われるケースが4で
あった。形容詞は「長い余白」(1993)の長いのほか若い、美し
い、熱い、白い、いい、欲しい、深いなど13で1989年の「あな
たが欲しい」を除くとすべて連体形で使われた。ちなみに動詞に
よる連体形は「少女が大人になる時」(1984)など11である。次に
動詞による終止形は「風光る」(1954)、「江戸を斬る」(1994)など
25である。過去形は「ママたちが戦争を始めた!」(1985)、「ずっ
とあなたが好きだった」(1992)など7であり、27の現在形とは大
きな隔たりをみせている。日本の歌謡名が過去形17、現在形15
であったのに比べドラマ名では現在形が受けているように見え

る。命令形は「太陽にほえろ!」(1972)、「時よ、とまれ」(1965)など6であり、映画名の2より比較的多かった。終助詞の'よ'を付したものは、「恋人よ」(1995)など5であり、助動詞の'たい'は「死ぬほど逢いたい」(1962)など3ケ所で使われた。否定形は「淋しいのはお前だけじゃない」(1983)など3である。敬語体は「お仕事です!」(1998)など三つしかなく、敬語が発達した日本でその使い方がけちなところはドラマ名と言えようか。感嘆符号の'!'は「チャンス!」(1993)、「単身ミセス走る!」(1998)の9ケ所に現われ、視聴者の目を引く効果をねらったものではないだろうか。字数は「夏」(1964)、「紅」(1970)など一文字から20字を超える「二丁目の未亡人はやせダンプといわれる凄い子連れのママ」(1976)まであった。

V. おわりに

　フジテレビの金曜ドラマシアターでは、1991年4月、2時間20分に渡り「金(キム)の戦争」を放送した。1968年に起きた金嬉老事件で寸又峡にライフルを持ってたてこもった金の怒りの人生を描いている。また1962年9月の東芝日曜劇場「死ぬほど逢いたい」は終戦で別れ別れになった夫に逢うため、はるばる韓国から日本へ密航してきて、大村収容所に送られたすさまじいまでの女の執念を描いている。夫を探すが消息はつかめない。やがて女は強制送還されることになる。何度でもやってくる…という女の情念を通して戦争の傷あとを浮彫りにしている。このようにドラマは作る側も見る側も同じ時代の空気を吸っている。ドラマは時代の所産であり、我々を映す鏡でもある。日本のドラマはあらゆる素材を扱い、社会相を表している。例えば「死にたがる子」(1979)は社会問題になっている少年の自殺を、「沿線地図」(1979)は高校生の同棲を「星の金貨」(1995)は障害者を、「らせん」(1999)はノストラダムスの予言を取り上げている。どんなに時代が変わっても、その中心に人がいることは変わらないのである。日本のドラマの主人公はかならずしも日本人とは限らない。「白い墓標の影に」(1958)はアメリカ人の遺児の混血児をめぐり、その問題点をついている。ドラマは時代の土壌と風土の中から生まれるものであって歴史的背景や社会的状況が重視される。1950年代の後半、青少年に対するテレビの影響がクローズ・アップされ、'一億総白痴化'の流行語に象徴される低俗批判がその後長期にわたって繰り返され、テレビ界を揺さぶり続けることになる。1962年には「大番」の渥美清、「献身」の小畠絹子などテレビドラマのスターが誕生する。朝8時15分、全国の主婦たちが職場放棄して見た「おはなはん」で、主役の高橋幸治が殺されるなど殺害が頻発し、話題をよんだのは1966年のことである。1971年には本格的なカラー放送時代になるが、1970年代は'モーレツからビューティフルへ''ゆっくり走ろう'が流行になり、ゆとりある生活や個性的生き方を大事にする風潮が社会を支配した。80年代後半、W浅野とトレンディードラマはブランド世代の象徴であった。史上最強のマザコン男'冬彦さん'が流行語にまでなってしまったのは1992年。バブルからリサイクルへと向かった1994年、世の中に'鑑定ブーム'が起こり、視聴者は身近にあるモノの由来や価値に夢中になった。「未来日記」(1999)のタイアップ曲、サザンオールスターズの'TSUNAMI'や福山雅治の'桜坂'はミリオンヒットを飛ばし、社会現象になる。そして2000年は心のバリアフリーの「ビューティフルライフ」では死ぬとわかっていても自分の人生は楽しかった、美しかったというテーマが一貫して流れている。そして、最終回視聴率を41.3％まで引き上げた。こうしたことから察してみれば、ドラマはスターばかりでなく新語やヒット曲、ファッョンを生み、観光スポットさえ作り出している。さらには生活スタイル、思考パターンに至るまで影響を与えるほどになっているのである。

　「転落の詩集」(1953)は石川達三原作の最初の文芸ものであり、「あ、無情」(1956)はビクトル・ユーゴ原作の「レ・ミゼラブル」を主演の早川雪州が脚色したものである。映画名と同じようにドラマ名においても夏目瀬石の名作「坊ちゃん」(1965)、山崎豊子の話題作「白い巨塔」(1967)、三浦綾子の朝日新聞1963年懸賞小説当選作「氷点」(1989)など小説をドラマ化したものが多数ある。「轟先生」(1955)と「おトラさん」(1956)は新聞に連載されたマンガを脚色したもので、漫画をドラマ化したものには「アッちゃん」(1965)、「さよなら三角」(1983)、「ガラスの仮面」(1997)などがある。グレートティーチャーオニヅカの「GTO」(1998)の原作は'週刊少年マガジン'に連載中の藤沢とおるの同名人気コミックである。コミックのドラマ化は一歩間違えれば原作とのギャップに反感を買うこともあるが、この作品では鬼塚というキャラクターを見事に現実感のあるものにし、コミックファンも納得させた。そのほかに「ある町のある出来事」(1959)はアメリカで放送されて評判になったレジナルド・ローズの'The Remarkable Incident at Carson Corners'の翻案作であり、同じ年の「ママちょっと来て」もアメリカのテレビ映画を下敷きしたホームドラマである。

　ドラマ名の題目別分類は人間を表す人称、人名、地名、伝記・日記、恋・愛に分けられる。ここから見るとある所(地名)に住んでいるある人(人名)が家族・親類・友達・同僚・恋人関係でつながっていて、人と人との間(人間)の恋しい心(恋・愛)の詩を記して(伝記・日記)いるのがドラマである。その人の職業は刑事・先生・剣士・検事・記者の一つであろう。題目の時代別変遷では恋・愛が1期の6%から5期の58%に上がり、経済的な安定の中、人々は愛や恋を'ビューティフルライフ'の条件としているようである。それとは反比例して'伝記・日記'は1期の35%から5期の10%に落ち、記録して伝えることが嫌われる。表3の人称の分類を見てみると'さん・様'、'人'、'子'、'私'などは女性か男性か区別がつかない。それに反して'女'、'ママ・母・妻'、'少女・娘・姫'などは女性に違いないだろう。これらを足すと31になり順位の8位までに入っていない男性をはるかに上回っている。よく使用される字表4には入っていないが、「マリの桜」(1980)、「二本の桜」(1991)、「花は桜子」(1963)など桜は人の名前からも、混血児のマリが眺めた日本の象徴としても出てくる。木下恵介劇場「記念樹」(1966)は親のない子の養護施設の保母とそこで育った子どもたちの情愛を1本の桜の木の記念樹をめぐって描くドラマである。この‘桜’は映画名「桜の国」(1990)、歌謡名「同期の桜」(1972)、大学名「名桜大学」(沖縄)、会社名「さくら銀行」など至る所で目にすることができる。ただ‘花’と書いてあっても桜の花を思い出すほど‘桜’のブランドの認知度は高いのである。表記においては字種別に分けて見ると漢字だけのドラマ名が107、漢字と漢字をつなぐ‘と’や‘の’が入っているケースは91、一文字でも漢字を使っている233、これらをプラスすると90％の432である。ひらがなばかりの26、ひらがなが入っている195を合せると321がひらがな使用になる。カタカナばかりの24にカタカナが入っている82を合わせればカタカナ使用は102である。ローマ字ばかりの4にローマ字が一部でも入っている7を合わせてみると11にローマ字が使われている。ドラマ名は漢字、ひらがな、カタカナ、数字(20)、ローマ字の順になっているが、5期の平成時代はローマ字とカタカナの使用が際立つ。漢字とひらがなはローマ字とカタカナに押されている状況である。漢字のみは減り、反対に数字は5期に45％の9になって上昇気流に乗っている。映画名の場合は全体39の数字のうち、6の15％が平成時代に使われたことに比べ、30ポイント高い数値である。形態と品詞別に分類した時、31の連体形、27の現在形、25の終止形、7の過去形、6の命令形、3の否定形が現れるが、疑問形・仮定形・歓誘形・受身形はそれぞれ一つずつ使われている。名詞のほかに形容詞は13、形容動詞は6、動詞は36、助動詞3、終助詞5が見られた。感歎符号9の次は‘・’が「あ・うん」(1980)、

「女・かけこみ寺」(1982)など8ケ所に表われる。このようなことから今後、若い視聴者のためのTVドラマ名なら、視聴者を引きつけるためには彼らにアピール出来るようローマ字を使ったり、外来語をカタカナ表記したり、漢字の代わりにひらがなを用いたりして、目に付きやすいように工夫を凝らさなければならない。時には数字や'・'、'!'などの符号を導入しても効果的であろう。

第10章
伝統の保持 −日本酒(清酒)名−

I. はじめに

　対象とした酒を県別に見ると、新潟県(以下、県は省略)は82の銘柄(以下、数字の後ろの銘柄は省略)を持ち、兵庫80、長野75、岡山66、福島63、福岡56、愛知56となっていて、少ないところでは和歌山8、宮崎3、沖縄1などであり、全部で1479の銘柄がある。新潟の蔵元数は106、兵庫に次ぐ全国第2位の数字である。さけ(SAKE)の生産量は全国2番目で、蔵は多いが比較的規模が小さい。蔵元は中腹の扇状地、海岸線の砂丘地などに集中している。扇状地では豊かな雪解け水が地下を伏流しており、砂丘地では雨や雪が砂で濾されてきれいな水が得られる。新潟の水は軟水なので、軽い飲み口の酒となる。また、新潟県産の酒造好適米の'五百万石'はさらりとした味わいの酒を造るのに適している。これらの自然環境に越後杜氏の伝統の技が加わって、高品質の酒が生まれるのである。人(丹波・但馬杜氏)・米(山田錦の全国一の生産地)・水(西宮の宮水)・気候と四拍子そろった兵庫県にはいたるところに酒造場があり、日本の清酒生

産量の1/3を130の蔵元から作り出している。日本の清酒
(SAKE)の全銘柄の蔵の創業年度を江戸期まで、明治・大正・昭
和時代の4つに分けてみると、江戸時代までの創業が623、明治
期470、大正期148、昭和期159、不明79となっている。中でも
群馬・千葉・福井・岐阜・愛知・京都・兵庫は60％以上が明治
時代以前の銘柄である。

　対象銘柄のうち、合作によるもの33、合同は53、一般公募は
19になっている。特に共同銘柄はすべて昭和期のものであり、
合併・再創業は33現れたが、自ら言わないところが多く、この
数字をはるかに上回るに違いない。それを端的に示しているの
が蔵数である。ワイン王国として知られる山梨の清酒造りの始
まりは延宝元年(1673年)であって、少なくとも320年以上の歴
史を持っている。明治初期に清酒造りは最盛期を迎え、酒造場
の数は341を数えたほどであった。しかしその後、戦争や合併な
どの企業整備によって蔵の数は次第に減少し、現在では21蔵を
残すのみとなっている。

　『万葉集』に'吉備の酒'という記述があり、日本酒発祥の地とも
言われている岡山の「まいるど雄町」は県酒造組合連合会に加盟
している蔵元の有志38社が集まって造った共同銘柄で平成3年か
ら発売されている。これは県産の酒造好適米・雄町を100％使用
したマイルドな純米酒である。このような合併や共同銘柄を作
り出しながら個性ある酒としての活路を模索しているのが日本
の酒である。

　そういった日本の酒の銘柄の'名'を分類するとき、一番目立つ

　のは、地名であるが、ここには‘故郷・ふるさとの国・大和・日本’が含まれる。その次が人名で、この中には有名な人物を始め、創業者・蔵人・当主などの蔵と関わる人、また、娘・美人・姫などが入る。“鶴は千年、亀は万年”と言われる‘鶴’は‘鷹・鳳・鳥’と同じグループに、一方の‘亀’は‘竜・駒・鹿’のグループに入れた。その次の‘山’は‘富士山’が含まれている。山の木は‘松・梅・竹・杉’のグループ、‘花’は‘菊・桜・花’のグループにした。

　名酒はよい水から生まれると言われる。このことは日本の酒だけではなく世界各国共通であろう。日本酒においては灘の宮水が代表的であって、この他、京都の伏見、広島の西条、秋田の湯沢などに名水が湧く。灘の宮水は硬水でよく発酵し、辛口の男性的な酒を生むのに比べ、伏見の水は軟水で甘口の女性的な酒を生むとされている。そういった水に関しては‘泉・川・井・水・露・沢・滝’ということばが使われており、これらを一つのグループとした。

　味・色・香りの3つの要素をそろえた酒が七つの福をもたらすようにという意味合いの‘金・福・寿・喜’のグループ、さらにその地方を代表する誉れ高い一番の酒になって長年に渡り飲まれ続けるようにと願った‘一・長・誉・千代・大’のグループに分類して本論で扱った。酒の異称は‘盛・栄・露・笹’などがあり、出典は『万葉集』『日本書紀』などの古典や伝説・神話・民話・故事からも引用している。また、歌(和歌)・句(俳句)・謡曲からも引用し、昭和初期は小説名やその主人公名が流行ったこともあ

る。よい意味を表すために中国の古文献・漢詩から取ったもの
もかなりある。その他、'神社・天皇・天・神'と関わるものは
100以上現れている。

　表記においては漢字の使用が圧倒的な中、漢字と漢字の間を
'の'の一字がつなぐものが151例、ひらがなが入っているものが
50、ひらがなだけのものが16等である。一方、カタカナは全部
で22例であり、カタカナだけで作られた銘柄は一つにすぎず、
カタカナの清酒名での役割は制限されているようだ。その他、
同音異義語(当て字)が51例見られる。主要参考書は講談社の『日
本の名酒事典増補版』(1998)であり、本文で述べた銘柄の由来は
上記からの引用である。

II. 分類

1. 地名

1-1. 地名

　地名を使った比率が25%を超える県は北海道(5/11)、秋田
(14/47)、山形(15/49)、福島(22/60)、東京(3/10)、新潟
(21/82)、広島(14/50)、香川(4/10)、宮崎(1/2)であり、反対に
神奈川(1/10)、愛知(4/50)、福岡(1/61)、長崎(0/9)などは10%
以下であった。地名比率の高かった山形・福島・新潟・岐阜等
は旧地名をよく取り入れているのが特徴であり、地域名を銘柄
に入れて、よい環境の中で造られた酒を自慢にしながら売り込
んでいる。'男山'は北海道の「北海男山」から山口の「東洋男山」「

金銀銅男山」まで10ヶ所で使われているが、これはすべて江戸時代より当代随一の銘酒と謳われた'男山'(伊丹・摂津)にあやかり、その銘柄にならんとの意気込みで付けられたものである。古称を使っている銘柄は102であり、青森の「睦鶴」は'睦'、埼玉の「鳳紋武蔵」は'武蔵'、長崎の「信濃光」は'信濃'を使ってどこの酒かを示している。

表1

県	数	銘柄 ［酒造元］
新潟	17	「越乃雪椿」［雪椿酒造(株)］「越後自慢」［(資)小山酒造店］
福島	15	「会津錦」［(資)会津錦］「奥州二本松」［福央酒造店］
山形	11	「羽陽一献」［(株)中沖酒造店］「出羽の雪」［(株)渡會本店］
岐阜	8	「飛騨の華」［(有)老田酒造店］「美濃菊」［玉泉堂酒造］
長野	5	「信濃光」［(株)西飯田酒造店］「大信州」［大信州酒造(株)］
千葉	5	「総乃寒菊」［(資)寒菊銘醸］「金紋ふさ正宗」［(名)石野商店］

　地名を一部だけ取り入れているところは60で、秋田の「北鹿」は北秋田と鹿角にある蔵元が共同で発足し、酒名は2つの地名の頭文字を取ったものである。福島の「東豊国」の'東'は'東北'に由来し、静岡は'静'をとって「静ごころ」という名をつけた。また、滋賀の「濱正宗」の'濱'は、地元の'長濱'に由来し、広島の「神招」は神石郡の'神'、香川の「綾菊」は'綾上町'を指している。このように、広域名から町名まで均等に現れた。方位を示す'北'は「北宝」(北海道)、「北アルプス」(長野)などの14、'東'は「東魁盛」(千

葉)、「東獅子」(三重)などの10、「南国一」(徳島)の‘南’と「西の関」(大分)の‘西’はそれぞれ1であって、酒名における方角は北か東となっていることがわかる。東は日が昇るところであり、北は高い山とそれに伴う良質の水を有する酒造りの適地であるからであろう。

　‘都’は東京・京都・大阪・兵庫・島根・埼玉の各1つずつであり、‘京’は京都で2、愛媛2、茨城1である。愛媛の「京美人」は日本の代表的美人であることに由来し、「京ひな」はある京都の名僧がこの酒を飲んで賞賛したその日がひな祭りだったことから付けられた。‘男山’に次いで‘灘’は兵庫の5ヶ所と千葉の「東灘」の6つであり、‘灘’の名声は江戸時代から受け継がれているのである。

　地域色が薄いところは九州で、福岡は61の銘柄のうち「九州菊」だけが地名を使ったものであり、長崎は9分の0になっていて、東北や信越・北陸の20％台とは対照を成している。長崎で消費される清酒の多くは県外からのもので、県内で造られた酒の県外移出は全体の1割程度である。

1−2. 国名

「両国」を造っている[角屋]は岩手県で創業し、‘国’は県を意味し、当時は地元と宮城県に販路を持っていたため、二つの国にまたがって飲まれる酒ということである。このように現在の県名を示唆する‘国’は21である。中には福岡の「国の香」や「国菊」のように‘国’という字を使いながらも日本を指しているものが8つあった。"日本酒は世界に冠たる国酒であり、香りと味は酒類の

中でも出色である。世界に誇れる日本の酒という意味をこめて
酒名にした。"「国の香」

表2

	数	銘柄(酒造元、県名)
国	21	「両国」［(株)角屋、宮城］「国の寿」［日野酒造(株)福岡］
日本	11	「日本橋」［横田酒造(株)、埼玉］「日本城」［(株)吉村秀雄商店、和歌山］
日本の意味	8	「瑞穂菊」［瑞穂菊酒造(株)、福岡］「八州鶴」［八州酒造(株)、長野］
やまと	5	「やまと桜」［(名)佐藤佐治右衛門、山形］「倭小槌」［伊澤本家(名)、兵庫］

「日本橋」は日本の街道の起点であり、日本の中心でもある日
本橋にちなんだものである。日本を表すものは日本の古称の「六
十余州」、「江戸錦」の'江戸'、「かほり鶴」の'かほり'などが含まれ
る。'大和屋善内'の屋号で酒造業を営んできたことにちなむ「大
和錦」、大和に秀でるという意味の「和香牡丹」等は'やまと'に含
まれる。こうして里から国へ、国から日本へさらに東洋の旨酒
を目指して名づけられているのである。

2. 人名

2-1. 人名

人名は107で、有名人45、娘18、美人12、姫6に人と関わる
もの11を合わせると計199例である。人名においてはほとんど

創業者・当主・蔵人・先祖・社長・親類・家族の姓名から取り入れられている。

表3のように姓と名、蔵元はほぼ同じ比率で見られ、大体姓名の中で一文字をとる形が半分以上である。富山の「吉乃友」は蔵元の吉田から、香川の「勇心」は4代目の徳山勇の一文字を取っている。江戸時代以前の創業も多かっただけに姓と名の区別がつかないところも大分の「弥生」（初代の弥吉）、福島の「又兵衛」（先祖の名）など12程あった。

表3

	数	銘柄
姓	26	「北の勝」（勝三郎、創業者）「いとう鶴」（伊藤浜兵衛、創業者）
名前	23	「るみ子の酒」（るみ子、跡取り娘）「宗味」（吉田宗味、創業者）
蔵元	20	「万寿一」（万寿十市川、蔵元）「宗花」（吉川宗吉、蔵元）
一文字ずつ組み合わせ	8	「廣喜」（廣田喜平治、創業者）「かち鶴一」（大向勝三郎、つる、夫婦）

表の他、杜氏と当主の名の組み合わせの場合、蔵元の姓である福田の'福'と創業時の杜氏である高橋友五郎の'友'を合わせたのが秋田の「福乃友」である。元治元年（1864年）創業の「八鹿」（大分）も先々代の'麻生観八'と杜氏'仲摩鹿太郎'の名前から一字ずつを取って酒名にし、蔵元と蔵人の協調精神を表しており、今も社風となっている。

　一文字ずつの組み合わせは創業者家族間のものが大部分であり、「千福」(広島)は初代の母'フク'と妻の千登の'千'の合わせで、「磯乃澤」(福岡)は創業者の父'磯吉'と母の名'サワ'の合わせによるものである。創業者や家族の姓・名が銘柄に刻まれている企業の精神は代々受け継がれている。例えば、2代目の「光栄菊」(栄吉、佐賀)や26代目の「金門」(金左衛門、茨城)などがそれである。

　人名の使用と比率が高いところは大分(7/25)、静岡(7/30)、茨城(9/41)で20％を越している。反対に青森・宮城・山形・東京・神奈川・鳥取・長崎は人名が全く使われていなかった。

2－2. 有名人物関連

　有名人物と関連した銘柄は豊臣秀吉10、徳川家康8、宮本武蔵4、頼山陽3、横山大観3、水戸黄門3、加藤清正2、織田信長2となっている。太閤秀吉の朝鮮出兵の拠点、名護屋城跡の近くに蔵があるのにちなんだ酒名「聚樂太閤」(佐賀)や「金瓢」(京都)、「天野酒」(大阪)などは豊臣秀吉と、「葵天下」(静岡)・「関東の華」(群馬)・「長擧」(愛知)などは徳川家康と関わっている。蔵のある大原町が宮本武蔵の誕生地であることから名づけられた「武蔵野里」や、剣豪として名高い武蔵が作州地方出身であることから名づけられた「作州武蔵」・「剣聖武蔵」・「宮本武蔵」の4つは共に岡山の酒であって姓名がそのまま銘柄に用いられた。琴平の地を江戸時代の儒者・頼山陽が訪れた際、中国の古都金陵(南京)を思わせるものがあるとして金陵と呼んだのにちなんで名づけられたのが「金陵」(香川)である。

　“酒造りは芸術なり”と言った横山大観の作品に対する姿勢と、「酔心」(広島)の先々代の酒造りに対する姿勢は互いに共鳴するものがあって酒名にも反映している。「越乃梅里」(新潟)は水戸黄門が諸国漫遊の折、越後のちりめん問屋の隠居と称していたことにちなみ、彼の号「梅里」から取ったものである。有名人物と関連しては武将の名が多く、他は画家・和尚・歌人・作家などである。和尚の「良寛」(新潟)、俳人の「芭蕉紀行」(三重)、歌人の「和泉式部の詩」(佐賀)、童話作家の「南吉の里」(愛知)がそれらである。

3. 動物

　‘鶴’が使われている数は75であって、“鶴は千年亀は万年”のうたい文句による影響が大きい。同じ名を避けるために‘鶴’の前に‘児島’や‘西条’などの地名、‘富久・福・高砂’等の縁起が良いもの、‘いとう・美保’など人名、‘沢・川’など水と関わりのあるもの、‘深山・山’などの山、‘舞・飛’等の姿態などあらゆる物を持って来て鶴を修飾している。逆に鶴を頭に持ってきたのは「鶴の池」・「鶴城」・「ツル正宗」・「鶴齢」・「鶴亀」・「鶴の友」の6であり、「仙禽」は禽が古語で鶴を意味するので鶴とみなした。兵庫県の西宮市に蔵を置く[ツル正宗酒造(株)]は昭和33年創業の際、古来日本に愛されて来た水鳥の‘鶴’と清酒の代名詞ともいえる‘正宗’を合わせて「ツル正宗」と名付けたのである。

　鶴と関わる動物としては亀・龍・駒(若い馬の意)・鹿が10ある。

表4

	数	銘柄(県名)		
鶴	75	「ツル正宗」（兵庫）	「美保鶴」（岡山）	「西条鶴」（広島）
亀	20	「神亀」（埼玉）	「能登亀泉」（石川）	「初亀」（静岡）
龍	19	「長龍」（大阪）	「飛龍」（福岡）	「雲龍」（埼玉）
駒	16	「菊駒」（青森）	「千駒」（福島）	「若駒」（富山）

　亀は神の使い・長寿のシンボル・末長く生きることから、龍はすべての生き物の王・雲を呼んで空を飛び天に昇るという龍の勢いにあやかって、駒は雄姿・勇壮な姿・雄々しいことで、鹿は長生の動物・春日祭の御神酒・"鹿寿千年にして白鹿となる"と言われる程のめでたさから各々名付けられたのである。

表5

鳥	数	銘柄(県名)		
鷹	14	「天泉朝日鷹」（山形）	「越の鷹」（福井）	「白鷹」（兵庫）
鳳	12	「金鳳」（島根）	「鳳鸞」（栃木）	「秀鳳」（山形）
鳥	10	「浜千鳥」（岩手）	「睦鳥」（岐阜）	「白鴻」（広島）

　鶴と同じ鳥類としては鷹・鳳・鳥等が挙げられる。表5の'鷹'の銘柄は、創業当時、日蓮峰に生息する鷹が朝日を浴びて蔵に舞い降りた縁起のよいこと・越前の蔵に鳥の王の鷹を合わせ越前の酒の王との意味・白い鷹は千年に一度現れる霊鳥と言われており、王者の品格と気品を備える鷹にちなんでそれぞれ名づ

けている。'鳳'は至徳の瑞兆として平安の昔から天子の御輿などに用いられた。'鳳凰'はよいことの前触れを示す鳥として日本書紀に記されている。「秀鳳」は、心をなごませる酒であるようにという意味である。'鳥'は三陸海岸に群れ飛ぶ清らかな風情は魚介との相性が抜群・この酒を飲んで仲むつまじく家庭円満になるように・おおとりが鴻図(大望)を抱いて大空に舞い上がっていく気概を表す目的でそれぞれ酒名に用いている。

　表4と表5で見れば'鶴・亀・鹿'は長生を、'鳳'は吉兆を、'龍'や'鷹'は王者を、'駒'は活気にあふれた様子を表していると言えよう。

4. 植物

4－1. 花

花は菊60、桜42、花29、華10、牡丹10等が含まれる。

表6

	数	銘柄(県名)
菊	60	「千代乃白菊」(栃木)「菊竹」(奈良)　　「三芳菊」(徳島)
桜	42	「御代桜」(岐阜)　　「白置桜」(鳥取)「太平桜」(福島)
花	29	「花心」(山形)　　「初花」(新潟)　「花の舞」(静岡)

　白菊のような清楚な姿と芳香を酒質に得させたいという思いと、昔から酒の異称として使われてきた'菊水・竹水'の名を合わせ、また、"その香芳ばしくその色淡くその味美しきこと菊の花

のごとし"という言葉を考慮して菊を持ってきた。この他、寒い天に咲く一輪の菊から、能楽で"菊の滴り、菊水に咲く一輪の菊から、菊水の流れ、泉はもとより酒なれば汲みては勧め、掬いては施し、わが身も飲むなり"と謡われることを踏まえ、'菊'を好んで使っている。

　'桜'は日本を代表する桜の花を指し、花の五弁の花びらを酒の甘・辛・酸・苦・渋の五味になぞらえられて「御代桜」、蔵元のある場所は日置郷と呼ばれ、春にさきがけて満開になる桜の名木があったことから「日置桜」、"太平の桜を愛でて酒をくみ"という句にちなみ「太平桜」と決めている。「桜川」という銘柄はなんと五つも存在する。栃木の「桜川」は蔵近くを流れる川の名、山形の「羽前桜川」は名勝地片洞門の桜川渓谷の名、福島の「桜川」は創業が桜町天皇のときで、その'桜'と地元阿武隈川の'川'を合わせたものである。茨城の「桜川」と岡山の「櫻川」は世阿弥の謡曲から一節を取っている。花は人の心を和ませるもの、蔵近くを流れる川岸に咲き誇る桜花の姿、五穀豊穣を願って行われる奉納祭りに各々由来している。「初花」のように花と書いてありながらその花が桜を指しているのは「国の花」(兵庫)、「花巴」(奈良)等五つある。このように'菊'は寒冷地で薫り高い品格を、'桜'は日本を代表する花としてさわやかさを、'花・華'は美しさを、'牡丹'は富貴を表している。

4-2. 木
"酒造りは米造り、米造りは土造り、土造りは水の守り、水の守りは木の守り”であって酒造りの原点を追及していけば、米に至り、土に至り、水に至り、木に至るという。現存する日本一古い蔵として知られる「郷乃誉」(茨城)［須藤本家(株)］の家訓は"木を切るな"だそうである。木類には松37、梅26、杉11、竹11等が挙げられる。

表7

	数	銘柄(県名)		
松	37	「松屋」(長野)	「松の友」(奈良)	「金冠黒松」(山口)
梅	26	「梅ヶ枝」(長崎)	「越後雪紅梅」(新潟)	「三重の寒梅」(三重)
杉	11	「三諸杉」(奈良)	「御山杉」(三重)	「杉並木」(栃木)
竹	11	「竹の国」(佐賀)	「御園竹」(長野)	「竹の露」(山形)

　酒造りの神を祀った松尾大社にちなんで「松尾」、常緑でめでたいとされる松を酒名に冠して「松の友」、祝いごとに欠かせない黒松にちなんで「金冠黒松」にした。黒松はその他「黒松翁」・「黒松仙醸」・「黒松稲天」等三つあり、黒松は古くから祝事に欠かせない慶びのシンボルであることからこの酒を飲んで更に幸せが訪れるようにとつけられた。「梅ヶ枝」は『万葉集』巻10におさめられている"梅が枝に鳴きてうつろふうぐひすの羽白妙に淡雪ぞ降る"の一節からとったもので、佐賀の「枝梅」は老舗の蔵元「窓乃梅」から枝分かれしたとの意味からの名である。「越後雪紅梅」は銀雪の梅、春のきざしを伝える雪国の風景を酒名に表したもので、「三重の寒梅」は百花にさきがけて咲く梅の姿と厳寒期の酒

造りを重ねて名づけられたものである。「雪中寒梅」・「宮寒梅」など‘寒梅’類は五つで「美濃紅梅」・「越路乃紅梅」などの‘紅梅’類3つを上回っている。

「三諸杉」は三輪山の別称で、杉は酒の神様大神神社の神木である。「御杉山」も伊勢神宮の御神木であって、「綾杉」・「神杉」・「鉾杉」も神木にちなんで付けられた。‘杉’においては実に半分が神木にかかわっている。気品ある酒造りを目指し、皇族を意味する「竹の園」、蔵元の家紋は‘竹に雀’で、酒のことを‘ササ’と言い、皇室を竹の園生と呼ぶことから「御園竹」、蔵のあるところが竹の産地であることから「竹の露」になった。奈良・平安の昔からめでたいものとされてきた‘松・竹・梅’には、いつまでも美しく(松)、たくましく(竹)、健やか(梅)であることを‘慶び’として願う人々の心が託されている。「松竹梅」(京都)はその三つの願いを一つにまとめたものである。このようなことから‘松’は常緑、‘黒松’は慶びのシンボル、‘梅’はクールさと色、‘杉’は神聖、‘竹’は酒、園をつけて皇室を表している。

5. 山・水

5−1. 山

日本の三大名醸地の一つである加賀は霊峰白山の山奥深く湧き出る清らかな理想の水質と風土から「萬歳楽」・「白山」(石川)を造っている。このように名山は名醸地・水郷・名水にも連なり、山を使っている銘柄は表10の他61ある。「太平山」(秋田)・「東山」(福島)・「立山」(富山)・「霊山」(熊本)などだが、これには

「北アルプス」(長野)のアルプス4、「鳳紋白嶽」(長崎)の‘嶽’4も含まれる。‘山’と言う字がはいっていないが山を指すのは「竜王」(滋賀)・「長老」(京都)・「比婆美人」(広島)・「打吹正宗」(鳥取)など28ある。「竜王」は竜王山、「長老」は長老岳、「比婆」は国立公園にも指定されている比婆山、「打吹」は倉吉市のシンボルである打吹山のことである。

表8

	数	銘柄
富士	23	「出羽の富士」(秋田)「旭富士」(岡山)「富士錦」(静岡)
男山	10	「北海男山」(北海道)「伏見男山」(宮城)「羽陽男山」(山形)

　‘富士’については、東北の名山である鳥海山の別称、日本の象徴とも言える富士山から朝日が昇る壮大な様子、蔵元が富士山の山麓にあって清らかさと豊富さでは日本一と言われる富士の湧水を仕込み水として用いていることなどを理由として23もの銘柄に使われている。「晴雲」(埼玉)・「万年雪」(岡山)・「白雪」(兵庫)等の6つも‘富士山’を表す。各々の理由として、「晴雲」は初代が富士山に登ったとき、曇った空が急に晴天に変わりその様子に感動したこと、「万年雪」は初代森田尚二が雪で覆われた富士登山の記念として、「白雪」は2代目当主が馬の背に酒樽を積み江戸へ運ぶ途中、白い雪を冠した富士の気高さに感動したことに由来している。また「ふじ菊」(岡山)は日本一の富士山にちなみ、二つとない酒、菊のように香り高い良酒であれと願ったもの、「ふ

じの井」(新潟)は藤塚浜の湧水を'不二の井戸'と呼んだことにちなんでの酒名である。

　京都府と大阪府の境付近の名所三川合流を挟んだ男山の山上には岩清水八幡宮が建てられている。江戸時代の初期、江戸で大人気を博したのが伊丹の酒、男山であって、蔵元の人が男山八幡宮に参拝した際、霊感を得たことから「北海男山」と名づけられた。また、源氏が氏神として信仰したという京都の男山にある岩清水八幡宮にちなんだ「羽陽男山」、「伏見男山」も創業者が京都伏見の男山にある岩清水八幡宮に祈願をした際、授かったことに拠るものである。'男山'はすべての酒の代名詞とも言われ、当時は名酒として誉れ高かった京都の男山八幡宮にあやかってのものである。

5－2. 水

　山口の「縄文屋久島」は、1988年から'名水100選'の一つである'屋久島縄文水'をわざわざ屋久島から山口まで取り寄せて仕込み、醸している。それほど'水'は大事にされているということだ。「清水」(新潟)も樹齢250年を超える老松が立ち並ぶ裏山に湧く清水に由来し、この水は環境省指定の'全国名水100選'に名を連ねており、酒質はそれを反映するかのごとく清らかな味わいである。全国名水に選ばれた蔵は上の2つの他、「若狭井」(福井)など10近くあり、それぞれの地域で誇りとされている。水と関連したものとしては'川'が一番多い64で、次いで'泉'の50、'井・水・露・沢'に続いて'瀧'11の順になっている。そのほか「琵琶の長寿」(滋賀)、「十和田正宗」(青森)等'湖'が7、「鶴の池」(岡山)など'池'は4つ出てくる。

表9

	数	銘柄(県名)
川	64	「岩手川」(岩手)　　「最上川」(山形)　「菊川」(兵庫)
泉	50	「那須野泉」(栃木)　「志太泉」(静岡)　「富士泉」(山口)
井	41	「黄金井」(秋田)　「若狭井」(福井)　「喜久玉の井」(福岡)
水	24	「掬水」(青森)　　　「芳水」(徳島)　　「上善如水」(新潟)
露	13	「金露」(兵庫)　　　「神露」(岡山)　　「香露」(熊本)

　実際に「岩手川」という名の川はなく、藤の井を流れる川になぞらえてつけた。反面、「最上川」は県の象徴でもあり、県下を流れる母なる川として1918年から酒名とし、今日に至っている。「菊川」は古来愛されてきた菊の栄と木曽川の悠久の流れを象徴して付けられた。'川'という字がはいっていない「越美眞名鶴」(福井)は眞名川を、「九頭竜」(福井)は九頭竜川を、「紀の鶴」(和歌山)は紀ノ川を、「簸上正宗」(島根)は出雲地方を流れる簸川の上流を指している。このように'川'の字を使わず'川'を示しているのは20ある。「那須野泉」(栃木)は清らかな水が豊富に湧き出る那須野ヶ原にちなんで、「志太泉」(静岡)は茶の産地として名高い志太野にちなみ、「富久泉」(山口)は蔵のある久富には昔からおいしい天然水があり、その久富の泉を酒名にした。神奈川の「巖乃泉」は旧約聖書の"モーゼが・・・巖を杖でたたくと泉が湧

き、人々のかわきをいやした”との一節から、酒でかわきがいやされればとこの酒名にした。初代の名菊馬から‘菊’を取り、蔵元が長湯温泉と言う温泉地にあることから名付けたのは「金匙菊泉」(大分)であって、ここでの‘泉’は温泉を意味している。鳥取の「山朝正宗」もラジウム含有量世界一を誇る山朝温泉から名前を取っている。

　「黄金井」(秋田)はその昔、坂上田村麻呂がこの地に立ち寄り、持参した黄金を埋めたという伝承に由来している。地名の‘黄金谷’もここから生まれ、そこに井戸を掘ったことから‘黄金’と‘井’を合わせたのである。「若狭井」(福井)は東大寺二月堂の井戸の名で、その水源は日本名水100選の一つの‘鵜の瀬’である。毎年小浜で‘お水送り’を行い、その10日後に東大寺で‘お水取り’が行われている。「喜久玉の井」(福岡)は、その地の井戸があまりにも水質の良いことから地元の人に昔から玉の井と呼ばれ親しまれてきたことにちなんだ酒名である。‘泉’の場合は酒名にもれなく‘泉’という字がついていたが、‘井’は4つほど井がつかないで‘井’を表している。「菱正宗」は製造場内に菱形の井戸があり、それを仕込み水にしていたことに由来し、「龍神」は酒造内にある井戸の名から付けられた。

　「掬水」は戦国時代の楠正成が戦いに臨む折、ご神水を掬い、身を清め、勝利を願ったという故事にちなむ。「芳水」(よしのみず)と漢詩で詠まれた日本三大河川の一つの吉野川沿いに蔵があり、酒名もそこから付けられた。「上善如水」は雪溶け水のようにさらさらと飲める酒という意味の酒名である。「神開」(滋賀)は

260年前に山村神社の神託によって良質の井戸水が得られたこと
に、「蘭亭曲水」(岡山)は奈良・平安時代から今でも各地で行われ
ている中国伝来の'曲水の宴'に由来する。

6. よく使われる字

6−1. 神社・天皇・天・神

　造り上げたお酒は神社の神酒として使われたり、天皇に献上
したり、地元の祭りや氏神をはじめ商売繁盛の神等に捧げられ
た。神社42、天皇32、天32、神21の順であるが神社と神、天皇
と天は重なり合うものもいくつかあった。

表10

	数	銘柄(県名)
神社	42	「大姫」(千葉)　　「大社福授」(島根)　　「楢の露」(福岡)
天皇	32	「御慶事」(茨城)　「菊花盛」(岐阜)　　　「御幸」(広島)
天	32	「天領盃」(新潟)　「天一」(三重)　「黒松稲天」(奈良)
神	21	「多聞」(兵庫)　　「神招」(岡山)　　「神聞」(滋賀)

　町内の鎮守に大宮神社と姫宮神社が合祀されていることから
この二つの頭文字をとった「大姫」や、福を授ける縁起のよい酒
という意味で出雲大社の御神酒「大社福授」もある。「津乃峰」・「お
福正宗」・「伊勢」等の八つは御神酒として奉納されている。「黄
金澤」・「宮の雪」・「廣田泉」等の20は神社の名そのままであっ
て、ほぼ半数に神社名が使われている。神社のほか「楢の露」は

宗像大社の御神木'楢の木'にちなむものであり、「八湖」は八鴨神社の祝詞の一節"湖の八湖の八湖路・・・"からとったものである。「御慶事」は大正天皇の成婚の折、それを祝してつけられたもので、「華燭」や「金婚正宗」も大正天皇の成婚を記念してつけられた。「菊花盛」・「菊天女」・「大典白菊」は昭和天皇の即位を記念して出された。「御幸」は明治天皇の行幸を、「栄爵」は大正天皇の大阪行幸の折に酒を献上したことを、「桃の里」は昭和天皇の巡幸を記念してつけたのである。32の銘のうち行幸記念6、即位5、成婚4であるが、天皇別に分けてみれば大正天皇に関わるのは9、昭和天皇は6、明治天皇は5となっている。

　「天領盃」は佐渡が江戸幕府直轄の地'天領'であったことにちなみ、「天領誉」・「天領」も同じ意を持っている。天下を表すのは「天下取」等四つあり、「天一」は創業地四日市の天力須賀の'天'と天下一品の酒の'一'をとったものである。その他「天眞雪政宗」は天真爛漫、「旭天祐」は天祐神助、「天穏」は経文の中の無窮天穏からそれぞれ2文字ずつ取っている。「多聞」は'信貴山縁起絵巻'で有名な奈良信貴山の守護神で、商売繁盛の神として知られる多聞天(毘沙門天)に由来する。「神招」は、神石郡が神の国と言われ、特に同地方が天照大神ゆかりの地という説からの銘で、金光教の本部がある町に蔵があって御神酒として使われていた「神露」は金光教の師が詠んだ歌の中からの銘である。福徳の神々を表す「七福神」(岩手)は上に挙げた「多聞」の他「天娘」・「福禄寿」・「羽陽典」・「寿老」に現れている。杜氏が造り出す酒ではあるが、時には'神'や'天'の力を借りて七福をもたらすよう祈ったの

である。それを御神酒として神社に、あるいは天皇に献上する
のは喜びであり、光栄なことでもあった。

6-2.　一・長・誉・千代・大

　クラシック音楽まで聞かせて出来上がった銘柄がその地元・
地域の先駆者になって、大きく発展・繁栄し、長く千代になる
まで愛飲されることを、良い評判を得ることを、誇りとしたの
である。一は37、長27、誉・千代・大はそれぞれ25となるが、
千と代は各々16ずつみられた。

表11

	数	銘柄(県名)		
一	36	「南国一」(徳島)	「天一」(三重)	「一正宗」(広島)
長	27	「国乃長」(大阪)	「万長」(京都)	「長珍」(愛知)
誉	25	「ほまれ」(石川)	「名誉冠」(京都)	「隠岐誉」(島根)
千代	25	「千代竹」(栃木)	「千代菊」(岐阜)	「千代雀」(佐賀)
大	25	「大盃」(群馬)	「大冠」(山梨)	「大鵬」(岡山)

　「南国一」は南国で一番になるように、「一正宗」は全国数ある
どの'正宗'にも負けない一番の酒でありたいと付けたものであ
る。古くから酒造好適米を産する穀倉地帯の庄内地方を象徴し
た「庄内一」、灘で一番うまい酒を目指す「灘一」から「会州一」、「本
州一」、「大東一」、「世界一統」に至るまで'一'は日本を越えて全
世界へ向かっている。古くから酒造の盛んだった摂津の国の一
番の酒にと「国乃長」、'万寿長命'から取り、健康と長寿を願う

「万長」、以前は提灯作りを生業としていたところから付けられたのが「長珍」である。長の場合も「南長」・「東洋長」等、最も優れている一番の酒の意味が9、「長生舞」・「長龍」等の長生きを指すものは8、その他は長者の「長老」、地名の「万里長」等三つに分けられる。熱心に酒造りに取り組み、地元の人たちに味や香りをほめられたので「ほまれ」、創業以来この酒が世人の高い評価を得、また各種の品評会にもたびたび入賞したことから誉れ高く「名譽冠」、一般公募で決まった隠岐唯一の酒銘は「隠岐誉」となる。誉の入っているものはほとんどが地域住民の評判が良かったことや、鑑評会での入賞、誇り高く名誉を重んずることから名づけている。

　「千代竹」は創業者の姓から竹をとり、千代に八千代に長寿福禄をもたらす意で、「千代菊」はロシア船の襲来で世情騒然たる文化年間に改名の際国の繁栄を祈願して、「千代雀」は雀の集めた米粒に雨水がたまって発酵し、酒が醸されていた所に酒蔵を建て末長く栄えるようにとの名である。「大盃」は万延元年に遣米使節として渡米した先祖が無事帰国して大盃で祝杯を挙げたことに由来する。「大冠」は昔中国の武官が出世した際にかぶった冠から祝いの出世酒として愛されたことに基づき、「大鵬」は翼の長さが三千里で、はばたけば九万里を一飛びという想像上の鳥'鵬'にあやかり、大きくはばたきたいということから名付けられた。'大'は「大潮」や「大英雄」のように大きさや偉大さを強調するものが多い。それに反して'小'の場合は「小富士」・「小鼓」等五つにすぎない。

6−3. 正宗・金・福・寿・喜

一番よく使われた字は'正宗'の58である。'正宗'の銘は仏教の経典『臨済正宗』に由来し、'正宗'(せいしゅう)は'清酒'に音が通じることから、いつ頃からか'正宗'と読まれるようになり、'男山'を上回る酒の代名詞のようになっている。「浪花正宗」には浪花(大阪の別称)の酒たらんとする思いが込められている。人は一代、名は末代という信念に基づき、酒を極めたいという気持ちから「一正宗」は生まれた。「櫻正宗」は清酒に'正宗'の銘を始めて用いた蔵として名高い。'正宗'の命名は天保11年(1840)のことである。明治17年商標条例の施行の折、'正宗'が普通名詞扱いとなったため、桜花一輪を配して酒名にしている。

福をもたらすと日本で信仰されている七柱の神は財宝のお金と幸福・財福の神、それから長寿・慶事の寿と関わり合っている。それらは人々に喜びと楽しみを与えている。金49、福39、寿36、喜25、楽17になるが、喜25の中には喜久8が含まれている。

表12

	数	銘柄(県名)		
正宗	58	「浪花正宗」(大阪)	「一正宗」(広島)	「櫻正宗」(兵庫)
金	49	「黄金澤」(宮城)	「金紋八雲」(島根)	「金正宗」(兵庫)
福	39	「福正宗」(石川)	「福寿」(兵庫)	「福無量」(長野)
寿	36	「千代寿」(山形)	「千寿」(静岡)	「富の寿」(福岡)
喜	25	「福喜久」(福井)	「喜一」(兵庫)	「喜美福」(広島)

　日本で最初の金の産地として朝廷より神社まで創建されたことに由来するのは「黄金澤」、素戔嗚尊の和歌の初めとされる“八雲立つ・・・”から引用したのは「金紋八雲」、古来通貨や財産としてまた権威の象徴として存在してきた金と清酒の代名詞ともいうべき正宗を合わせたのは「金正宗」である。他にも「金紋会津」・「金紋篠緑」等八つあり、金紋が好んで使われているが、金紋は、この言葉が単独で使われることはなく、上のように何かの前について修飾する役割になっている。同じ役割をしているものとして金紋の他に「金冠白菊」・「金匙菊泉」・「金瓢白駒」等17があり、金で出来ている印は昔から長持ちし、値打ちあるものと認識されている。

　‘福’の字は示(神)と畐(甕)からなり、祭りに参加した人々に配られる神酒の意味があることから、神の恵みを受ける正統派の酒という意味を持たせた「福正宗」、長頭の異形人‘福禄寿’の行くところ必ず富と長寿が訪れるという中国の故事にちなんだ「福寿」、『観音経』のなかにある‘福寿海無量’の言葉に由来する「福無量」等がある。幸福と長寿の‘福寿’は「福寿海」・「福寿松乃井」等5つ見られる。同じ福の意味を持つ「富久」は12あって、「富久舞」(石川)は人生・家庭・健康の富が幾久しく舞うようにと付けられ、滋賀の「美富久」は天然の美(自然の水)と伝承の久(技術の継承)を表現している。

　‘寿’とは古くは神社祭礼の御神酒を指すのであって、めでたさの総称として用いられた。それに千代を加えたのが「千代寿」、豊かさと長寿を意味し“仙人の不老不死の薬なれ、この家の酒は富の寿"と称えられたことから付けたのが「富の寿」、鎌倉時代、舞の名手として知られた伎女の名を貼り付けたのが「千寿」である。'寿'は大きく三つに分けられる。一つめは、「国の寿」・「若の寿」のようにめでたいことや縁起の良いこと・慶事を現すもので13ある。2つめは、「天寿」・「長寿不老」のような長生きと関わっているもので12ある。そのほかは東京八重洲に本社を置く「八重壽」の地名、「福寿松乃井」の'松屋'の屋号、「大刀の寿」の南北朝時代の肥後の豪族菊地武光が戦うとき血刀を洗った川の名などで11ある。「福喜久」は幸福と喜びが幾久しく続くように、「喜一」は売る人・飲む人・造る人の3者が喜びを一つにするという願いから、「喜美福」は君の幸福を願うという意味で字を当てたものである。

Ⅲ. 出典及び表記

1. 出典
1−1. 伝説(民話・故事)・古典・小説
伝説には民話・神話・言い伝え・話・昔話・物語・逸話・故事等が含まれて38、古典には『万葉集・日本書紀・土佐日記・古事記・古今集』等を入れて26、小説は近世以後のものが15を数える。

八岐大蛇伝説発祥の地であると言われることから大蛇を酔わせた美酒の里'八代'の間に'千'を入れて「出雲八千代」、孝行息子が酒好きの貧しい父のために滝の水を汲んで帰って見たら酒

だったという伝説のある'養老の滝'の近くに蔵があることから
「酔泉正宗」、豊年の瑞兆とされていた雪と雀が竹の切り口にた
くわえた米がいつしか酒になったという言い伝えから「雪雀」(山
口)が生まれたのである。「高野山天龍」と「乙女」も八岐大蛇の伝
説に依るもので、「金盃養老」・「金瓢養老」も養老伝説に、「金雀」・
「雲雀」(愛媛)も'雀の酒造り'にちなむものである。'故事'に由来
するものは8つあるが、「北冠」は征夷大将軍坂上田村麻呂が東征
の折、戦勝を祈願して愛用の冠をこの地(栃木)に埋めたという故
事から付けられたものである。「羅生門」は邪気を払い福を招く
という故事にあやかっての名である。

表13

	数	銘柄(県名)
伝説	38	「出雲八千代」(島根)　「酔泉正宗」(愛知)　「雪雀」(愛媛)
古典	26	「あさ開」(岩手)　「大英勇」(栃木)　「住の江」(茨城)
小説	16	「舞姫」(長野)　「男の一生」(愛知)　「鳴門秘帖」(徳島)

　『万葉集』の巻15、"朝びらきを漕ぎ出て来れば武庫の浦の潮日
の潟に鶴が声すも"より「あさ開」という名が付けられ、地元の神
社に祀られている『日本書紀』の'武勇伝'から「大英勇」、『土佐日
記』の'住の江の松'から「住の江」が生まれた。「満寿境」・「梅ヶ枝」
等9つは『万葉集』、「日高見」等3つは『日本書紀』、「土佐鶴」等3つ
は『土佐日記』、「八重垣」等2つは『古事記』、「六歌仙」等2つは『古
今集』が出典になっている。その他『太平記』の「高徳」、『早春賊』

の「早春」、『洞冥記』の「福徳雲井」、『本朝食鑑』の「諸白」、『後選和歌集』の「刈穂」等が見受けられる。「舞姫」のラベルの文字は小説『舞姫』を執筆した川端康成が蔵のために書いた直筆であり、「千羽鶴」(大分)も彼の小説から付けられた。「男の一生」は遠藤周作の、「鳴門秘帖」は吉川英治の小説名から取っている。「春の坂道」・「大番」・「まんさくの花」はテレビドラマの名にちなむものであるが、「春の坂道」(NHK大河ドラマ第9作)の原作は山岡荘八の小説である。「大番」も1956〜1958年の『週刊朝日』に連載された獅子文六の小説で、のちに加東大介主演で映画化される。小説ばかりではなく谷崎潤一郎の随筆『京の夢大阪の夢』からとったものが「京の夢」で、青柳裕介の劇画『土佐の一本釣り』の主人公の名からとった「純平」まで登場している。

1−2. 和歌・謡曲・俳句
歌(和歌)は27、謡曲22、句(俳句)17の順になっている。

表14

	数	銘柄(県名)		
和歌	27	「桑の都」(東京)	「敷島」(愛知)	「鳴り瓢」(福井)
謡曲	22	「萬歳楽」(石川)	「猩々」(奈良)	「櫻川」(岡山)
俳句	17	「若戎」(三重)	「桜一輪」(千葉)	「喜楽長」(滋賀)

　八王寺は絹織物の産地で桑の都と言われ、"浅川を渡れば富士の影清く桑の都に清嵐吹く"と詠んだ西行法師のゆかりの地でも

あることで、「桑の都」という名が付けられた酒がある。また、"しき島のやまとごころを人とはば朝日にほほふ山ざくら花"という本居宣長の歌から「敷島」、江戸末期の国学者で歌人の橘曙覧の歌"とくとくと垂りくる酒の鳴り瓢嬉しき者をさするものかな"より「鳴り瓢」にした。「敷島」のように歌の枕詞を使ったものは「白真弓」(岐阜)・「美壽久」(長野)等4つである。「萬歳楽」は謡曲'高砂'の一節"千秋楽は民を撫で萬歳楽は命を延ぶ"から、「猩々」は霊獣猩々が酒に酔い浮かれて舞う謡曲'猩々'から、「櫻川」も謡曲'櫻川'の一節からとったものである。「萬勝」・「高砂鶴」等6つはおめでたい謡(うたい)として結婚式に欠かせない'高砂'からとっており、夫婦愛・長寿の理想を表している。「此の友」・「月星」等5つは中国の潯陽江に住む想像上の酒好きの霊獣'猩々'にちなむものである。その他、「玉の井」は'玉井'、「三笑楽」は'三笑'、「黒松翁」は'翁'から来ている。芭蕉の"年は人にとらせていても若戎"という句と屋号の'戎屋'を合わせて「若戎」、服部嵐雪の俳句"梅一輪一輪ほどの暖かさ"より「梅一輪」、蔵の先祖が詠んだ"世のうきを知らぬいろあり喜楽長"から「喜楽長」という酒銘になった。句は芭蕉や子規等の有名俳人と蔵の初代や先祖・千代の人のものに半分ずつに分けられる。

2. 中国関連

中国と関わるものとしては漢詩13、故事12、伝説10、古典8、その他16である。

表15

	数	銘柄(県名)		
漢詩	13	「比翼鶴」(福岡)	「美少年」(熊本)	「李白」(島根)
故事	12	「南陽」(埼玉)	「鳳陽」(宮城)	「喜明」(茨城)
伝説	10	「蓬莱」(神奈川)	「菊水」(新潟)	「月の桂」(京都)
古典	8	「国士無双」(北海道)	「偕老」(奈良)	「楽心」(香川)
その他	16	「七賢」(山梨)	「四君子」(愛知)	「蘭亭曲水」(岡山)

　「比翼鶴」は白楽天の『長恨歌』にある“天にありては願わくば比翼の鳥とならん・・・”の句になぞらえたもので仲むつまじい夫婦鶴の意である。「美少年」は唐の詩人杜甫の『飲中八仙歌』の“崔宗元はさっぱりした美少年・・・”という一節に、「李白」は酒仙であった李白にちなんでつけられた。「和田志ら露」・「力士」も李白の詩、「明眸」は杜甫の詩の引用である。中国の南陽県に湧く不老長寿の霊泉の故事にあやかって「南陽」、唐書の『李善感伝』にある鳳の故事“鳳鳴朝陽”にあやかって「鳳陽」、“喜悦満杯明朗の酔”からは「喜明」をとっている。中国の伝説で不老不死の地と言われる蓬莱山に似た山が蔵の裏側にあったことから「蓬莱」、“菊の花を浮かべた酒は不老長寿のめでたい酒”ということから「菊水」、中国の伝説にある月の中に生えている五百丈の桂の木から「月の桂」を付けている。

　「蓬莱」は「蓬莱泉」等五つに見られ、伝説や故事に不老長寿・不老不死を求めているのが際立っている。「国士無双」は中国の古典『史記』の中で司馬遷が勇将韓信を天下に二人とない士と評したことに由来する。「偕老」は儒教の経書、五経の一つ『詩経』の中にある"偕老同穴"から、「楽心」は荀子の『楽論』から引用したものである。その他「七賢」は竹林七賢の彫り物から、「四君子」は中国で古くより蘭・竹・梅・菊が高貴な花として尊ばれてきたことから、「蘭亭曲水」は奈良・平安時代以後今でも各地で行われている中国伝来の'曲水の宴'から名付けられたものである。

3. 同音異義語

　同音異義語とは当て字のことであり、地名で17、人名13、屋号5、その他16、合わせて51にのぼる。

表16

	数	銘柄(県名)		
地名	17	「多満自慢」(東京)	「萬穣」(奈良)	「美の鶴」(広島)
人名	13	「辰泉」(福島)	「喜代娘」(三重)	「白木久」(京都)
その他	21	「天盃富士」(山形)	「萬壽玉」(大分)	「喜久司」(福岡)

　「多満自慢」は'多摩'の心をうたいつつ'多摩'の自慢になるよう多くの人々の心を満たすという事から、「萬穣」は地元の地名'番条'と、酒を樽詰めするときに使う'番匠槌'、'万の豊穣'とを組み合わせて、「美の鶴」は地名である'御野村'(みのむら)と縁起のよい'鶴'とを組み合わせて名付けたものである。初代竜三の名にちなみ'竜'と同音で昔から強くて縁起が良いと言われる'辰'にかえたのが「辰泉」であり、蔵元の姓清水の'清'を'喜代'ともじり、清

らかで長く愛される酒にと「喜代娘」に、蔵元の姓'白枚'から「白木久」にした。その他、「天盃富士」は屋号の'藤屋'に、「愛乃澤」も屋号の'相沢'に、「萬壽玉」は俳号の'子玉'(ますたま)に、「喜久司」は蔵元に栽培されていた菊に由来する。滋賀の「湖東富貴」(ことぶき)は'寿'から改名したもので、「鯉川」は湯殿山の別称'恋の山'の名に出世の象徴である鯉を当てたものである。

4. 表記・字数

4−1. 表記

　表記においては、漢字の使用が圧倒的に多い。漢字のみの銘が1214あり、全体の82.1％を占めている。それに漢字と平仮名・片仮名の組み合わせをプラスすれば98.8％になり、漢字抜きの酒名は考えられないほどである。平仮名のみ使われているものは「ななかまど」・「わかさ」・「ねのひ」等16で、「天の戸」・「千代の光」・「越の柏露」等漢字と漢字の間をつなぐ役割をする平仮名'の'が使われているものは151であるが、「わしの尾」・「まぼろしの酒」等8つは平仮名ともつながっている。'の'以外の平仮名が一字入っているものは「忍ぶ川」・「夜明け前」・「君が旗」等12の酒で見られる。

表17

表記	数	割合	銘柄
漢字のみ	1214	82.1％	「京美人」「鳴門秘帖」
漢字の漢字	151	10.2％	「天の戸」「千代の光」
漢字＋平仮名	70	4.7％	「津軽じょんがら」「助さん格さん」
平仮名のみ	16	1.1％	「ななかまど」「わかさ」
片仮名のみ	1	0.07％	「ヤエガキ」
片仮名＋漢字	17	1.1％	「オバステ正宗」「ダイヤ菊」

　この他漢字と混ぜられているものは「津軽じょんがら」・「助さん格さん」・「玉つるぎ」等50ある。これら平仮名を使用しているものを皆合わせてみると229、全体の15.5％に達する。それに比べて片仮名のみ使われているものは「ヤエガキ」の一つだけである。片仮名の'ノ'は「一ノ蔵」・「紀ノ川」等2つ、'ノ'以外の片仮名が一字入っているものは「七ツ星」・「梅ヶ谷」等4の酒で見られる。片仮名と漢字が混ぜられている銘は「オバステ正宗」・「ダイヤ菊」・「トップ水雷」等11ある。この他漢字＋片仮名＋平仮名の形は「伝ベエさんの鬼ころし」・「北アルプスからの風」の2つ、片仮名＋数字の形は「ロシオ・41」の一つである。このように片仮名が使われている銘は皆合わせて22で、全体の1.5％に過ぎない。

　'数字'は「千年一」、等の'千'が17、「三立」等の'三'が14、「万里長」等の'万'が12、縁起が良いとされる末広がりの'八'が10の順で表れている。'千'と'万'は"鶴は千年、亀は万年"によるものが大きい。「ロシオ・41」の'41'は精米歩合を表し、「三十六人衆」は自治組織に由来する。

4−2. 字数

表18

字数(字)	1	2	3	4	5	6	7	8	9	10
例	6	550	589	241	63	22	2	3	1	2
割合(%)	0.4	37	40	16	4	1.5	0.1	0.2	0.07	0.1

　1479の銘柄を字数で分けてみると一字の「曙」(福島)・「壽」(山口)等から十文字の「福岡吟醸まぼろしの酒」・「伝ベエさんの鬼ころし」(京都)まである。三字が一番多い40%で、二字のものと合わせれば全体の77%を占めている。六字以上は「北アルプスからの風」(岩手)のように平仮名や片仮名混じりが大部分であり、それによって長い銘柄になっている。あまり長いものは書くにも憶えるにも不便なので六字以上は30の2%に過ぎない。しかし短ければ良いということでもないらしく、一字のものは6に止まっている。一文字では表しきれないからであろう。大体の銘柄は二字から四字が大多数を占めている。

Ⅳ. おわりに

　雪解け水の豊富な名山の渓流、鉄分が少なくリン酸塩とカリウムが多い'宮水'のような'名水百選'に選ばれたところ、酒造りの適米と言われる'山田錦・美山錦・五百万石'が採れる米どころなどが名酒造りに良い条件の場所となる。そのため銘柄によって土地柄を知らせる必要があり、気候・土壌等の自然環境がある程度表れている‘地名’が一番多く使われ、282で全体の19%に達する。寒冷な雪国のイメージの‘北’という文字を使っている酒名の数は、‘南’や‘西’を使っている酒名の数を遥かに上回る。また、地名に関しては、昔ながらの名醸地のブランドとして名高い‘灘’・‘男山’の他、日本国の国名も出てくる。狭くは蔵元の町名から市名、広くは県名・国名まで現れる。その中には藩名等の旧地名も含まれる。

　‘水’に関係する言葉は‘川・泉・井・水・沢・灘・湖’等215と、全体の15%にもなる。数字で分かるように、酒造りにおける‘水’の役割は言うまでもない。「榮川」・「越乃景虎」・「谷桜」等は‘名水百選’に選ばれた水を使うことを前面に出して消費者に訴えている。大阪の「一等国」の場合、仕込み水として六甲山系の‘宮水’をタンクローリでわざわざ運んでくるほどのこだわりをみせている。

　次に、"手をかけることによって酒に心が通い対話することが出来る"「豊祝」のように手をかける人を含め、人名は13.5%を占める。人名には創業や経営に関わる人の姓・名が多く、また蔵人・襲名も含まれる。一文字ずつ取って組み合わせたものも数多く見られる。中でも創業者と杜氏の両方の名から一字ずつ取り、労使協調を図っているところが目を引く。有名人物としては‘豊臣秀吉・徳川家康・宮本武蔵’らの武将が大勢登場する。蔵元・蔵人以外の一般人としては男性よりも女性の名が多く見られる。お酒を飲むときの相手を選ぶとすれば、男の人だったら将軍等の大物、女の人だったら娘・美人・姫ということであろう。

　縁起の良い鳥類や動物は176と全体の12％である。長生きする動物の代表とも言える亀・鶴を始め鹿・龍・駒(馬)・鷹・鳳等は吉兆・王者らしさ・雄々しさのシンボルになっている。'花'はおおよそ'菊・桜'であり、香りがよく、気品もあり、日本を代表する花として認識されている。藤・蘭・牡丹等を入れ、花の名を使ったものは全体の11％の163である。

　'木'の名を使ったものは'松・梅・竹・杉'であり、102と全体の7％である。'松'は常緑・祝い事や喜びの象徴、'杉'は神木として、'梅'はクールさと色、'竹'は皇族の意が内包されている。また、'山'は5％の73となる。酒名における山といえば厳しい寒気に清澄な雪に恵まれるアルプスの連峰か"一富士、二鷹"の富士山である。富士山の'富士'という名は日本の四年制大学名・短期大学名は勿論、会社名・銀行名・映画名・ドラマ名・歌謡名・文学作品名・動物の愛称等あらゆるところで見られ、名付けにおいて欠かせないものと言えよう。

　よい水・よい米・よい自然環境で造り上げたお酒は時には御神酒として、あるいは御免酒・御前酒に使われ、天皇や神に献上された。国の慶事、すなわち天皇の成婚・即位・行幸を記念したり、酒の神・酒造りの神に捧げられたりした。七福神の名を借りてきて'幸福・財物・長寿・喜び'をもたらすようにと願われたりもした。音楽を蔵内に流し'音楽醸造酒'と称するところも見え、音楽の波動・振動が発酵に有効に働くと共に蔵人・社員の心まででもなごませ、思わぬ効果があったと言う。

　'意味合い'は'伝説・神話・民話・故事・古典・小説'からも見

出せる。『万葉集』・『古事記』・『日本書紀』、八岐大蛇・鶴の恩返し・雀の酒造り・オバステの話まで好んで引用している。特に徳富蘆花の『自然と人生』の短編題である「雨後の月」(広島)は銘柄の美しさもあって女性に人気があり、メニューを見た女性のほとんどがこの銘柄を指名するそうである。‘和歌・俳句’は大伴家持・松尾芭蕉等よく知られた歌人・俳人のものが半分で、残りは創業者や蔵と関わる人のものである。‘謡曲’は‘高砂’からの引用が40％になり、結婚式のめでたい事や夫婦愛、長い寿命の理想が表れている。中国と関連したものは‘漢詩・故事・伝説・古典’などであって、‘漢詩’は李白・杜甫、‘古典’は『四書五経』、‘伝説・故事’は‘蓬莱’によるものが半分を占め、‘伝説・故事’からは不老不死・不老長寿を求めている。

　同音異義語の当て字は51であり、縁起の良いとされる意味合いのものを当てたのが大半を占める。その他「君司」は荘厳な響きの王者の意味で、「無手無冠」は無農薬米が原米で無添加と語呂を合わせ、地のままの田舎の酒の意味である。北陸の海、北陸の名醸地の意で「北洋」(きたなだ)としたが、読みやすいように戦後「北洋」(ほくよう)にするなど読み方と発音に気を使うところが増えてきている。「美波太平洋」の‘美波’は‘びば’とも読め、イタリア語のビバ(万歳)にも通じる語である。「ロシオ・41」の‘ロシオ’とはイスパニア語で‘白露・雫’を意味する語である。「とらじの唄」の‘とらじ’は桔梗に当たるが、‘とらじの唄’は‘アリラン’に次ぐ韓国民謡である。この他、“この酒はまことにけっこう”の意の「善哉」は梵語よりきたもので、酒銘の中にはいくつかの外国語が混ぜられている。青森の「じょっぱり」は津軽弁で頑固一徹者のこと、「樽平」(山形)は気持ちよく酔った様を昔の人が呼んでいた呼び名、「やかれたれ」(三重)は口うるさい人の意で、方言も外国語と同様、数は少ないが使われている。

　表記においては'漢字'のみのものが全体の82％と主流を成し、漢字が一字も入っていないものは全体の1.2％にすぎない。'平仮名'のみの銘は16、平仮名が'の'の一字(漢字と漢字をつなぐ)だけ入っているものは151で全体の10％、平仮名が使われているものは229で全体の15.5％に達している。それに比べて'片仮名'のみはたったの一つで、片仮名を使っているものは22の1.5％に止まっている。銘柄で見る限り、全体の主軸は漢字になっており、片仮名の参入・使用は強く抑えられている格好である。

　日本酒銘からは日本の伝統文化に接することも出来る。「竿灯」(秋田)・「天神囃子」(新潟)等の祭りが楽しめ、「東力士」(栃木)・「西の関」(大分)等では相撲も見られる。祭りや相撲の後、ラジウム含有率世界一を誇る三朝温泉の「三朝正宗」(鳥取)等を味わうことも出来るのである。「王舎城」(島根)・「四天王」(愛知)等では仏教に、「金光賀眞」(岡山)等では金光教に、「黒松稲天」(奈良)では天理教に触れることができる。各種の神々にも出会える。「松尾」は酒の神、「相生盛」は酒造りの神、「白龍」は海の神、「神招」は天照大神、「ハチ予」は出雲大社の祭神、「辨天娘」は諸願成就の神に繋がっている。創業当時の元号も「天文」・「永楽」等5つあるが、みな明治期以前のものであって蔵の古い歴史を証明するかのように見える。耳をすませばモーツァルトのクラシック曲の他、「長良川」(岐阜)ではシンセサイザーの音、雅楽の「太平楽」、伊勢神宮の「神楽」までも聞こえてくる。

　このように日本の文化が溶け込んでいる日本酒(清酒)は昭和期に活発な併合が行われた。また数十社が集まって共同銘柄をも出している。1970年代後半からはアメリカへ進出し、これからはヨーロッパへ進出したいというところである。その度に新しい名を付けることになる。だが日本酒の銘柄は漢字一色になっていてあまり変わっておらず、変えようとしない。ローマ字表記も一つも見当たらない。古くからの伝統を守り続け、片仮名はなかなか近寄ることが出来ない。日本酒銘の基本はあくまでもどこで誰が造るのかという地名・人名であり、自然に恵まれた山や水、酒造好適米となる。それから縁起の良い動植物名を探す。見つからない場合は古典・小説・伝説・神話・故事・和歌・俳句・謡曲等からも引っ張り出して、七つの福をもたらすようにと名付けられるのである。

終　章

　以上、ジャンルごとに、命名のパターンを題目・主題の点から考察し、字種の流れ・使用頻度の高い字などをも分析しつつ、その実態を明らかにしてきた。

　動物名(愛称)には人名・植物名・地名のほか、種の名の一部から取ったものや、外国で付けられた名前をそのまま用いるケース、また、季節から取った名前や動物の体の特徴をそのまま使って呼んでいるものがあった。名付けの特徴として、オスは「太郎・タロー」、メスは「サクラ」という名前が多く与えられていた。また、「チイチイ」や「シャンシャン」など、二重の反復音による名前もよく見られた。そして、日本文化の象徴である「富士・フジ」が好んで用いられ、「富士」と切っても切れない関係にある「雪」も同様に頻度が高かった。なお、「桜」と「冨士」については他のジャンルにも同様な傾向が存在することが指摘される。

　商号(社名)は日本の景気と密接な関係があるようで、好景気の時に変更されるケースが多く見られた。変更された商号の特徴としては、短縮化(主に頭文字を取っての造語)・カタカナ化のほかに、ローマ字化・抽象化などが挙げられるが、これらを調和・総合したものもよく見かけるところである。造語の幅が広がりでは、英語・独語・仏語はもちろんのこと、中国の故事成語からラテン語・ギリシャ語までも導入・応用して新しい商号づくりに取り組んでいるのである。そして、外来語の頭文字を取ったり、韻を踏んだり、ブランド名を商号と一致させたりして、国際化をめざしている。しかし、いずれにしてもそれは、いわば「内的な国際化」にすぎないといえるであろう。

　日本の歌謡をその曲名に表われた題目別に分けて見ると、人称、地名、霧・夜・月などの自然現象、唄・歌、花・木などの植物の順になる。人称においては女が男よりしきりに登場している。地名は東京や大阪など人々が集まる賑やかな所に歌謡曲名も片寄る傾向がある。さらに、歌謡曲では特に雨や夜や夜霧が好まれているようだ。唄・歌の中には、小唄、子守唄、悲歌、演歌、ソングなどが含まれている。なお、生活に余裕の出てきた1970年代に目立って花が登場している。そこには時代の風景が映し出されているのである。

　日本の大学名で地名が占める比率は国立97%、公立100%、私立61%、平均71%と高い数値になっている点からみて、地名抜きの大学名は考えられないと言えよう。近年は校名に漢字一色から離れて学生たちにアピールするためにひらがなとカタカナが用いられる傾向が存在する。また、教育性を高めるため日本の古典、故事成語や中国の古典、さらには「聖書」にまで目を凝らして名前を探し求めている。そして、歴史を重んじ、縁起の良さを期待する心理から、年号を校名に用いた大学が12校ある。なお、短期大学名は国立・公立のすべてが地名(広域名・都市名)を取っており、私立の場合、地名を冠して、「地名十専門分野」型の校名を用いている。設立者の名前を含むものもあるが、そのパターンは退潮のきざしをみせ、代わりに聖母マリア・殉教者・聖人が多くの校名に用いられて宗教的色彩を帯びつつある。また、知行合一を掲げた吉田松陰や、「和」の精神を重んじた聖徳太子を理想的モデルとして、彼らの名前の一部を校名に付けているところも多い。

　明治から大正・昭和を経て平成に至るまでの年度毎のベスト10を中心に選定した日本映画作品の主題について、題名から分類してみると、男・女など、性を表す言葉を含めた人称についてのものが23.8％、具体的な人名が11.1％、雨・雪・風・太陽などの自然現象を表すものが10％、人間同士のあるいは国家間の争い・戦争を描いたものが8.0％、人々の住んでいる地域名が7.5％、という順になった。映画名は、歌謡曲名やＴＶドラマ名に比べて、人と人の間で起こる争い、あるいは国家間に生じる紛争を人間中心に描き出したものが多いのである。

　新聞の題号で目立つのは都道府県名である。新聞名は地域性を強調すると同時にその県を代表しているとも言えよう。都市名を取ったものは地方自治団体45のうちの33例であるが、都道府県名と都市名の両方が重なる場合もある。また広域地名や旧地名を取り入れたものも見られる。地名の後は必ずと言って良いほど、〜新聞、〜日報となる。一番多いのは「〜新聞」である。ついで「〜日報」、そして、「〜民報、〜新報、〜時報、〜タイムス」などがある。表記は特徴的で、ほとんどが漢字を使い、漢字依存率95％という極めて高い数値になっている。

　広告企画・制作会社が社名を付ける方法としては、設立当時の創業者によって決められる場合が多いが、主要メンバーや理事会を通して行われることもある。ただし、時にはいくつかの候補名の中で激論の末決定するが、会社の性格上、デザイナーに委ねる場合もある。格調の高い表現、独創的発想が要求される広告の世界での社名は、インパクトがあるか、アイデアはよいか、創造的であるか、記憶に長く残るものか、発音はしやすいか、などの点をチェックしつつ、表記では、カタカナを多く用い、現代的で新しい印象を与えようとしていることが確認される。

　ＴＶドラマでは作る側も見る側も同じ時代の空気を吸っている。ドラマは時代の所産であり、我々を映す鏡でもある。ドラマの題名は、人称、人名、地名を冠しているものが多いが、その主題については、いわば当然であるが、「恋」と「愛」に関するものが圧倒的である。人と人との間の恋しい心(恋・愛)の詩を記すのがドラマというわけである。表記については様々であるが、近年においてはカタカナと英語の使用が際立っている。

　日本酒名では新潟県の銘柄が最も多い。日本酒の銘柄は漢字一色になっていて、漢字のみの名が82％、ローマ字表記は一つも見当たらない。古くからの伝統を守り続け、カタカナはなかなか近寄ることが出来ない。日本酒名の基本はあくまでもどこで誰が造るのかという地名・人名であり、自然に恵まれた山や水、酒造好適米、そして縁起の良い動植物名ということになる。古典・小説・伝説・神話・故事・和歌・俳句・謡曲などから名を取り、七つの福をもたらすようにと名付けられるのである。

通底するもの

本書で対象にしたジャンルに関して、その主題別分類でみた名づけに共通するものはまず「人称」・「人名」といった人にかかわるものであり、次はその人々が住んでいる「地名」であった。さらにはその地を取り囲む「自然」環境がある。そこには花・木などの「植物」、鳥類などの「動物」が共存している。

字種の流れとしては、全般的に表現力・情報力において優れている漢字が主軸になっており、意味や地域性の重視される大学名・新聞名・日本酒名においては、依然として漢字の比重が高い。日本酒名では銘柄のほかに、父の日に「おとうさんありがとう」、母の日に「おかあさん長生きしてね」といったパッケージのもの(非銘柄)も発売するなど、ユニークなネーミングとコンセプトで新しい販売方法を展開している。ひらがなは、視聴者にアピールしやすく親しんでもらうために、ＴＶドラマ名・映画名でよく使われている。しかし、時代を先駆ける広告企画会社名・制作会社名や、動物園の動物名(愛称)では、カタカナ語化という流行の波に乗っている。「命名」も「ネーミング」と名を変えたのである。ＴＶのコマーシャル・新聞の広告欄はすでにカタカナ語と英語の波に呑み込まれている。カタカナ語や英語は、新鮮さや国際性に溢れ、現代感覚に合う、しゃれた感じがするといった理由でどんどん増えている。また、記号と数字の使用の増大という状況もある。ここにも日本語の危機が感じられるのである。

　桜の花言葉は、日本では「富と繁栄」とされている。桜・さくら・サクラは和歌など文学作品だけでなく、さまざまな芸術・文化の中でそのテーマやモチーフとされ、日本文化を象徴するものとして扱われている。「富士」は「桜」に次ぐ重要なモチーフである。富士山、はさまざまな伝説や富士信仰を生むなど、国民的象徴として崇敬を集めている。

分野	桜	富士
動物名	マサイキリンの♀「サクラ」 インドゾウの♀「サクラ」	タンチョウの♂「富士雄」 ライオンの♂「フジオⅡ」
会社名	「さくら」「さくら銀行」	「富士通」「フジコビアン」
歌謡名	「同期の桜」(1972)	「その名はフジヤマ」
大学名	「桜美林大学」(東京)	「富士大学」(岩手)
短大名	「桜の聖母短大」(福島)	「富士フェニックス短大」(静岡)
映画名	「桜の園」(1936・1990)	「血槍富士」(1955)
ＴＶドラマ名	「マリの桜」(1980)	
新聞名		「夕刊フジ」(1969創刊)
日本酒名	「御代桜」(岐阜)	「出羽の富士」(秋田)

　よく使われる字としては、「桜」「富士」に続く第3の字として、「和」が掲げられよう。「会社名／大学名／短大名／ＴＶドラマ名／広告企画・制作会社名」に共通して出現しているが、この「和」

は、聖徳太子の十七条憲法での「以和為貴」を基本とするものである。特に、女子大学の多くは、ひたすら「和」を持って教育に臨み、「和」の徳目を大事にしているということが本書では確認された。日本での名付けにおける基本的な要件(キーワード)の一つとして、「桜」「富士」、そして「和」がある、という点を指摘することができるのである。

<u>今後の課題</u>

　木通隆行氏は、『ネーミングの極意』(筑摩書房、2004)のなかで、ヒット歌謡曲の歌い出しの第一音がどんな音で始まるかを調査した結果を報告している。そこでは、ア列音が49.3%、オ列音が19%、イ列音が17%、エ列音が2%であり、「歌謡曲の売れ行きは歌い始めの一節で決まる」と言われることを実証しつつ、言語表現において語の音を重視する「音相」理論を提唱している。

　最近の名付けの流れの中で新たに注目されるのが、オノマトペの増加、音相の重視である。名の研究も意味から音の方へも進めるべきであろう。語感・語呂・響きなども視野に入れて。本書では、社名(商号)と日本酒名の分析のなかにおいてのみ字数・拍数に触れたのであるが、音に関してはほとんど触れることができなかった。

　命名における「音相」とのかかわりをこれからの課題としたい。

あとがき

　2007年6月に行った名前の由来に関するアンケートの調査結果(大阪府民各世代対象)によれば、「美由紀」は故郷の和歌山県の紀ノ川から、「泉」は父親の勤務地から、「正渡」は親夫婦の思い出の場所、といった地名に由来しているという。人名由来のものとしては、「康夫」(40代)が徳川家康にあやかって「康」の一字を取り、「裕介」(20代)が尊敬する先輩の一字を採用した、などがある。そのほか、先祖・祖父・父・母の名から一字を取るといったケースも多い。この一字取りは注目される現象である。なお、名づけ親としては父親が多いのであるが、神官・お坊さん・姓名判断(占い師)・会社の社長・親戚などもある。

　「茂子」(60代)は富士山に因んで松が茂っているという理由で付けられたという。霊山はもちろん、「那月」(幼児)・「輝星」(幼児)・「重春」(50代)なども自然現象に関わっている。4月生まれの「羽田桜」(幼児)、雑草の中に清楚に咲いている様子に感動して付けた「菊枝」(70代)、成長するイメージの「重樹」(30代)などは植物に関連する。また、みんなからの愛情に包まれるようにと、「愛」(幼児)、「愛海」(幼児)などもある。

　字種においては、「メイ」(幼児)といったカタカナ、「かい」(幼児)・「みどり」(40代)・「あゆみ」(30代)といったひらがな表記が目立つ。よく使われる字は、「美」、「幸」、「朗」、「由」、「正」の順であり、そこには、美しく育って幸せになるようにとの願いが込められていよう。名づけにおいて重視されるのは、字画、願い事、意味、ひびき、女らしさ、読みやすさ、男らしさ、の順であった。

　名は時代の産物であり、時代を映す鏡の役割をも果たしている。人名の変遷・変化を追うことによって、日本の各時代相が明るみに出てきた。「～子」は20才までは一人もないが、30代以上には広く分布している。また、「翼」・「樹」などの一字名は20代までであって、30代からは一例しか見つからなかった。「万里子」(30代)は大阪万国博覧会が千里で開催された折の名であり、「太一郎」(60代)は太平洋戦争中に生まれたことによるものである。「香代子」(30代)は当時の歌手の名前を意識してのものである。時代の流行を反映しているのだから、名は時代の空気を一緒に吸っているということになる。

　その名もけっして永遠不変のものではない。「西尾由子」は病弱であった時に姓名判断により思い切って改名した名だそうである。「午郎」は不運が続いたため、「種男」は友人から冷かされたため改名を検討しているという。「会社名」なども同じことであって社名と業務内容の不一致・社名とブランド名の一致・ブランド名とシンボルマークとの合致といったことを視野に社名の変更をしている。「大学名」では学部開設(増設)・男女の共学・

地名の取り込み・年号の使用・イメージ刷新などから改名が行われる。

　本書では改名までを扱ったのであるが、改名後のことが課題として残る。

　かつて日本文化学を専攻していた著者は、社会言語学者真田信治先生の授業を受け、日本文化を洞察するための一つの方法として、日本における命名法の解明がある、ということを学んだのであった。そのお教えに導かれ、今日まで遅々たる歩みではあるが、日本における命名の諸相についての調査研究を進めてきた。本書はその研究完成への一里塚としてのものである。
　現段階において、筆者は、日本文化の深層の一斑は確かに把握することができた、と考えている。
　ここに改めて、真田先生に、心からの感謝を申し上げる次第である。

■ 参考文献 ────────────────────────────

[序章]

真田信治編(1987)『命名の諸相－社会命名論データ集（Ⅰ）－』大阪大
　　　学文学部社会言語学講座

[第1章]

寿岳章子(1990)『日本人の名前』大修館

河野貴子(1985)『日本の動物園物語』ぎょうせい

　－資料－

　「王子動物園収容動物一覧表」(1992)

　「神戸市立王子動物園飼育動物個体名一覧」(1992)

　『大阪市天王寺動物園ガイドブック』(1991)

　「天王寺動物園ペットネーム一覧」(1992)

　「宝塚ファミリーランド個体名」(1992)

　「札幌市円山動物園動物愛称一覧表」(1991)

　「福岡市動植物園愛称一覧」(1991)

　『東京都上野動物園事業概要』(1991)

　＊ 資料収集、および資料作成に関しては、王子動物園の橋本昭一
　　様・浜夏樹様、天王寺動物園の長頼健二郎様、宝塚動植物園の荒
　　木薫様、そして、京都市動物園の技術係の方々にお世話になっ
　　た。

[第2章]

安藤貞之(1988)『ネーミングは招き猫』ダヴィッド社

金田一春彦他(1988)『日本語百科大事典』大修館書店

壽岳章子(1990)『日本人の名前』大修館書店

日本経済新聞社編(1969～1994)『会社年鑑　上場会社版』全26巻　日

　　　　本経済新聞社

森岡健二・山口仲美(1985)『命名の言語学』東海大学出版会

[第3章]

浅野純編(1996)『歌謡曲のすべてベスト1064歌謡集』全音楽譜出版社

浅野純編(1996)『全音歌謡曲大全集』全音楽譜出版社

古茂田信男ほか(1994)『新版日本流行歌史上』社会思想社

古茂田信男ほか(1995)『新版日本流行歌史中・下』社会思想社

ドレミ楽譜編(1997)『昭和のうたBEST222』ドレミ楽譜出版社

NHK編(1991)『日本のうた・ふるさとのうた100曲』日本放送協会

[第4章]

青山学院編(1970)『青山学院九十年史』三五堂

朝日新聞編(1995)『96大学ランキング』朝日新聞社

甲南女子大学編(1990)『甲南女子学院七十年のあゆみ』六甲出版

梧桐書院編(1996)『1997年版　全国大学案内』梧桐書院

上智大学史料編纂委員会(1982)『上智大学史料編第2集上智大学』ぎょ
　　　　うせい

鈴木正彦編(1977)『和洋学院八十年史』第一印刷社

第一法規出版編(1985)『昭和61年版　国立大学ガイドブック』第一法規
　　　　出版

阪南大学編(1990)『阪南大学創立25周年記念誌』ぎょうせい

明治学院編(1982)『明治学院百年史』三五堂

[第5章]

イミダス編集部編(1995)『imidas1996』集英社

大阪信愛女学院編(1984)『信愛百年－遥かなる光への道』大阪信愛女学院

梧桐書院編集部編(1996)『全国短期大学案内　1997年版』梧桐書院

日本私立短期大学協会編(1995)『短期大学教育』第52号日本私立短期

　　　　大学協会

水谷修・細川英雄・佐々木瑞枝・池田裕編(1995)『日本事情ハンド
　　　　ブック』大修館書店

文部省編(1996)『平成7年度　教育白書』大蔵省印刷局

矢野恒太記念会(1996)『日本のすがた1996－表とグラフでみる社会科
　　　　資料集』国勢社

歴史学研究会・日本史研究会編(1985)『講座日本歴史』東京大学出版会

[第6章]

キネマ旬報編(1976)『映画40年全記録』キネマ旬報社

キネマ旬報編(1995)『日本映画オールタイムベストテン』キネマ旬報社

キネマ旬報編(1997)『戦後キネマ旬報ベスト・テン全史』キネマ旬報社

佐藤忠男(1995)『日本映画　300』朝日文庫

佐藤忠男(1996)『日本映画史　①～④』岩波書店

時事通信社編(1950～1997)『映画年鑑』時事通信社・時事映画通信社

東映編(1981)『東映映画三十年』東映株式会社

東宝編(1992)『東宝60年映画・演劇・テレビ・ビテオ作品リスト』東
　　　　宝株式会社

鳥山　擴(1993)『テレビドラマ・映画の世界』早稲田大学出版部

細谷勝雄編(1993)『日本映画索引』創栄出版

松浦幸三編(1982)『日本映画大鑑』文化出版局

松竹編(1996)『松竹百年史・映像資料』松竹株式会社

読売新聞文化部編(1995)『日本映画100物語－日本映画編－』読売新
　　　　聞社

読売新聞文化部編(1997)『映画百年』キネマ旬報社

[第7章]

大阪朝日新聞社編(1916)『大阪朝日新聞略史』大阪朝日新聞社

岡田翠雨(1928)『明治文化研究』三省堂

沖縄タイムス社編(1998)『激動の半世紀：沖縄タイムス社50年史』沖
　　　縄タイムス社

恩田貢(1999)『内外タイムスの50年』内外タイムス社

北日本新聞社編(1984)『富山県民とともに－北日本新聞100年史』北日
　　　本新聞社

宣伝会議出版部編(1998)『広告関連会社名鑑－アドガイド ’98～’99』
　　　宣伝会議

創刊百周年記念事業委員会編(1997)『河北新報の百年』河北新報社

中国新聞社史編さん室編(1992)『中国新聞百年史』中国新聞社

日本経済新聞社120年史編集委員会編(1996)『日本経済新聞社　120年
　　　史』日本経済新聞社

福島民友新聞社(編)(1995)『福島民友新聞創刊　100年史』福島民友新
　　　聞社

南日本新聞百年志編集委員会(編)(1981)『南日本新聞百年志』南日本
　　　新聞社

[第8章]

阿部正吉　監修(1997)『CM制作の基礎知識』(株)宣伝会議

岩永嘉弘(1997)『ネーミングが広告だ』(株)宣伝会議

坂井田稲之(1997)『総合プロモーション企画入門』(株)宣伝会議

＿＿＿＿＿＿(1997年　1月号～1999年8月号)『月刊　宣伝会議』(株)宣伝
　　　会議

＿＿＿＿＿＿(1998)『広告関連会社年鑑’98～’99』(株)宣伝会議

新屋哲博　監修(1997)『広告ビジネスの基礎講座』(株)宣伝会議

＿＿＿＿＿＿(1998)『102広告プロダクションガイド』社団法人　日本
　　　広告制作者協会

＿＿＿＿＿＿＿＿(1998)『広告制作にたずさわる技能集団 139社』社団法人 日本広告制作者協会

＿＿＿＿＿＿＿＿(1998)『日本アド・プロダクション年鑑'99』六耀社

[第9章]

石井清司(1996)『テレビプロダクションBEST100社』双葉社

小林由紀子(1995)『ドラマを愛した女のドラマ』草恩社

渋谷康生(1992)『TVドラマ・プロデューサー』太陽企画出版

TVガイド編集部編(1953〜2000)『週刊TVガイド』東京ニュース通信社

TVガイド編集部編(1991)『テレビ40年INTVガイド』東京ニュース通信社

TVガイド編集部編(1994)『テレビドラマ全史』東京ニュース通信社

TVガイド編集部編(2000)『テレビ50年INTVガイド』東京ニュース通信社

放送番組センター編集部編(1990)『Television Archives vol.1』

放送番組センター編集部編(1992)『Television Archives vol.2』

[第10章]

秋山裕一(1997)『日本酒』岩波書店

梅原茂順監修(1997)『日本酒カタログ755』永岡書店

太田和彦監修(1996)『日本酒スペシャルコレクション488』日本文芸社

貝塚英元(1996)『日本酒ベストコレクション205』日本文芸社

小泉武夫(1992)『日本酒ツウになる本』秀版社文庫

講談社編(1998)『日本の名酒事典 増補版』講談社

小桧山俊監修(1998)『名酒大全』日本経済新聞社

主婦と生活社編(1995)『日本酒名鑑』主婦と生活社

成美堂出版部編(1997)『厳選吟醸酒カタログ』成美堂出版

穂積忠彦・水沢溪(1997)『最新究極の日本酒選び』三一新書
矢野誠一(1997)『日本酒・芳醇の世界へ』講談社
吉沢実祐(1997)『日本酒案内』小学館
[終章]
木通隆行(2004)『ネーミングの極意』筑摩書房

穂積忠彦・水沢溪(1997)『最新究極の日本酒選び』三一新書
矢野誠一(1997)『日本酒・芳醇の世界へ』講談社
吉沢実祐(1997)『日本酒案内』小学館

저자 許晃會

崇田大學校(韓南大) 일문과 문학사
大阪大學 대학원 문학연구과 일본학 석사
大阪大學 대학원 문학연구과 문학박사

한밭대학교 도서관장
한밭대학교 일본어과 교수
교과부 일본어 교과용도서심의위원
前 한국일본문화학회 회장
前 KAIST 대우교수

신일본어학총서 76

日本における命名の記述的研究

초판인쇄 2009년 10월 20일
초판발행 2009년 10월 30일

저 자 許晃會
발행처 제이앤씨
발행인 윤석원
등 록 제7-220호

주소 서울시 도봉구 창동 624-1 현대홈시티 102-1206
전화 (02)992-3253(대)
팩스 (02)991-1285
전자우편 jncbook@hanmail.net
홈페이지 http://www.jncbook.co.kr
책임편집 김진화

ISBN 978-89-5668-745-2 93830   **정가** 19,000원